한국 현대 동시론

김유진 ● 서강대 국어국문학과를 졸업하고 인하대 대학원에서 논문 「'본격동시' 담론 연구」로 문학박사(현대문학) 학위를 받았다. 한국연구재단, 한국천주교주교회의에서 연구 사업을 각각 지원받아 「1960년대 동시의 형식 실험」, 「마해송 동화와 한국 가톨릭 교회」 연구를 수행했다. 경인교대, 춘천교대, 서울예대 등에서 아동문학, 동시교육, 동시창작, 문학과 젠더, 문학이론을 강의했다. 지은 책으로 평론집 『언젠가는 어린이가 되겠지』, 동시집 『뽀뽀의 힘』 『나는 보라』, 청소년시집 『그때부터 사랑』, 그림책 『오늘아, 안녕』 시리즈 등이 있다.

아동청소년문학총서 16

한국 현대 동시론

2022년 3월 8일 1판 1쇄 인쇄 / 2022년 3월 21일 1판 1쇄 발행

지은이 김유진 / 펴낸이 임은주
펴낸곳 도서출판 청동거울 / 출판등록 1998년 5월 14일 제406-2002-000128호
주소 (10881) 경기도 파주시 문발로115 (파주출판도시) 세종출판벤처타운 201호
전화 031) 955-1816(관리부) 031) 955-1817(편집부) / 팩스 031) 955-1819
전자우편 cheong1998@hanmail.net / 네이버블로그 청동거울출판사

출력 · 인쇄 세진피앤피 / 제책 우성제본

책값은 뒤표지에 있습니다.
잘못 만들어진 책은 바꾸어 드립니다.
지은이와의 협의에 의해 인지를 붙이지 않습니다.

이 책은 친환경 재생용지를 사용해 제작했습니다.

First published in Korea in 2022 by CheongDongKeoWool Publishing Co.
Printed in Korea.

ISBN 978-89-5749-223-9 (94800)
ISBN 978-89-5749-141-6 (세트)

아동청소년문학총서 16

한국 현대 동시론

1960~70년대 동시 장르의 담론들

김유진 지음

청동거울

머리말

처음 내게 아동문학 연구의 목적은 평론에 있었다. 아동문학 평론이 목적이요, 아동문학 연구는 수단이었다. 하지만 점차 둘의 경계는 희미해졌고, 둘 사이에서 끊임없이 오가며 영향을 주고받는 선의 끝을 붙잡고 있는 일은 별 의미가 없어졌다. 지금 명확한 사실 하나는 2015년 박사논문을 담은 이 책과 2020년 출간한 평론집 『언젠가는 어린이가 되겠지』(창비)가 동일한 질문에 대한 두 종류의 대답이라는 점이다. 지난 십여 년간 문제의식은 하나였다. '어린이 독자'와 '아동문학 텍스트의 미학성'의 관계를 연구하고, 이론화하며, 비평의 잣대로 삼는 것.

석사 과정 첫 학기에 쓴 논문이 「이원수와 박목월의 동시론 비교 연구」이고, 박사논문 연구 주제로 주저 없이 1960~70년대의 동시론을 택한 이유는 바로 이 문제의식 때문이었다. 해당 시기 동시론은 해방 이후 한국 아동문학에서 '어린이 독자'와 '아동문학 텍스트의 미학성'에 대한 논의가 가장 광범위하고 심도 있게 진행된 지점이었다. 동화에 비해 동시는 장르 정체성을 규정하는 논의가 보다 정치할 수밖에 없다. 당대의 동시는 시 뿐만 아니라 어린이시, 동요와도 장르 경계와 장르 규범을 구분해야 했다. 무엇보다 운문 장르의 근본 성격인 '언어 실험'이나 '자아(작가)와 합일하는 세계'를 '어린이 독자'와 나란히 자리매김해야 하는 난해한 작업이 요구됐다. 이러한 논의를 모두 포함했던 1960~70년대 동시 담론은 동시 장르를 넘어 한국 현대 아동문학의 장르 정체성 논의를 집약하고 있다고 볼 수 있다. 당대 논의들은 현재 아동문학 비평에서 되풀이되고 있기에 비평 장에서의 의미 또한 충분했다.

처음에는 1960~70년대 동시 비평과 논의를 꼼꼼히 읽고 정리하며 담론의 지형도를 구성하려고 했다. 그러나 텍스트를 읽을수록 담론을 구성하는 텍스트 내외를 함께 살피는 시선이 필요했기에 연구의 대상과 범위가 당대 아동문학 장과 동시단의 구성까지 확장됐다. 무엇보다 이 시기 장르론은 문학 작품을 구분하고 분류하는 일률적인 체제에 대한 논의가 아니라 시대와 문학의 지평에서 장르 경계와 규범을 새롭게 구성하려는 모색이라는 점을 알 수 있었다. 즉 1960~70년대의 동시 장르론은 기존 동시 장르의 개념을 비판적으로 성찰하며, 동시 장르의 성격을 근원적으로 탐색하고, 실험적인 작품을 탄생시키려는 인식이 장르론이라는 형태로 논의된 것이었다. 물론 이는 시대와 문학에 대한 인식과 아울러 어린이 인식에 대한 논의로 구성되어 있다.

박사논문 「'본격동시' 담론 연구」에서는 동시 담론을 분석하는 데서 마무리했고, 담론의 실천이던 창작에 대해서는 추후과제로 남겨두었다. 논문 「1960년대의 형식 실험」은 후속연구로, 이러한 장르적 모색과 기획이 실제 문학 작품에 구현된 양상을 조유로와 이석현을 중심으로 고찰했다. 한편 「권정생 동시 연구」에서는 권정생의 동시가 소위 현실주의 동시의 내용과 형식으로 변화하는 개작 과정을 다루며,

1970년대 후반의 동시 논쟁이 1980-90년대 동시에서 탄생시킨 새로운 장르 문법을 밝혔다.

2010년대를 두 권의 책으로 보냈다. 이 책은 전반 5년, 평론집은 후반 5년에 각각 자리한 시간의 기둥이다. 유리창 너머 한강의 풍경마저 고독하던 국회도서관 정기간행물실에서 오래된 자료들을 넘기던 때가 떠오른다. 고목의 밑동에서 날 듯한 낡은 냄새를 품고 있다가, 조심스레 넘기는 손끝에서도 작은 가루들로 바스러지던 책장 모서리. 자료를 훼손하면서까지 해야 할 연구인가 싶으면서도 DB화 되지 않은 이 자료들을 나 이전에 찾은 사람과 앞으로 찾을 사람들이 누구일지 생각하며 매번 조심스럽게 책장을 넘겼다. 아동문학을 일생의 업으로 삼겠다고 선뜻 마음 먹은 후, 벌써 이십여 년의 시간이 노란 종이 가루들처럼 흘러가 버렸지만, 그래도 책이 되었다.

2022년 봄

김유진

| 차례 |

제1부

‘본격동시’ 담론 연구

제1장
서론

1. 연구목적

'본격동시'는 1960년대에 출현한 새로운 경향의 동시를 일컫는 말로 이재철의 『한국현대아동문학사』(일지사, 1978)와 『아동문학개론』(서문당, 1983)에서 규정된 개념이다. 이재철은 1960년대를 '본격문학' 시대로 보고 해방 이전의 문학이 '본격문학'을 향한 도정이었다고 설명한다. 그는 '본격문학'이 '본격 문학운동'을 통해 이루어졌고 '본격 문학운동'은 각 장르별로 '본격 동시운동'과 '본격 동화운동'으로 구성됐다고 밝힌다. 즉 '본격동시'는 1960년대의 '본격동시운동'을 통해 발생되어 '본격문학'을 구성하는 동시를 말한다.

이재철은 '본격동시운동'을 "전대까지의 비시적(非詩的) 유형성을 탈피하고 〈시(詩)로서의 동시(童詩)〉를 구축하기 위한 일련의 문학에로의 복귀운동"[1]으로 정의한다. "동시의 평면성 극복, 폐쇄적 시어의 개방, 동심 세계의 확장, 지시적 전달기능의 탈피, 도식적 교육성에서의 해

1 이재철, 『아동문학개론』, 서문당, 1983, 88쪽.

방 등 과거의 고형적(固形的) 동시관에 대한 전면적 재검토를 통해 시로서의 동시를 위한 (……) 문학운동"[2]이었다는 것이다. 이어 그는 '본격동시운동'의 주역으로 1966년 결성된 '동시인' 동인회를 지목하며 이들의 작품이 이같은 지향을 추구하는 '본격동시'였다고 말한다.

이재철은 '본격 동시운동'과 '본격동시'를 '동시인' 동인들의 창작 활동과 관련시켰지만 이 논문에서는 이들의 비평 활동에 주목해 '본격동시' 담론을 논의해 보고자 한다. '동시인' 동인 중에서도 박경용, 유경환, 이상현 등은 창작뿐 아니라 활발한 비평 활동을 통해 자신들이 실험적인 동시를 추구했으며 새로운 문학적 성취에 도달했음을 스스로 알리고자 했다. 전대의 동시를 배격하고 자신들 창작의 의의를 강조하는 과정에서 이들의 비평은 단순한 실제 비평이 아닌 이론 비평으로서 새로운 동시론으로 구성해 볼 수 있는 여지가 있다. 따라서 본고에서는 이들의 동시론과 이재철의 '본격동시' 규정이 '본격동시'에 대한 담론을 형성했다고 보고 이들 담론의 형성 과정과 양상, 문학사적 의미를 살펴보고자 한다.

'본격동시' 담론의 형성 과정과 양상에 주목하는 까닭은 '본격동시'가 이후 아동문학에서 순수문학 진영의 창작 실천이자 담론으로 안착됐기 때문이다. 지금까지도 '동시인' 동인들의 동시와 동시론은 순수문학의 전형적인 창작 형식이자 이를 뒷받침하는 동시론으로 인식된다. 아울러 1970년대 이들과 논쟁을 벌인 이오덕의 동시론은 참여문학의 동시론으로 평가된다. 즉 현대 동시론에서 '본격동시' 담론과 이오덕의 동시론은 아동문학의 순수주의와 참여주의로 규정되고 있으며 이러한 이분법은 연구와 비평뿐 아니라 창작 현장에까지 공고하게 유지되고 있다.

---

2 같은 글, 88쪽.

그러나 두 동시론은 순수 혹은 참여의 문학론으로 온전히 수렴될 수 없다. 두 동시론은 문학과 현실의 관계에 대한 시각 차이와 아울러 작가, 어린이 독자, 동심, 교육 제도 등 아동문학 장르만의 특성과 요소들로 형성된 담론이기 때문이다. 또한 1960년대의 아동문학 장은 일반 문학과는 달리 문학 '제도'로 확고히 성립되지 않았으므로 일반 문학의 순수, 참여 논의를 그대로 적용시킬 수 없는 지점들이 있다.

따라서 본고에서는 '본격동시'와 관련한 담론들이 형성되어 가는 과정에 주목함으로써 이들 동시론이 당시 아동문학 장과 아동문학 장르 고유의 특성을 바탕으로 구성되었다는 점을 밝히고자 한다. 언설의 질서가 생성되어가는 과정에 주목함으로써 담론의 절대성에서 탈피할 수 있다고 보기 때문이다. 이를 통해 두 동시론의 이분법적 고착에서 나아가 앞으로 보다 진전된 동시론을 모색할 수 있는 토대가 마련될 것으로 기대한다.

'본격동시' 담론에 대한 연구는 시론이나 장르론 등 창작 현실과 분리된 추상적인 이론의 영역에 국한되는 것이 아니다. '본격동시' 담론은 '본격동시'의 문학적 성취를 소명하며 이후에도 줄곧 동일한 경향의 창작 실천을 견인하는 데 강력히 기능했다. '본격동시' 담론은 이론과 창작, 문학사적 평가와 전망, 문단 장의 지형도가 모두 중첩되어 있다는 점에서 해당 시기 동시 장르를 해석할 수 있는 핵심적인 위치를 지닌다고 볼 수 있다.

서구 아동문학의 운문 장르는 '어린이를 위한 시(Poetry for children)'로, 일반 시 중에서 어린이에게 적절하다고 여겨지는 작품들을 선별해 제공하는 것과는 달리 한국 아동문학의 '동시'는 일반 시와 구분되는 독자적인 영역을 지녀왔다. 따라서 일반 시와 구분되는 '동시'만의 미적 자질과 특성을 규명하고자 하는 '동시론'은 아동문학 장르의 규범과 특성에 대한 문제의식을 더욱 첨예하게 내포할 수밖에 없다. 게다가 동시는 동화와 아동소설 등 아동문학 산문 장르에 비해 미학적 자질들을 더욱 정밀하게 고찰해야 하는 운문 장르이므로 '동시론'을 통해 아동문학의 장르 규범과 관련된 원론적인 논의들 또한 탐구할 수 있을 것으로 생각한다.

2. 연구사 검토

일반 문학에서 시문학사와 시론 연구가 꾸준히 축적되어 온 것과는 달리 아동문학에서 동시문학사와 동시론 연구는 겨우 손꼽을 정도다. 특히 한국 아동문학은 '동시론'이라고 이름 붙일 정도로 체계적이고 종합적인 시론의 면모를 갖추지 못했기에 지금까지 '동시론'과 관련된 연구는 실질적으로 '동시 비평' 연구 혹은 '동시 담론' 연구로 진행됐다. 심명숙의 「한국 근대 아동문학론 연구」[3], 원종찬의 「일제강점기의 동요 · 동시론 연구」[4] 김종헌의 「해방기 동시의 담론 연구」[5] 등 1960년대 이전의 동시론 관련 연구는 모두 그러한 성격을 지닌다.

이렇듯 한국 아동문학사에서 명시적인 '동시론'을 찾아보기 힘들고 아동문학 연구의 대다수는 작품론과 작가론에 집중되어 있는 까닭에 '본격동시' 담론에 대한 체계적인 연구는 전무한 실정이다. '본격동시'로 일컬어지는 작품을 창작한 박경용, 유경환, 신현득 등 1960년대 동시인들에 대한 다수의 작가론과 작품론 연구는 소박한 수준의 작품 해석에 머무르고 있으며 이들이 주창한 동시론을 다루지 않고 있다.

---

3 심명숙, 「한국 근대 아동문학론 연구—1920년대에서 해방까지」, 인하대 석사논문, 2002.
4 원종찬, 「일제강점기의 동요 · 동시론 연구 : 한국적 특성에 관한 고찰」, 『한국아동문학연구』 20집, 2011.
5 김종헌, 「해방기 동시의 담론 연구」, 대구대 박사논문, 2005.

한편 이재철의 『아동문학개론』과 『한국현대아동문학사』 역시 '본격동시'의 담론에 대한 연구로는 볼 수 없다. 이는 1960년대 동시의 새로운 창작 경향을 '본격동시'라고 규정한 것이지 '본격동시'의 시론을 연구한 것이 아니다. 따라서 이재철의 '본격동시' 연구는 '본격동시' 담론을 구성하는 담론 중 하나로 보는 것이 타당하다.

따라서 본고에서 참조할 수 있는 사전 연구로는 1960년대 아동문학 연구와 박경용, 이오덕, 박목월, 이원수, 이재철 등 '본격동시' 담론을 구성하는 이들에 대한 개별 비평 연구를 들 수 있다.

먼저 1960년대 아동문학 연구로는 장영미[6]와 이충일[7]의 연구가 있다. 장영미의 「1960년대 아동문학 위상과 분화」는 1960년대 아동문단의 상황을 출판 시장 확대, 아동 문단 확장, 신인 작가 양산 등의 특징으로 간략히 규정한 뒤 이원수, 김요섭, 이영호의 아동소설을 분석, 비교하며 이를 1960년대 아동문학의 분화 양상으로 해석한다. 이 연구는 대상 시기를 1960년대로 삼은 본격 연구이며 문학사회학적 시각으로 문단 상황과 문학 작품을 함께 고찰하고자 한 점은 의미가 있다. 그러나 세 작가의 작품 세계의 차이를 두고 1960년대 아동소설의 분화 양상으로 해석하는 근거가 명확하지 않다는 점에서 해당 시기를 문학사적으로 통찰하기에는 어려움이 따른다. 무엇보다 이 연구는 이재철의 '본격문학론'과 문학사 인식을 재확인하고 있다는 점에서 한계를 지닌다.

이충일의 「1950~1960년대 아동문학장의 형성과정 연구」는 해당 시기 아동문학장의 형성 과정과 성격을 일반 문학과의 관련성을 중심으로 규명하고 있다. 김동리 등 문협 인사들과 관련된 아동 문단 권력

---

6 장영미, 「1960년대 아동문학의 분화와 위상 연구—아동소설을 중심으로」, 성신여대 박사논문, 2011.

7 이충일, 「1950~1960년대 아동문학장의 형성과정 연구」, 단국대 박사논문, 2014.

의 지형도를 살피고, 아동문학 전집을 분석해 정전 형성 원리를 밝히며, 이재철의 순수문학론을 고찰하는 등 당대 아동문학 장을 전반적으로 구성하고자 한다. 이 연구는 그간 아동문학 연구가 주로 문학 텍스트만을 연구 대상으로 삼아 온 것에 반해 텍스트가 생산되고 자리잡는 문학 장 전반을 면밀히 고증해냈다는 점에서 큰 의의를 지닌다. 하지만 문단의 좌우 대립이나 권력 관계는 결국 문학 내적 실천과 연결될 텐데 그러한 권력 관계가 문학 내적으로 어떤 결과를 가져왔는지에 대해서는 서술하고 있지 않다. 또한 1960년대 아동문학 장이 일반 문단의 영향 아래 재편되기는 했으나 그 긴장 관계 역시 섬세하게 고찰돼야 함에도 아동문학 장만의 고유성이 주목되지 않았다. 아동문학 장이 일반 문학의 영향 아래 전면 포섭되거나 순수주의 문학론이 순수주의 아동문학론으로 바로 대입된 건 아니기 때문이다. 본고에서는 아동문학의 장르 정체성이나 아동문학이 일반 문학으로부터 독립된 장으로 분화하려는 열망이 어떠한 담론과 문학적 실천들을 불러 일으켰는지에 대해 좀 더 주목하고자 한다. 한편 이 연구에서는 이재철의 순수문학론에 대한 조연현의 영향이 문학사의 시기 구분 등으로 한정되어 있는데 본고에서는 이재철 연구 전반에 대한 조연현의 영향 관계를 살펴볼 것이다.

박경용, 이오덕, 박목월, 이원수, 이재철의 '본격동시' 관련 담론에 대한 연구는 각 인물들에 대한 비평사 연구의 일환으로 진행되어 왔다.

박영기의 「박경용의 아동문학 비평논쟁과 그 의미」[8]는 '본격동시'의 시론 배경을 가장 선두적으로 주창한 동시인 박경용의 비평 전반을 실증하고 분석하고 있다. 이 연구는 '본격동시' 담론과 관련된 박

8 박영기, 「박경용의 아동문학 비평논쟁과 그 의미—박목월, 박주평, 권용철, 이오덕과의 논쟁을 중심으로」, 『아동문학담론』 9호, 2009.

목월, 이오덕과의 논쟁과 아울러 박주평과의 동시조 논쟁, 권용철과의 비평 논쟁을 다루었다. 박경용의 비평이 1960년대 아동문학에 큰 영향력을 끼쳤음에도 그의 작품세계만 연구됐을 뿐 비평 연구가 전무했다시피 한 상황에서 이 연구는 각 논쟁에 대한 객관적인 분석을 통해 박경용 비평의 의의를 확인했다는 점에서 의미가 있다. 하지만 '본격동시' 담론을 비롯한 박경용 비평의 한계에 대해서는 선택적으로 언급하지 않고 있다.

이오덕의 동시론은 '본격동시' 담론의 대항 담론이라는 점에서 고찰해 볼 필요가 있다. 그는 현실주의 아동문학을 대표하는 평론가인 만큼 그의 아동문학론은 원종찬[9], 김상욱[10], 김이구[11]의 연구 등에서 깊이 있게 논의됐으나 '본격동시' 담론과의 상관성이 주목되지는 않았다.

이오덕과 '본격동시' 담론과의 대립은 이주영의 「이오덕 어린이문학론 연구」[12]에서 부분적으로 다루어진다. 이 연구는 1960년대부터 2000년대까지의 이오덕 아동문학 비평을 논쟁사적 관점으로 정리했다. 이를 박목월과의 동시작법 논쟁, 모작·표절동시론 논쟁, 좌경용공 이념논쟁, '일하는 아이들과 유희정신'에 대한 논쟁의 네 가지로 분류했으며 이 논쟁에 이오덕의 어린이관, 동심관, 어린이문학 교육관이 작용하는 면모를 살펴보았다. 이 연구는 현대 아동문학 논쟁의 중

---

9 원종찬, 「아동문학과 비평정신—이원수와 이오덕의 평론」, 『아동문학과 비평정신』, 창작과비평사, 2001.
_____, 「배반의 동심, 동심의 배반—이오덕 평론의 안과 밖」, 『동화와 어린이』, 창비, 2004.

10 김상욱, 「민족문학으로서의 어린이문학—이오덕론」, 『숲에서 어린이에게 길을 묻다』, 창작과비평사, 2002.
_____, 「어린이와 역사를 건사하는 동심—이오덕 작가론」, 『어린이문학의 재발견』, 창비, 2006.

11 김이구, 「아동문학을 보는 시각—'일하는 아이들' 이후의 길」, 「이오덕 비평의 현장성과 '동심'」, 『어린이문학을 보는 시각』, 창비, 2005.

12 이주영, 「이오덕 어린이문학론 연구 : 어린이문학에 대한 논쟁을 중심으로」, 백석대 박사논문, 2010.

심에 서 있던 이오덕 평론을 전반적으로 고찰하면서 아동문학 논의의 배경과 맥락을 함께 조명하고 정리했다는 의의를 지닌다. 그러나 이오덕의 논의를 전면적으로 따르고 있어 합리적 비판을 발견할 수 없으며 문학 외적 상황을 점검하며 문학 내적 논의를 면밀히 살펴보지 못한 점이 있다.

박목월의 작가론이나 작품론이 아닌 박목월의 문학 활동이나 동시론에 관한 연구는 일반 문학이나 아동문학 영역 모두에서 거의 이루어지지 않았다. 박목월의 동시론에 관한 연구에는 박목월 동시론과 이오덕, 이원수 동시론의 비교 연구가 있다. 노여심은 박목월과 이오덕의 동시론을[13], 김유진은 박목월과 이원수의 동시론을[14] 비교하며 아동문학의 순수주의와 참여주의를 대표하는 동시론으로 분석했다.

노여심은 박목월의 『동시의 세계』와 이오덕의 『아동시론』을 중심으로 두 동시론이 표방하는 표현론과 형태론의 차이를 비교했다. 그런데 박목월의 『동시의 세계』는 어린이와 어른을 창작 주체로 보는 시창작론인 반면 이오덕의 『아동시론』은 어린이만을 창작 주체로 보는 시교육론이므로 두 이론을 단순 비교할 수는 없다. 이러한 연구 방법 설정의 문제 외에도 이 연구는 두 텍스트에 대한 깊이 있는 해석이 결여되어 있어 박목월 동시론의 성격을 정확히 드러내지 못한 한계를 지닌다.

김유진은 박목월과 이원수의 동시론을 비교하며 두 동시론의 성격을 보다 명확히 밝히고자 했다. 동시대인인 이들은 당대의 순수주의와 현실주의 담론과 창작을 대표했으므로 후대에 이원수 현실주의 비평의 계보를 이은 이오덕과 박목월의 비교보다 더 적절한 것으로 보인다. 또한 이 연구는 이들 동시론의 차이를 순수주의와 현실주의의 이분법적 시각을 넘어 각각 작가와 독자를 중시하는 시각으로 관점을

13 노여심, 「박목월과 이오덕의 동시관 비교 연구」, 진주교대 석사논문, 2003.
14 김유진, 「이원수와 박목월의 동시론 비교 연구」, 『아동청소년문학연구』 9호, 2011.

전환함으로써 보다 현재적이고 생산적인 논의를 마련하고자 했다.

그 밖에 사전 연구로는 최지훈의 「한국아동문학비평사 시고(試攷)」[15], 김제곤의 「해방 후 아동문학 '운문 장르' 명칭에 대한 사적 고찰」[16], 「윤석중 연구」[17], 최은경의 「한국 동요 · 동시 정전화 연구」[18]를 들 수 있다.

최지훈의 연구는 1960년대 아동문학 비평을 실증적으로 개괄한 기초 연구로서의 의의가 있으나 이재철 문학사의 시각 아래 놓여있다.

김제곤의 「해방 후 아동문학 '운문 장르' 명칭에 대한 사적 고찰」은 아동문학 운문 장르를 지칭하는 명칭으로 '동요'와 '동시'라는 용어가 사용되어 온 양상을 통해 동요에서 동시로 전환되는 과정을 고찰하고 해방 후 동요 · 동시론을 논의할 토대를 마련했다. 또 「윤석중 연구」는 윤석중의 동시를 현실과 유리된 동심주의로 파악한 종래의 관점에서 탈피해 새로운 아동상이 구현된 것으로 평가했다. 이는 윤석중의 동심주의를 비판한 이오덕의 동시 비평과 관련해 새로운 시각을 제공한다.

최은경의 연구는 동요와 동시가 교과서를 통해 정전화되는 방식과 양상을 살펴보았다. 이 연구에는 교과서 수록 동요, 동시에 대한 다양한 통계 분석이 수록되어 있어 아동문학과 교육제도의 관련성을 보다 구체적으로 확인할 수 있다. 본고에서는 이를 기반으로 아동문학과 교육제도가 관련되어 온 배경을 살펴보고 이것이 아동문학 내적으로 어떠한 의미를 지니는지 고찰할 것이다.

---

15 최지훈, 「한국아동문학비평사 시고(試攷)」, 『한국아동문학연구』 18집, 2010.
16 김제곤, 「해방 후 아동문학 '운문 장르' 명칭에 대한 사적 고찰」, 『아동청소년문학연구』 5호, 2009.
17 김제곤, 「윤석중 연구」, 인하대 박사논문, 2013.
18 최은경, 「한국 동요 · 동시 정전화 연구」, 인하대 박사논문, 2015.

3. 연구 방법과 범위

본고에서는 '본격동시'와 관련된 '동시인' 동인들의 이론 비평을 '본격동시론'이라 하지 않고 "'본격동시' 담론"이라 지칭한다. '본격동시론'으로 명칭하지 않고 굳이 '담론'으로 명칭하는 까닭은 두 가지다. 먼저 '본격동시'와 관련된 박경용, 유경환, 이상현 등의 이론 비평이 '동시론'이라고 부르기에 합당할 정도로 전체적이고 체계적인 내용과 논리를 지니고 있지 않기 때문이다. 이들의 이론 비평은 동시란 어떤 것인지 원론적으로 고찰하는 데 집중하고 있으며 시의 요소, 창작의 원리나 방법들을 면밀하게 다루지 않는다.

물론 이는 여타 박목월, 이원수, 이오덕의 동시론에 모두 해당되는 사항이기도 하다. 현재 '동시론'으로 지칭되며 연구되고 있는 이들의 동시 평론은 대개 동시에 대한 원론적 고찰이거나 창작법, 감상, 해설이 분리되지 않은 형태이다. 그럼에도 이들 '동시인' 동인의 이론 비평을 '본격동시론'으로 지칭하지 않는 것은 두 번째 이유 때문이다.

1960년대 당시 박경용, 유경환 등은 자신들의 동시나 창작 실천을 '본격동시' 혹은 '본격동시운동'이라 자처한 바 없다. 앞서 연구 목적에서 서술했듯 '본격동시'는 이후 이재철이 새롭게 규정한 개념이자 명칭이다. 따라서 이재철의 연구나 비평이 아닌 박경용, 유경환, 이상현의 비평을 '본격동시론'이라고 부를 수는 없다. 그럴 경우 박경용, 유경환, 이상현의 비평과 이재철의 연구를 분리해서 고찰하기 어렵게 된다. 또한 이는 이재철의 '본격동시' 규정을 승인하는 결과를 초래한다. 1960년대 동시를 과연 '본격동시'라 할 수 있는지에 대한 논구가 선행되어야 하므로 이재철이 규정한 '본격동시' 명명을 그대로 적용하지 않는 것이다.

따라서 본고에서는 박경용, 유경환, 이상현 등이 자신의 창작을 옹호하는 과정에서 발생한 비평을 "'본격동시' 담론"으로 지칭한다. 아울러 이들의 동시를 '본격동시'라고 명명한 이재철의 연구와 비평까지 1960년대의 동시와 동시론을 둘러싼 모든 언설과 언설들의 질서를 일컫기로 한다.

이 같은 관점 아래 2장에서는 1960년대 아동문학의 대내외적인 환경과 기존 아동문학 담론들을 고찰하며 '본격동시' 담론이 발생한 토대와 맥락을 살펴본다. 먼저 1960년대 아동문학의 학교 교육제도와의 관련성과 문학 '제도'로서의 성격을 고찰하며 '본격동시' 담론이 발생하게 된 토대를 구성해보고자 한다. 이를 위해 강소천, 박목월, 윤석중 등 당시 아동문학을 대표하는 작가들이 학교 교육제도 안에서 활동하고 기능한 바를 추적하고 이들의 활동과 일반 문단과의 관련성을 밝힐 것이다. 또 당시 아동문학 '제도'의 성격과 위상을 '작가'와 '비평'이라는 요소를 중심으로 살펴보도록 하겠다.

이러한 문학 외적인 상황과 아울러 문학 내적인 차원에서 기존 아동문학 담론 또한 점검해볼 것이다. 이를 위해 아동문학 전문 비평지를 표방하며 당시 가장 핵심적인 담론의 장이 되었던 문예지 『아동문학』을 중심으로 일반 문학인과 아동문학인들의 아동문학론을 분석해보겠다. '본격동시' 담론이 기존 담론들 사이에서 발생하고 담론들이 재편되는 과정을 통해 '본격동시' 담론의 본질과 특성이 더욱 잘 드러날 수 있을 것이라고 본다.

3장에서는 '본격동시운동'을 일으켰다고 평가받는 '동시인' 동인회의 실제와 성격을 고증한 뒤 이들의 시론을 정리한다. 이재철은 '동시인' 동인회가 집단적인 문학운동의 차원에서 '본격동시운동'을 일으켜 '본격동시'를 확립했다고 주장했다. 그러나 정작 '동시인' 동인회의 구성이나 활동에 대해서는 실증이 부족한 상황이다. 따라서 이 장에서는 '동시인' 동인회의 인적 구성 면모, 동인회 발족의 목적과 지향, 활동 내용과 성과들을 보다 실증적으로 밝혀보도록 하겠다.

이어 '동시인' 동인 중 비평도 함께 창작했던 박경용, 유경환 등의 동시 비평을 잡지 등 여러 매체에서 복원해 통일된 동시론으로 구조화시켜 볼 것이다. 이들의 동시론이 시론으로서의 전체적인 성격은 결여되어 있다 할지라도 동시 장르에 대한 원론적 고찰을 새롭게 제시하고 있음을 밝힐 수 있을 것으로 보인다. 이에 앞서 이들의 동시론에 영향을 미쳤다고 생각되는 박목월의 동시론을 분석해 영향 관계를 논의해보도록 하겠다.

다음으로는 이재철의 '본격동시' 담론을, 그의 연구와 문학 활동 전반을 조망하는 가운데 분석해볼 것이다. 이재철의 문학사와 문학 개론 서술, 각종 비평 활동이 조연현에게서 영향 받았음을 밝히고 이러한 맥락 속에 '본격동시' 규정이 놓여있음을 고찰하겠다. 또 조연현의 '본격소설론'과 이재철의 '본격문학론'을 비교하며 이재철의 '본격문학'과 '본격동시'가 함의하는 바를 알아보도록 한다.

4장에서는 1970년대에 발생한 박경용, 이상현과 이오덕의 동시 논쟁에 대한 분석을 통해 '본격동시' 담론과 그에 대항하는 이오덕의 동시론의 특성과 차이를 비교하겠다. 이를 위해 먼저 1970년대에 새롭게 주창된 이오덕 동시론의 성격을 고찰해볼 것이다. '본격동시' 담론은 이오덕 동시론과의 대립과 논쟁을 통해 자신의 관점을 재정립했으며 이 두 동시론은 이후 순수주의와 참여주의를 대표하는 동시론으로 자리잡았다. 이 장에서는 이 대립과 논쟁을 '순수 대 참여'가 아닌 '작가 대 독자'의 시각 차이로 해석함으로써 두 동시론을 이분법적 담론의 절대성에서 탈피해 아동문학 장르 고유의 특성이 반영된 동시론으로 가늠해보고자 한다.

제2장

1960년대 아동문학 환경과 담론 배경

1. 아동문학의 환경

1) 아동문학과 교육제도

시대와 장소를 불문하고 아동문학은 아동들의 교육과 긴밀히 관련되어 왔다. 서구 아동문학은 17세기경 아동기를 인간의 일생에 있어서의 특별한 시기로 간주하고 어린이들만의 특별한 욕구가 있다는 자각에서 시작됐다. 아동기의 개념과 독서의 교육적인 측면은 아동문학의 전개에 지대한 영향을 미쳤고, 아동문학은 어린이 교육의 강력한 도구로서 발전해왔다.[1]

한국 현대 아동문학은 이러한 아동문학과 교육 간의 보편적인 연관성 그 이상의 특성을 지니고 있다. 해방 후 한국 아동문학은 학교 교육, 즉 제도 교육과의 긴밀한 관계를 지녔고 국어 교육과 작문 교육에 큰 영향을 미쳤다.

---

1 마리아 니콜라예바, 김서정 역, 『용의 아이들』, 문학과 지성사, 1998, 15쪽.

1948년부터 10여년간 문교부 편수관 및 편찬과장으로 국민학교 국어교과서를 편찬한 최태호(崔台鎬, 1915~1987)[2]가 교육 상황을 회고한 바를 보면 해방 후 한국 아동문학이 국어 교육과 밀접할 수밖에 없었던 특수한 까닭을 보다 상세히 확인할 수 있다.

> 그런데 정작 아동문학에 유독 관심을 두게 된 것은 해방되어 우리 교육을 새로 생각하여야 할 필요에 몰리게 된 후부터였다. 진정 우리나라 어린이에게 맞는 글이 없는 것이었다. 문학 이전에 말과 글이 너무 빈약하였다. 문학 이전의 문제, 교육 이전의 문제, 어린이 없는 문학, 어린이 없는 교육—여기서 아동문학은 나에게 가장 큰 과제가 된 것이다. […중략…] 자기가 가르칠 교재마저 교사 자신들이 마련해야 할 해방 직후의 가장 큰 과제는 교과서였는데, 그 교과서에 적합한 말과 글이 우선 없었다. 정부 수립과 동시에 문교부 편수국에 근무하게 된 나는 이 아동문화의 빈곤을 타개하는 길을 아동문학에서 발견해야만 했다. 필요에 의해서 동화도 공부해야 했고 극본도 연구해야 했고 노래말도 다듬어야 했다.[3]

해방 후 일본어 교과서를 대신할 국어 교과서가 시급하던 상황에서 아동문학 작품들을 교과서 수록 제재로 삼게 되었다는 설명이다. 광복 직후 국민의 문맹률은 78%에 달했고 국어교육의 측면에서 가장 시급한 문제는 우리말과 우리글을 되찾는 일이었다.[4] 아동문학 작품들은 마땅한 한글 제재를 찾기 어려운 때에 어린이에게 적합한 내용과 언

---

2 경성사범학교를 졸업하고 초등 교사로 일하다 문교부 편수관, 편찬과장, 예술원 사무국장, 문교부 사회교육과장, 국립도서관장, 문교부 장학관, 춘천교육대학장 등 교육 관련직을 두루 역임했다. 동화작가이자 수필가로, 편수관 시절 여러 문인들과 교류하며 아동문학과 학교 교육과의 관계를 이어나가는 데 일조했던 것으로 보인다.

3 최태호, 「나의 문학 나의 인생」, 『아동문학평론』 10권 4호, 한국아동문학연구원, 1985, 3~4쪽.

4 윤여탁 외, 『국어교육 100년사』 2권, 서울대학교 출판문화원, 2013, 284쪽.

어를 담고 있었으므로 손쉽게 교과서에 수록될 만했다.

해방 후 아동문학이 국어 교육과 긴밀히 연관된 이유가 단지 아동문학 작품들이 교과서에 수록됐기 때문만은 아니다. 이는 해방과 전쟁 이후 강소천을 비롯한 박목월, 윤석중 등 아동문학인들이 학교 교육의 전면에서 적극적으로 활동한 일들과 연관된다.

(1) 아동문학인의 교육 활동

강소천은 해방 후 학교 교육제도와 가장 밀접한 관련을 지닌 작가다. 그는 6·25전쟁 전 청진에서 중학교 교사로 근무하다 흥남철수 때 월남해 피난지 부산에 있던 중 최태호와 함께 전시 교과서 편수위 일을 하게 된다. 이는 동향 친구 박창해(朴昌海)의 주선으로 이루어졌는데 그는 군정 때부터 편수관으로 일하고 당시 문교부 장관 비서실에 있었다.

강소천은 교과서 편수위에서 교정과 심사 등의 업무를 맡으면서 아동문학 작가로서의 역량을 발휘할 수 있었던 것으로 보인다. 최태호는 이 시절의 회고를 통해 "모든 교과서 편찬은 불과 6명의 정규 편수관과 6명의 촉탁으로 이루어졌다. (……) 나는 수많은 문인들의 도움을 받았었다. (……) 그들의 의견과 비평도 들으면서 직접 초고의 집필도 부탁했었다. 그 때만 해도 어린이 상대의 문장을 쓰는 문인들이 드물었고, 더구나 어휘 선택에 있어서 단계적인 고려를 해야 할 교과서에는 손질할 곳이 너무나 많았던 것이다. 이런 가운데 가장 소중한 존재는 姜小泉이었다"[5]고 밝히고 있다.

---

5 최태호, 「나의 편수국 시절」, 한국교육과정·교과서연구회 편 『편수의 뒤안길』 2집, 대한교과서주식회사, 1995, 17쪽.

이후에도 강소천은 1959년 문교부 교수요목 제정 심의위원과 교과서 편찬위원, 1961년 문교부 우량도서 선정위원을 역임하며 교과서 편찬 일을 했다. 월남 이후 줄곧 교과서 수록작품 선정이나 문교부 우량도서 선정과 같은 일에 깊게 관여한 것이다.[6] 미군정기부터 3차 교육과정기(1945년~1980년)까지 국어교과서에 수록된 교과서의 동요, 동시에는 윤석중(54편)과 강소천(46편)의 작품이 압도적으로 많은데 특히 강소천의 작품은 교수요목기와 1차 교육과정기(1951년~1962년)에 33편이 집중되어 있다.[7] 일제 시대부터 대표적인 작가인 윤석중의 작품보다 월남한 강소천의 작품이 이 시기 교과서에 많이 실린 것은 강소천이 교과서 편수에 직접 관여한 것과 무관하지 않다. 강소천은 편수위 활동을 통해 자신의 작품을 매우 적극적으로 교과서에 게재했고 이는 월남 후 그가 남한 아동문단의 대표 작가로 자리 잡는데 큰 영향을 미쳤을 것으로 보인다. 강소천이 학교 교과서의 작품 수록을 시작으로 아동문학 작가로서의 지위를 확보해 나아갈 수 있던 과정은 해방 후 아동문학의 형성에 교육 제도가 긴밀하게 관련된 대표적 사례라고 할 수 있다.

강소천과 박목월은 학교의 작문 교육에 직접 참여하기도 했다. 서울 환도 후 최태호, 강소천, 박목월은 젊은 교사들과 문학교육을 논의하며 글짓기연구회를 설립했고 강소천이 회장을 맡았다. 이어 강소천과 박목월은 최태호의 권유로 그의 근무지였던 인천 창영초등학교에서 3~4개월에 걸쳐 매주 글짓기를 지도했다.[8] 박목월은 동시를, 강소천은 생활글 작문을 가르쳤던 것으로 보인다. 이후에도 박목월은 동시작

6 원종찬, 「이원수와 70년대 아동문학의 전환」, 『한국아동문학의 쟁점』, 창비, 2010, 141쪽
7 최은경, 「초등 교과서에 수록된 동요, 동시의 현황과 특징」, 『아동청소년문학연구』 13호, 2013, 261쪽.
8 최태호, 위의 글, 15쪽.

법서를 출간하고, 강소천은 때때로 학교 현장에 직접 참여하는 등[9] 어린이 작문 교육에 관심을 지녔다.

작가들이 직접 작문 교육에 참여한 이유는 그 때까지도 여전히 학교의 국어 교육과 작문 교육이 효율적으로 이루어지지 못하고 어린이들이 원활하게 국어 생활을 하는데 어려움이 있었기 때문인 것으로 생각된다. 1955년 제1차 교육과정 제정 당시 국어교육의 당면 과제는 "해방 후 초 · 중 · 고등학교에서 있어서 그들에게 종합적이고 전인적인 국어생활의 교육(말하기, 듣기, 쓰기, 짓기, 읽기)을 일관성 있게 철저히 실시하지 못하였다는 점"[10]으로 지적된 바 있다. 해방 후 미군정기와 정부수립기를 거쳐 제1차 교육과정기 전까지(1945~1954) 국어과의 교육내용은 읽기, 말하기, 듣기, 짓기, 쓰기의 다섯 영역으로[11] 교수 요목이 기능 중심으로 기술됐지만 교과서가 언어 기능 교육을 충분히 살리지 못하고 텍스트 중심의 내용 교과로서의 역할만 했다[12]고 평가되는 등 당시 국어교육은 모국어를 교육해야 하는 어려운 현실을 충족시키지 못했던 것으로 보인다.

이러한 상황에서 박목월의 경우 자신의 동시 창작론을 어린이들에게 알리는데 적극적이었다. 그는 해방 직후 출간된 잡지 『소학생』(1946년 2월~1950년 6월)에 「동요짓는 법—동요작법」, 「동요 맛보기」를 연재하며 꾸준히 창작법을 알려온 바 있다. 윤석중이 주간을 맡은 『소학생』은 학교를 통해 배부되고 보조 교재로 사용되는 등 제도 교육과 깊은 관련이 있는 잡지로 매우 적극적인 독자로 구독하는 학생들이 많았

9 『아동문학』 3집에는 강소천이 충무 초등학교를 찾아가 1, 2, 6학년 학생들의 작품을 확인하고, 담임 교사의 지도 방법을 듣는 「글짓기 지도 참관기」가 실려 있다.(『아동문학』 3집, 1963.1, 69쪽.)

10 윤여탁 외, 앞의 책, 125쪽.

11 '짓기'는 오늘날 작문 개념이고 '쓰기'는 '서법'에 해당한다. (윤여탁 외, 앞의 책, 347쪽.)

12 윤여탁 외, 앞의 책, 341쪽.

다.[13] 박목월의 동시 창작론은 『소학생』 연재와 『동시교실』(아데네사, 1957), 『동시의 세계』(배영사, 1963) 출간을 통해 해방 직후부터 줄곧 어린이 운문 교육에 직접적인 영향을 미치게 된다.

당시에는 동시를 창작하는 주체와 관련해 어린이인지 성인인지 구분하는 의식이 분명하지 않았으므로 박목월의 동시 창작법은 곧 어린이를 대상으로 하는 창작론이자 동시 창작 교육론으로 수행됐다. 작가의 창작론이 제도교육에서 시행하는 작문 교육론으로 전환되면서 작가 개인의 작법이 어린이들의 운문 교육 전반을 규정짓게 된 것이다. 강소천과 박목월은 동일하게 작문 교육을 실행했지만 장르의 특성상 강소천의 산문 교육은 동화 창작 교육이 아니었던 데 반해 박목월의 운문 교육은 동시 창작 교육의 성격을 지닐 수밖에 없었다.

윤석중의 경우 교육 활동에 직접 나서지는 않았지만 일제 시대부터 동요를 창작해온 아동문학 대표작가로서의 영향력을 기반으로 해방 직후부터 잡지 『소학생』을 통해 꾸준히 제도 교육과 교류하고 강소천[14], 박목월과 교유하며 일련의 활동과 관련을 맺어왔다.윤석중의 동요, 동시는 교과서에 가장 많이 수록되며 아동문학의 정전으로 자리 잡았다. 또 박목월의 『동시교실』에는 박목월의 자선작과 아울러 윤석중의 많은 작품이 문학성이 뛰어난 동시로 소개되며 정전의 위치를 더욱 확고하게 했다.

이러한 사실들로 볼 때 당시 아동문학은 제도 교육과의 긴밀한 관계를 통해 제도 교육의 영향력을 발판으로 자신의 장을 공고히 하고 담론을 생산해왔다는 것을 알 수 있다. 강소천은 교과서 편수 작업에 직

---

13 졸고, 「〈소학생〉의 성격 연구」 참조. 『아동청소년문학연구』 8호, 2011.

14 윤석중이 1932년 『아이생활』지의 독자 작품 선정을 맡고 있을 때 강소천은 龍律이라는 본명으로 여러 차례 작품을 투고했다. 또 강소천의 대표작 「닭」이 발표된 것은 윤석중이 주간으로 있던 『소년』지의 1936년 창간호에서였다. 윤석중은 강소천의 투병 당시 약값을 보내기도 했다고 한다.(윤석중, 「소천은 갔다」, 『현대문학』 1963.6, 38쪽)

간접적으로 참여함으로써 자신의 작품을 정전화했고, 박목월은 글쓰기 교육과 작법서 발간을 통해 자신의 창작 양식을 규범화했다. 창작 활동에만 머무르지 않고 적극적으로 자신들의 작품과 작법, 감상법, 이론 등이 제도 교육 안에 자리하게 하면서 작가로서의 영향력과 작품의 문학적 지위를 공고히 한 것이다. 당시 아동문학은 독립적으로 문학 제도화되기보다는 이렇듯 제도 교육의 영역에서 자리 잡고 성장하고 논의됐다. 그 이유에는 아동 교육과 결코 분리될 수 없는 아동문학의 장르적 특수성, 해방 후 한글 교육 자료의 필요성 등의 일차적 원인이 있다. 하지만 이렇듯 강소천, 박목월, 윤석중의 고유한 활동 또한 큰 영향을 미쳤던 것으로 보인다.

(2) 순수문학 제도화 과정과의 관련성

아동문학인들의 이러한 활동은 일반 문학에서 김동리를 주축으로 조연현, 곽종원 등 조선청년문학가협회(이하 청문협) 임원들이 이루어 온 1950년대 순수문학의 제도화 과정과도 비슷한 양상을 지닌다.[15] 대한민국 정부 수립 이후 청문협 출신 회원들은 한국문학가협회(1949)의 대표적인 논자로 변모하면서 소장 문인의 위치에서 문단을 주도하게 됐다. 특히 좌익 문단과 맞서 이론적 논의를 전개했던 청문협 출신의 김동리, 조연현, 곽종원은 왕성한 문학 활동을 전개함으로써 1950년대 문단에서 지배적인 역할을 수행했다. 이들은 문학개론 집필을 포함한 일련의 문학 활동을 통해 새로운 문학 개념을 확립했으며 문학사, 월평, 총평류의 글로 과거의 문학사를 정립하고 당대 문학적 글쓰기의 전형을 구축했다. 즉 문학 개념 정립, 문학사 재정리, 문학 작법과 교

15 이하 이미정, 「1950년대 '순수문학'의 제도화 과정 연구」, 서강대 박사논문, 1~3쪽.

과서 편찬, 국어국어문학과 학제 제도 구축 등으로 1950년대 새롭게 출발하는 현대문학을 제도화했다. 해방기 좌익 문단과의 대립에서 이론적 무기로 활용했던 '순수문학'을 1950년대에 이르러 제도화함으로써 현대문학을 구성했던 것이다.

특히 이들은 대학이라는 교육 제도를 통해 문학을 제도화시켰다는 점에서 초등학교 교육 제도와 긴밀했던 아동문학과의 상관성을 고려해볼 수 있다. 그중 청문협 회원이었던 박목월의 아동문학 장에서의 활동은 청문협 출신 작가들을 비롯한 순수문학 진영의 작가들과 유사한 궤적을 보인다는 점에서 아동문학의 제도화 과정으로 주목할 만하다. 강소천, 윤석중이 동화와 동시만을 창작했던 것과는 달리 그는 1940년 시로 등단한 뒤 동시보다는 시 창작에 주력했고 일반 문인 단체에서 일반 문인들과 함께 활발하게 활동했다. 박목월은 청문협 결성 준비위원회 위원으로[16] 1946년 청문협 창립당시 간부회원이었으며[17] 이후 청문협의 시 분과회장 서정주, 고전문학 분과회장 조지훈과 『시창작법』(선문사, 1949)을 출간하기도 했다. 또 『문장강화』(윤백 공저, 계몽사, 1953), 『새중등 국어작문 2, 3』(계용묵 공저, 정음사, 1956), 『고등문학』(광진문화사, 1957), 『문학개론』(청운출판사, 1964) 등 다양한 문학 이론서와 작법서를 펴냈다.

『동시교실—지도와 감상』(아데네사, 1957), 『동시의 세계』(배영사, 1963)는 이러한 작업에서 이어진 것이다. 이 두 저서는 아동문학의 이론서로는 유일하다시피 한 것이었다. 해방 후 아동문단에서는 전문 비평가는 물론이고 창작자가 비평이나 이론을 논하는 일조차 거의 찾아볼 수 없었으므로 그의 활동은 독보적이라고 할 만했다. 박목월이 자신의

16 「조선청년문학가협회」, 『해방문학 20년』, 정음사, 1966, 144쪽.
17 임헌영, 『분단 시대의 문학』, 태학사, 1992, 65쪽.

동시론과 창작론을 줄곧 발표하고 이를 단행본으로 엮은 것은 청문협 회원들이 문학 개념을 정립하고 작법을 정리하며 당대 문학적 글쓰기의 전형을 구축해나간 과정과 유사하다. 즉 해방 이후 박목월의 아동문학 활동은 이러한 일련의 문학 활동과 궤를 같이 하는 것으로 파악된다. 박목월의 경우에는 1953년 서라벌예술대와 홍익대에 출강하고 1963년 한양대 문리과대학 교수로 임명되는 등 청문협 출신 작가들처럼 대학을 중심으로 활동할 수 있었기에 더욱 이러한 이론 작업들이 가능했고 이후에도 줄곧 아동문학 장에서 권위를 유지할 수 있었던 것으로 보인다.

박목월과 강소천의 일련의 문학 활동이 김동리와의 인적 관계에 영향 받았다는 점 또한 주목할 만하다. 앞서 살펴본 바와 같이 박목월은 청문협의 주요 회원이었으며 강소천 또한 그를 시작으로 김영일과 김요섭의 계보로 이어지는 1950~60년대 아동문학의 주류 세력으로 성장하는 과정이 김동리 체제와 연관성을 지닌 것으로 밝혀진 바 있다.[18]

박목월과 김동리의 관계는 이미 잘 알려진 바대로다. 박목월은 1935년 경주 동부금융조합 서기로 근무할 무렵 김동리와 만나 "그와 침식을 같이 하다시피 했다"고 말할 정도로 막역한 사이였다.[19] 이들은 줄곧 문인 단체 활동을 함께 했는데 해방 직후 조선문학건설본부

---

18 이충일, 「1950~60년대 아동문학단체장의 계보학적 고찰」, 『아동청소년문학연구』 12호, 2013, 74~75쪽.

19 "그 시절에 「김동리」라는 나보다 나이가 위인 청년을 사귀었다.〈화랑의 후예〉라는 단편소설이 중외일보(中外日報)신춘문예에 당선된 직후. 키가 작달막하고 앞 이빨 사이에 조그만 덧니가 인상적이든 이 청년은 우리의 세대가 곧 문단의 패권을 잡게 되리라는 신념과 자신을 굳게 가지고 있었다. 그는 중앙문단의 누구누구하며 대가들의 이름을 경칭을 뽑고, 마구 부르는데 나는 질려 버리고 말았던 것이다. (중략) 나는 동리와 사귄 후로 그와 침식을 같이 하다시피 했다. 근무처에 나가는 일 외에는 거의 동리와 어울려 장발(長髮)을 바람에 휘날리며 경주의 선술집을, 요리집을, 반월성을, 나대로의 설움에 취하여 돌아다녔다. 도스토예프스키처럼 장발을 휘날리며 우리는 「소오냐」의 꿈속에서 살았다고 어느 잡지에 쓴 일이 있을 만큼."(박목월, 『문학적 자서전』, 『박목월 자선집 4』, 삼중당, 1973, 172쪽.

회원이었고[20] 조선청년문학가협회 해산 후 1949년 한국문학가협회(이하 문협)가 창립됐을 때 김동리는 소설분과위원장을, 박목월은 사무국장을 맡았다. 이때 아동문학분과위원장은 윤석중이었다.[21]

이후 1953년부터 1961년 문협이 해산될 때까지 아동문학분과위원장은 강소천이 맡았다. 1955년부터 한국문학가협회가 대표위원 김동리 중심 체제로 변화하는 가운데 강소천이 이 체제의 핵심인사로 자리매김하게 된 것이다. 강소천은 부산 피난 시절 김동리를 처음 만나 교유하기 시작했는데 강소천의 첫 동화집 『조그만 사진첩』(1952, 다이제스트사)의 출판기념회 사회를 김동리가 보아 성황이었다고 한다.[22] 서울 환도 후 강소천이 잡지 『새벗』 주간으로 일할 때에도 그들은 종종 문인들과 함께 교류했다.[23] 강소천은 박목월, 김동리의 아내 손소희와의 교유로[24] 더욱 김동리와 그 주변인물과의 우호적인 관계를 쌓은 것으로 보인다.

---

20 임헌영, 앞의 책, 87쪽.

21 『해방문학 20년』, 정음사, 1966, 139~148쪽.

22 최태호, 「나의 편수국 시절」, 한국교육과정・교과서연구회 편 『편수의 뒤안길』 2집, 대한교과서주식회사, 1995, 15쪽. 이 자료에는 책 제목이 『그리운 사진첩』이라고 되어 있으나 이는 『조그만 사진첩』의 오기이다.

23 김동리, 「강소천, 그의 인간과 문학」, 『강소천 아동문학전집 제5권—대답 없는 메아리』, 문음사, 1981, 225~227쪽.

24 학창 시절 강소천은 박목월, 손소희와 펜팔로 문우로서의 우정을 나누기 시작했다. 박목월은 강소천과의 만남의 대해 다음과 같이 회고한다. "강소천 선생은, 나와 30년 동안이나 사귀어 온 친구다. 중학 시절에 서로 얼굴도 모르면서 동시(童詩)를 쓰는 것이 인연이 되어, 편지를 주고 받고 했다. 그것으로 우정이 맺어진 것이다. 우리가 정작 얼굴을 알 수 있게 된 것은, 20년 가까운 세월이 지난, 그가 1・4 후퇴 때 월남했을 무렵이다. 문학을 한다는 것이 인연이 되어, 얼굴도 모르고 20년 가까운 세월을, 고스란히 따뜻한 우정을 간직한 그 사실이, 내게는 희한하고도 끝없이 아름다운 일이라 믿어지는 것이다."(박목월, 「해설」, 『강소천 아동문학독본』, 을유문화사, 1961.)
한편 강소천과 손소희는 손소희가 함흥 영생여고를 졸업한 무렵 편지를 교류하기 시작해 강소천은 동요와 동시를, 손소희는 시를 써 보내는 등 "한 주일에 한 통 정도의 편지와 作品交換이 한동안 계속"된 것으로 전해진다. 강소천의 대표 동시 중 하나인 「순이 무덤」은 손소희가 보낸 동명의 소설에서 영감을 받은 작품이며 강소천이 곡을 붙이기까지 했다고 한다. (손소희, 「강소천씨와 나」, 『현대문학』, 1966.6, 44~45쪽.)

강소천의 인맥과 문단에서의 지위가 김동리와 긴밀했다는 사실은 1963년 5월 그가 사망한 후 그의 삶과 문학을 추모하고 정립해 온 작업들을 통해 재확인할 수 있다. 강소천 사망 직후 조연현이 주간으로 있던 『현대문학』은 그간 아동문학 창작이나 비평에 거의 지면을 할애하지 않았음에도 1963년 6월호에 「강소천의 인간과 문학」이란 제목으로 강소천을 추모하는 특집 지면을 매우 비중 있게 싣는다. 이 지면에는 박목월, 임인수, 윤석중, 최태호, 손소희, 박경종, 방기환, 이종환, 어효선 등 아동문학인과 일반 문학인을 망라한 이들이 강소천과의 일화를 소개하고 그의 작품 세계를 평가하는 9편의 글이 60쪽에 걸쳐 게재됐다.[25] 이후 아동문학 작가로는 최초로 전집이 간행되어 1963년부터 이듬해까지 『강소천 아동문학전집』(총 6권, 배영사)이 발간됐는데[26] 각권의 해설은 박목월, 최태호, 박창해, 김동리, 서석규, 박홍근이(권호순) 썼다. 이어 1965년 박목월, 최태호, 김동리, 조지훈 등이 중심이 되어 소천아동문학상이 제정됐다. 이처럼 강소천은 김동리와의 관계를 통해 문협 아동문학분과위원장을 역임하며 문협 인사들과 관계를 맺어왔다. 한편 임인수, 방기환, 이종환 등은 1957년 어린이날 정부 제정으로 반포된 「대한민국 어린이 헌장」을 함께 기초한 '동화작가협회' 회원들이고 이 회원 대부분은 이후 문협에 통합된 '한국아동문학회' 회원들이다.[27] 이렇듯 월남한 강소천이 급격하게 남한 문단에서

25 그가 편집위원으로 있던 『아동문학』에는 박목월, 전영택, 윤석중, 김동리, 최태호, 조지훈, 조석기의 조사와 작가론, 작품론이 실렸다.(「대답 없는 메아리, 소천을 기린다」, 『아동문학』 5집, 1963.6.)

26 『새싹의 벗 윤석중 전집』과 『이원수 아동문학 전집』이 1988년 웅진출판사에서 출간된 것에 비할 때 『강소천 아동문학전집』은 작가의 생존 여부를 고려한다 할지라도 무척 이른 시기에 간행된 것이었다. 강소천의 전집은 『강소천 문학전집』(전 15권, 문음사, 1981)과 『강소천 아동문학 전집』(전 10권, 교학사, 2006)으로 재출간된다.

27 『동아일보』 1957.4.22. 4면 「어린이와 문화 단체」 기사는 전국문화단체총연합회(문총) 산하의 한 단체인 아동문학가협회(한국아동문학회를 말함-필자 주)와 별개로 "'동화작가협회'(마해송, 강소천, 임인수, 방기환, 이종환, 김요섭, 홍은순)가 근자에 생겨서 그 첫 사업으로

독보적인 지위를 차지하는 데에는 1953년부터 문협 아동문학분과 위원장으로 활동하게 된 김동리와의 관계가 큰 영향을 미쳤다고 볼 수 있다.

해방 후 아동문학이 교육 제도를 기반으로 성장했고 이것이 김동리 등이 주도한 순수문학의 제도화 과정과 관련된다는 사실을 보다 구체적으로 확인할 수 있는 것이 잡지 『아동문학』이다. 『아동문학』은 1962년 1월 창간 이후 1969년 5월까지 총 19집이 발행된 아동문학 잡지로 강소천, 김동리, 박목월, 조지훈, 최태호가 편집위원을 맡았다.[28] 김동리, 조지훈이 아동문학 작가가 아니면서도 편집위원인 점은 이 잡지가 박목월, 강소천을 아동문학과의 매개로 해서 문협과 관련되어 있음을 시사한다. 또한 당시 문교부 장학관이었던 최태호가 당대 문단에서 담론을 주도하는 쟁쟁한 작가들과 함께 편집위원을 맡은 것은 이들이 학교 교육 제도와 아동문학과의 관련성에 주목했음을 짐작하게 한다. 최태호 역시 동화를 창작하기는 했으나 그는 동화작가로서가 아니라 해방 이후 문교부 편수관 시절부터 일한 교육 관료로서 편집위원에 참여했다고 볼 수 있다.

『아동문학』은 당시 유일하게 문예지와 아울러 비평지로서의 역할을 본격적으로 시도하고 있지만 여느 문학 전문지처럼 작가나 작가 지망생을 주 독자층으로 하는 잡지는 아니었다. 잡지의 독자 투고나 작품 응모에 참여한 이들 상당수가 교사인 것으로 보아 『아동문학』의 주 독자층 중 하나는 교사였던 것으로 생각된다. 『아동문학』은 일선 학교

'아동헌장'을 초안하여 발표함으로 이번 어린이날에 정부가 반포할 '아동헌장'의 동기를 만들었다"고 전한다. 강소천을 포함한 7인의 인물들은 김요섭을 제외하고는 1955-56년 한국아동문학회 임원들이었다. '동화작가협회'를 별개의 단체로 만든 이유가 '어린이 헌장' 제정에 역량을 집중하기 위한 기획, 전략 조직의 필요성 때문인지 그 이외 다른 이유가 있었는지는 정확치 않다.

28 현재 확인되는 권호는 14집까지이다. 1963년 5월 강소천 사망 후 5집부터는 나머지 4인이 편집위원으로 활동했다.

교사들을 대상으로 '글짓기 지도 체험담'을 공모해 꾸준히 게재했으며 교사와 교육계 인사들의 아동문학 모임인 서울글짓기연구회, 상주글짓기회, 교사 아동문학 동인회, 춘천교대 도라지 아동문학회, 강원도 명주군청 교육과 조약돌 동인회의 소식을 전하고 있기 때문이다. 지면에 있어서도 창간 1주년 기념 심포지엄의 주제를 「아동문학과 교육」으로, 11집 특집 주제를 「교과서 안에 나타난 아동문학 작품은 어떻게 다루어야 하는가?」로 삼는 등 교육과 직접적으로 연관된 내용으로 편성했다. 즉 당대 아동문학 담론을 주도한 『아동문학』은 "문협 정통파로 대변되는 순수문학 진영의 기획성이 선명한 잡지"[29]임과 아울러 그 구체적인 실제에 있어서는 학교 교육제도를 기반으로 순수주의 아동문학의 제도화를 이루어내고자 했던 것으로 생각된다.

당시 아동문학과 교육 제도와의 긴밀한 관계는 광범위하게 확인된다. 아동문학 잡지인 『아동문학』뿐 아니라 교사들의 월간 교양 잡지 『교육평론』(교육평론사 발행)[30], 『횃불』(1969.1~1970.5, 통권 17호, 한국일보사 발행), 『교육자료』(1957 창간, 교육자료사 발행) 또한 다양한 교육 정보를 소개하는 가운데 아동문학을 매우 주요한 영역으로 다루었다. 『교육평론』은 박경용과 이원수 등 아동문학인들이 한 해의 아동문학을 평가하는 좌담을 매년 게재하며 아동문학의 현황과 논의를 소개했다. 『횃불』은 고정적으로 아동문학 관련 지면을 편성했는데 대표적으로 이재철의 「한국현대아동문학사」 연재와 작가론 연재를 들 수 있다. 그 이전인 1965~66년 『교육자료』에는 이원수의 「아동문학 입문」이 연재됐다. 교사를 대상으로 하는 교양 잡지가 여느 아동문학 문예지에서도 볼 수 없던 연간평, 작가론, 문학사 등의 전문적인 아동문학 비평, 연구,

29 이충일, 「1960년대 아동문학 담론의 형성과 잡지 『아동문학』」, 『아동청소년문학연구』 11호, 2012, 323쪽.
30 지금 확인되는 권호는 63호(1964년 1월호)부터 260호(1980년 6월호)까지이다.

이론을 게재한 것은 어린이가 독자 대상인 문예지 지면 편성의 제약 때문이기도 하지만, 제도 교육에서 아동문학이 매우 주요한 분야를 차지하고 있었음을 반증해준다.

해방 후 한국 아동문학은 어린이들에게 적절한 한글 자료와 작문 교육의 필요에 더해 강소천, 박목월, 윤석중 등 아동문학 작가들이 학교 교육 과정과 교육 현장에 적극적으로 개입함에 따라 교육 제도와 긴밀한 관계를 맺어왔다. 교과서 편수에 직간접적으로 참여한 강소천은 자신의 작품을 교과서에 적극 수록하며 월남 후 남한에서 작가로서의 지위를 획득했고 박목월은 자신의 동시 창작론을 어린이들의 작문 교육에 대입하여 자신과 윤석중의 작품을 동시의 전범으로 구축해나갔다.

이들의 작품이 교과서에 수록되면서 아동문학 작품의 정전화가 진행되었고 작가들이 직접 작문 교육에 나서며 아동문학 작품의 글쓰기 방식이 전형화되는 등 학교 교육 제도와 아동문학의 긴밀한 연관은 아동문학의 확장과 성장에 도움을 주었다. 그러나 이러한 상황은 아동문학의 문학성이 인정받지 못한 채 아동문학을 단지 학교에서의 국어 교육, 작문 교육과 관련된 교육적 기능만으로 한정짓게 되는 이중의 결과를 가져오기도 했다.

일반 문학과 비교하자면 1950년대 순수문학의 제도화 과정은 새로운 문학 개념의 확립, 문학사의 재정립과 아울러 현장 비평, 작법, 작문 교과서 등을 통한 순수문학 글쓰기의 전형을 구축하는 방향으로 이루어졌다.[31] 이 때 작법과 작문 교과서의 발간은 순수문학 담론이 문단 내부에서 외부의 일반 독자들에게까지 파급되는 효과를 지니게 됐다. 그러나 아동문학은 현대아동문학이라는 새로운 과제에 대한 담론

31 이미정, 「1950년대 순수문학의 제도화 과정 연구」, 서강대 박사논문, 2010, 130쪽.

을 제시하지 못하고 독자적인 문학 '제도'로 성립하지 못한 채 제도 교육 안으로 편입되는데 그치고 말았다. '본격동시' 담론은 이러한 아동문학과 교육 제도의 관련성을 제거하고 고유의 문학 '제도'로서의 아동문학을 구축하고자 했던 과정에서 형성된 동시론이다.

2) 아동문학의 문학 제도

해방 후 아동문학은 제도 교육과의 긴밀한 관계 속에서 성장해왔다. 그러나 이는 한편으로 아동문학이 독립된 문학 제도로서 존립하는데 방해가 되기도 했다. 따라서 교육과는 완전히 분리된 문학 제도로서의 아동문학을 향한 논의들이 진행되기 시작했는데 이를 가장 잘 살펴볼 수 있는 것이 작가와 관련된 문제들이다.

담론 이론적 시각에서 '작가'라는 범주는 "말하기와 글쓰기의 실천을 지배할 수 있는 질서의 힘"이고 "작가성은 작품 창작을 통해서뿐만 아니라 글을 쓰지만 창작을 하지 않는 모든 이들과 분리함으로써 확립된다".[32] 하지만 작가를 어떻게 규정할 것인지는 그리 명백한 문제가 아니다. "작가나 예술가의 개념과 같은 개념들의 의미론적 흐릿함은 그의 정의를 부여하려고 한 투쟁들의 산물이면서 동시에 조건"[33]이다. 이 시기 아동문학에서 다양한 작가 개념들이 서로 상충하고 문제시되는 가운데 작가의 전문성을 제고하는 방향으로 정립되는 과정을 통해 아동문학 제도화 과정의 단면을 살펴본다.

---

32 한스 하이노 에버스, 김정회 외 역, 『아동청소년문학의 서』, 유로, 2008, 275~279쪽 참조.
33 피에르 부르디외, 하태환 역, 『예술의 규칙』, 동문선, 1999, 296쪽.

(1) 아동문학의 작가 논의

1950년대까지도 아동문학에 대한 일반 문인들이나 사회의 인식은 작품의 창작 주체를 성인 작가와 아울러 작품의 독자인 아동으로 보는 견해가 보편적이었다. 잡지 『아동문학』의 작가 관련 논의를 살펴보면 이를 확인할 수 있다. 김동리는 「아동문학이란 무엇인가」에서 아동문학의 특수성은 아동과의 관계에 있다고 전제하며 아동문학을 "첫째, 아동을 독자로 하는 문학 둘째, 아동을 작자로 하는 문학, 셋째, 아동을 소재로 하는 문학"[34]으로 정의한다. 두 번째 정의에 덧붙여 그는 "아동이 지은 문학만이 아동문학으로 되는 것이 아니고, 아동이 지은 문학도 아동문학으로 될 수 있다는 뜻"[35]이므로 결정적 조건은 아니라고 말한다. 그리고 결국 아동문학의 본질적 측면은 '소재'에 있다고 밝힌다.

아동이 아동문학의 작가이기도 하다는 생각은 『아동문학』 대부분 글에서 확인된다. 조지훈은 김동리가 제시한 위의 세 가지 항목에 대해 각 항목별로 비판하는데 그중 아동문학을 작자로 하는 문학이 모두 아동문학은 아닌 이유에 대해 "아동이 지은 성인문학의 시도 있고 성인을 작자로 하는 아동문학도 있"[36]기 때문이라고 말한다. 김동리처럼 아동 작자와 아동문학과의 상관성을 충분조건으로 규정짓지 않으면서도 아동문학의 작가가 아동일 수도 있다는 점에 대해서는 수긍하는 것이다.

아동문학의 작가를 논할 때 아동을 배제하고 성인으로 한정하는 견해는 아동문학 작가들에게서조차 찾아보기 힘들다. 박목월의 경우

34 김동리, 「아동문학이란 무엇인가」, 『아동문학』 1집, 1962.10, 5쪽.
35 같은 글, 6쪽.
36 조지훈, 「아동문학은 아동을 주체로 한 문학이다」, 『아동문학』 1집, 1962.10, 16쪽.

'아동'을 '동심'으로 치환시키며 아동문학이 실제의 아동으로 경계 지워지지 않도록 하지만 그 역시 아동 작가를 부정하지는 않는다.

> '성인문학'과 대가 되는 '아동문학'이란 무엇인가. 그것은 '동심의 문학'이다. 또한 아동문학의 특수성도 '아동과의 관계'에서 있기보다는 '동심과의 관계'에 있는 것이다. '동심'이 비록 '어린이 마음'이요, 그것이 성인과는 구별할 수 있는 아동다운 것이기는 하지만 성인에게도 '동심'이 잠재해 있는 한, '아동과의 관계 있는 문학'으로 국한하기보다는 '동심과의 관계 있는 문학'으로 보는 것이 더욱 타당하며, 또한 '아동'이 곧 '동심'이 아니기 때문이다.[37]

이러한 관점의 전환은 아동문학의 작가가 어른뿐 아니라 아동이기도 하다는 일반적 견해를 극복할 수 있는 바탕이 된다. 실제의 '아동'이 아닌 '동심'으로 아동문학이 성립되기 때문이다. 그러나 그는 김동리가 내세운 세 가지 조건을 전제로 "동심을 가진(아동이든 어른이든 간에) 자가 동심의 세계를 표현한 문학"[38]으로 아동문학을 정의한다. 괄호 안의 "아동이든 어른이든 간에"라는 설명은 "〈아동〉이 곧 〈동심〉이 아니"라는 말에 비추어 볼 때 오히려 아동보다는 어른을 강조한 것으로 해석할 수 있지만 아동을 배제하지는 않는다.

그런데 이처럼 아동문학 작가를 성인 작가뿐 아니라 아동으로 보는 데서 따르는 문학적 상황들은 실은 서사 장르인 동화나 아동소설보다는 서정 장르인 동요나 동시의 경우에 해당하는 것이었다. 동화나 소설은 인물 형성, 사건 구성과 전개 등에서 일반 아동이 창작하기에 어

37 박목월, 「나의 의견」, 『아동문학』 1집, 1962.10, 19쪽.
38 같은 글, 20쪽.

려운 점이 있다. 하지만 단순한 내용, 짧은 형식을 지닌 동요와 동시는 아동들이 창작할 수 있다고 생각됐고 실제로 작품 외형적으로는 아동 역시 창작 가능했다. 당시 작문교육은 크게 산문과 운문으로 나누어져 실시됐고 산문교육에서는 동화나 아동소설이 아닌 수필 형식의 생활 글을 썼지만 운문 교육에서는 시를 썼고 이것이 성인이 쓴 것과 동일하게 동시라고 불렸다.

게다가 문학사적으로도 1920, 30년대 소위 '동요황금시대'의 동요들은 감상 주체에서 창작 주체로까지 성장한 '소년문사'들에 의해 창작됐기에 더욱 그렇게 생각될수밖에 없었다. 당대를 대표하는 동시인인 윤석중, 박목월, 이원수 역시 '소년문사'로 동시 창작을 시작했으므로[39] 더욱 아동 작가에 대한 인식이 보편화됐을 것으로 여겨진다.

성인과 아울러 아동까지 동시의 작가로 여기는 생각이 보편적이었다는 사실을 가장 명확하게 살펴볼 수 있는 것이 국어사전의 동시 정의다. 당시 국어사전은 '동시'에 대해 "아동의 정서를 읊은 시. 아동문학가가 지은 것과, 아동 자신이 지은 것의 두 가지로 구분할 수 있는 데(이희승, 국어대사전)"[40]라고 정의한다. 성인 작가의 작품과 어린이의 작품을 모두 '동시'로 칭하며 작품의 차이를 두지 않는다. 성인이 썼든

---

39 윤석중은 1924년(13세) 『신소년』에 「봄」이 입선, 박목월은 1933년(17세) 『어린이』에 「통딱딱 통딱딱」이 특선되고, 이원수는 1926년(15세) 『어린이』에 「고향의 봄」을 발표하며 본격적인 창작을 시작했다.

40 이종기, 「교과서의 작품(시)를 다루는 교사들에게」에서 재인용, 『아동문학』 11집, 1965.4, 67쪽.
현재 국립국어원의 『표준국어대사전』은 동시를 다음과 같이 정의한다. "1.주로 어린이를 독자로 예상하고 어린이의 정서를 읊은 시 2.어린이가 지은 시." 현재 '어린이가 지은 시'는 '동시'라 하지 않고 '어린이시'라고 명칭하는 것이 아동문학 내외적으로 통용되고 있으나 여전히 국어사전에는 '동시'의 개념에 어린이가 창작한 시가 포함되어 있다. 그러나 이는 명칭이 동일할 뿐 어른과 어린이의 창작을 별개의 범주로 구분하는 점에서 이희승의 『국어대사전』과는 다르다. 한편 『표준국어대사전』은 동화에 대해서는 "어린이를 위하여 동심(童心)을 바탕으로 지은 이야기. 또는 그런 문예 작품. 대체로 공상적 · 서정적 · 교훈적인 내용으로 되어 있다."고 정의해 어린이를 창작자로 명시하고 있지 않다.

어린이가 썼든 구분하지 않고 아동의 정서가 들어 있으면 동시라고 규정한 것이다.

어린이가 아동문학의 작가일 수도 있다는 이러한 견해는 성인 아동문학 작가들의 전문적인 역량을 완전히 인정하지 못하는 인식을 초래하게 된다. 또한 일반 문학처럼 성인 전문 작가만이 아닌 어린이도 창작할 수 있다는 견해는 아동문학의 예술성 또한 한정시키거나 격하시킨다.

아동문학의 작가가 어린이로 규정되기도 하던 상황에서 성인 작가들의 전문성 문제는 늘 논란이 됐다. 이원수는 1950년대의 문학을 정리하며 다음과 같이 말한다.

> 이러한 아동문학에서 이야깃거리가 된 일은 작가의 실력문제에 관한 것이었다. 아동문단에 잡초제거의 필요성을 말한 이들이 많았던 것이다.
>
> 아동문학은 용이한 문학으로 잘못 안 이들이 동요나 동화를 남작 발표하며, 어떤 등용문을 거치지 않고 작가나 시인으로 행세하는 일이 많다는 불평이었다. 더구나 평론이 없다시피 한 지역이었던 만큼 그러한 사태도 불능했던 것이라 하겠다.[41]

이 글은 1950년대 아동문학에서 작가로서의 역량을 갖추지 못했다고 여겨지는 이들이 아동문학 작품을 발표하는 상황이 '잡초제거'라는 어휘가 사용됐을 만큼 작가들 사이에서 문제 거리로 불거졌다는 점을 전한다. 또 신춘문예나 추천제 등 정식 등단제도를 거치지 않고도 아동문학 작품을 발표하고 작가로 활동할 수 있던 상황이 비평의 부재에서 비롯됐다고 말한다. 윤석중 역시 당시 아동문학 작가 문제와

---

41 이원수, 「아동문학」, 『해방문학 20년』, 한국문인협회 편, 정음사, 1966, 64쪽.

관련한 상황들을 이원수와 동일한 관점에서 지적한다.

> 우리 아동문학이 자리가 잡히려면 하루바삐 그 평가기준이 서야 된다. 작가나 시인이 동화나 동시만을 쓸 수는 있지만은 동화나 동시를 쓰는 사람이 모조리 다 작가나 시인은 아닌 것이니 아동문학 단체가 제 구실을 못하고 있는 까닭도 여기 있다 하겠다.
>
> 소아과 전문의사가 따로 있지만은 의사 아닌 사람은 없는데 아동문학전문가 중에는 문인이 아닌 사람이 섞여 있다. 그들에 대한 작가적인 역량 평가는 독자에 한 발 앞서 평론가의 힘을 빌 수밖에 없는데 우리나라에는 팔일오 이전에 송모, 윤모, 신모(모조리 월북)들이 아동문학에 관한 평필을 든 이후 이렇다 할 평문을 본 일이 없다. 이럭저럭 오십년 역사를 지닌 우리나라 아동문학이 자기 비판을 거친 총정리를 서둘러야 할 때는 왔다. 우거진 잡초를 뽑아 버리지 않고서는 아무리 거름을 주더라도 좋은 열매를 맺지 못할 것이다.[42]

이처럼 당시 아동문학은 일반 문학처럼 작가들이 공식적인 제도를 거쳐 등단하고 문단 내외적으로 공고한 위치를 지녔던 것과는 차이가 있었다. 많은 이가 공식적으로 등단하지 않고도 작품을 발표했고 그러한 작품의 문학적 완성도가 문제시되던 상황이었다. 게다가 아동문학의 작가가 아동일 수도 있다는 보편적인 견해는 아동문학 작가의 전문성을 더욱 약화시켰다.

윤석중의 글에서 새로운 점은 전문 작가와 아마추어 작가들이 섞여 있는 상황을 두고 "아동문학 단체가 제 구실을 못하고 있는 까닭도 여기 있다 하겠다"라고 말하는 점이다. 문맥상 명확하지 않지만 이는 아동문학 단체가 제 역할을 한다면 전문 작가로서의 지위가 좀 더 명백

---

42 윤석중, 「아동문학의 지양성」, 『동아일보』, 1960.8.18, 4면.

하게 규정될 수 있다는 뜻으로 보인다. 아동문학 단체가 합당한 기준으로 회원을 규정하고 관리한다면 단체의 소속 여부에 따라 작가로서 인정할 수 있는지의 여부를 판가름할 수 있다는 생각이다.

즉 전문 작가를 규정하는 일과 관련해 이원수와 윤석중은 아동문학 역시 일반 문학처럼 보다 공고하게 문학 제도화되어야 한다고 역설한다. 이원수와 윤석중 모두 아동문학의 작가 규정과 지위가 일반 문학처럼 제도화되지 못한 원인과 해결책을 비평에서 찾는 점은 주목할 만하다.

(2) 아동문학 비평 요청의 함의

아동문학의 문학 제도화에 대한 열망을 단적으로 드러내주는 것이 아동문학 비평에 대한 요청이다. 일반 문학 작가들이 아동문학 비평의 필요성을 전혀 언급하지 않는데 비해 유독 아동문학 작가들은 아동문학 발전을 위해 비평이 필수적임을 역설한다.[43] 『아동문학』에 게재된 아동문학 작가들의 평론은 거의 전부 아동문학 분야에서 비평이 필요함을 강조하는 것으로 마무리된다.

물론 일반 문학에서도 비평문학의 전문성을 확보하고자 하는 노력이 있었고 이 때 많은 신인 비평가들이 등장했다. 1950년대는 등단제도의 안정화 등으로 문인의 재생산 구조가 확립되어 문단 규모가 급격히 팽창했고 전문적인 비평가 집단 역시 형성됐다. 1955년을 기점으로 『현대문학』, 『문학예술』, 『자유문학』과 같은 문예지들의 추천제도, 주요 일간지의 신춘문예제도 등으로 한꺼번에 20명 이상의 신진

43 신인 작가 발굴을 위해 『아동문학』 창간호부터 계속된 작품 공모에는 동화 · 소설, 동시 · 동요, 동극과 아울러 '평론' 부문이 마련되어 있다. 아동문학 분야에서 평론을 공모한 것은 이전까지는 찾아보기 힘든 매우 이례적인 일이었다.

비평가들이 쏟아졌다.[44] 전쟁 후 비평가의 절대 부족으로 위축됐던 비평은 이로써 비로소 독자적인 역할을 수행할 수 있는 기반이 마련된 것이다. 1950년대 이후 대두된 비평무용론이나 비평불신론 등에 위기의식을 느낀 평론가들은 비평의 전문화와 비평 담론의 양적, 질적 상승을 고민했다. 그러나 아동문학의 문단 상황은 일반 문학과 달리 전문 평론가가 전무했다는 점에서 차이가 있다. 또 유독 아동문학인들만이 아동문학 비평을 역설한 점은 더욱 주목할 만하다.

아동문학 평론에 대한 강력한 열망에도 불구하고 아동문학 평론과 평론가가 필요하다는 요청은 대부분 글에서 당위적인 선언에 그치는 수준이었다. 그러나 그중 박홍근의 글 「반향없는 문학에서의 탈피—아동문학 평론의 확립을 위하여」(『아동문학』 9집, 1964.7.)를 통해서는 아동문학인들이 아동문학 평론을 요구하는 배경과 이유를 짐작해볼 수 있다. 1950년대부터 동시와 동화를 창작해온 박홍근은 1963년 한국문인협회 아동문학분과위원장을 역임하고 1966년 제2회 소천문학상을 수상할 정도로 대표적인 중진 작가였다. 따라서 문협 아동문학분과위원장을 역임한 이듬해인 1964년 7월 『아동문학』에 발표한 이 글은 일정 정도 아동문학 작가들의 의견을 대표할 만한 발언의 무게를 지닌다고도 볼 수 있다.

> 비평이 없고, 평론이 없는 우리의 아동문단은, 대개의 작가들로 하여금, 소위 천편일률적인 마네리즘에 빠지게 했고, 이와같이 하다간, 누구든지 할 수 있는 것이 아동문학이라는, 그릇된 인식을 주지 않을까 하는 것이 염려된다. (중략)
>
> 우리 아동문단에는 결여된 것이 한 가지가 있다. 즉 아동문학을 위한 논쟁

44 이봉범, 「1950년대 등단제도 연구」, 『한국문학연구』 36집, 2009.6.

(論爭)이 바로 그것이다. 즉 작품의 질적 향상과 작가의 사회적 또는 문단적 인 지위를 향상시킬 수 있는 논쟁이 전개되어야 하겠다.[45]

박홍근은 아동문학 작품의 완성도가 답보되고 이와 더불어 작가의 지위가 제대로 인정되지 않는 까닭을 아동문학 비평과 논쟁의 부재에서 찾는다. 그런데 비평에 대한 요청은 단지 아동문학 작품의 수준 향상과 아동문학 작가들의 지위 향상을 위한 것만은 아니었다. 그는 이 글 말미에 "방관자적 입장에서가 아니라 스스로 나서서 논평의 붓을 들어줄 것을 모든 아동문학가 동지들에게 부탁하고 싶다. 우리들의 일을 남에게(성인문학 평론가) 부탁할 필요는 없다. 그것은 우리들 아동문학가들도 충분히 할 수 있는 실력을 갖추고 있기 때문이다."라고 말한다. 즉 비평의 요청이 궁극적으로 지향하는 바는 아동문학 장르의 정체성 확보와 아울러 아동문학 문단의 독립이며 이 과정에서 일반 문단에 대한 대타의식까지 지니고 있음을 짐작할 수 있다.

박홍근의 글을 미루어볼 때 아동문학 작가들은 아동문학 평론과 평론가를 아동문학 내외적인 측면에서 요구했던 것으로 생각된다. 첫 번째, 작품 내적으로는 개별 작품을 평가하고 새로운 창작 방향을 선도하는데 비평이 필요하다고 생각했다. 일례로 김동극은 아동문학의 질적 발전의 부재가 "평론이 없어 작가들이 자기작품의 흠함(欠陷)을 발견(의식)하고 이를 보정하기 위한 작가수업(자기갱신)의 자료를 얻지 못하는"것에서 기인한다고 보고 지상 호평(互評)을 제안하며 이것이 "작가들의 자가연수상 절대 필요하거니와 아동문학을 뜻하는 후진들에게 유일한 이정표가 될 것이며 나아가 한국아동문학의 고차적인 비약

45 박홍근, 「반향없는 문학에서의 탈피—아동문학 평론의 확립을 위하여」, 『아동문학』 9집, 1964.7, 67쪽.

을 가져오는 도약대가 될 것"[46]이라고 말한다. 일정한 기준에 따라 작품의 완성도를 평가하는 비평의 일차적인 임무가 발현되면 기존 작가와 습작생들의 작품에 대한 안목을 높여 창작을 선도할 것으로 기대했다.

두 번째, 작품 외적으로는 아동문학의 장르적 특성을 이론화하는 작업을 통해 일반 문학 평론가들의 일방적인 평가에서 벗어나 아동문학 고유의 문학성을 주장하고자 했던 것으로 여겨진다.

이와 관련된 것으로 강소천의 견해를 들 수 있는데 그는 "아동문학의 평가 방법"이 아동문학을 문학의 입문 단계 내지 문학에 미치지 못하는 것으로 여기는 견해들을 불식시키기 위해 가장 시급한 것이라고 말한 바 있다. 그는 "아동의 대변자가 되며 아동을 진정으로 이해하는 아동 편에 선 문학평론가의 출현만이 좋은 아동문학 작가를 낳을 줄 안다"[47]며 아동문학 장르의 고유성을 알고 존중하는 평론이 좋은 작품을 발견하고 추동하기를 고대한다. 이는 그간 일반 문학평론가의 아동문학 평론이 그러하지 못했음을 간접적으로 드러내는 것이기도 하다.

비평이란 그 속성상 글의 '치안'을 유지하고 글을 '문학적'인 글과 '비문학적'인 글로 구분하는 권력이다. 또 비평적 담론은 담론을 규정하고 유지하는 자들과 선택되어 담론에 받아들여진 자들 사이의 권력관계이다.[48] 따라서 아동문학 작가들이 '평론'이라는 개념을 빌어 말하고 했던 바는 시평, 작품론, 작가론 등으로 아동문학 작품들을 적절한 기준으로 평가함으로써 작품성을 가늠하고, 이론과 연구 작업 등으로 아동문학 고유의 담론을 정립함으로써 아동문학 장르와 아동 문단의 독립성을 제고하고자 했던 것으로 보인다. 즉 이는 일반 문학과 구분

46 김동극, 「作家와 作品의 互評을 提言함」, 『아동문학』 11집, 1965.4, 31쪽.
47 강소천, 「아동문학의 특수성」, 『아동문학』 1집, 1962.10, 11쪽.
48 테리 이글턴, 김명환 외 역, 『문학이론입문』, 창비, 2000, 250쪽.

되는 아동문학의 독자적인 장과 담론에 대한 강한 열망을 내포한다.

『아동문학』을 통해 일반 문학 작가나 평론가들이 아동문학 비평을 시도했지만 아동문학 작가들이 보기에 그들의 비평은 아동문학의 특수성과 고유성을 도외시하는 것이었다. 따라서 아동문학인들의 아동문학 비평에 대한 줄기찬 요청이 대변하고 있는 것은 바로 일반 문학의 시각에서 독립한 아동문학의 이론화 작업이고, 이를 토대로 한 아동문학 문단의 형성이었다. 훗날 '동시인' 동인회에 참여한 유경환의 다음 글은 이같은 상황을 간명하게 밝혀준다.

> 아동문학은 다시 아동문학인이 지켜야 할 영역임에도 불구하고 문학인으로서 작가수업을 거치지 아니한 일군의 사람들이 모여들어 작품을 쓴다며 활동을 하게 되었고, 그리고 이 땅의 아동문학 비평의 부재가 이를 방관하였기에 끝내는 아동문학 영역의 확장이 아니라 변질의 논의까지 나오게 된 것이다.
>
> 이 책임은 첫째로 아동문학인 선배들이 질 수 없다고 못할 것이요, 둘째로 위에서 말한 바와 같이 비평의 부재에 있으며, 셋째로 좀 미안한 이야기이지만, 거의 아동문학에서 손을 뗀, 가끔 작품심사나 해주는 정도의 일반 문학인에게도 돌아간다고 본다.[49]

그러나 『아동문학』 창간 당시인 1960년대 초반까지 아동문학 이론의 정립은 여전히 요원한 상황이었다. 창작과 비평을 함께 수행하며 동시론을 집필한 박목월조차 "아직도 내게는 '아동문학이 무엇이냐' 함은 숙제로 남은 것"[50]이라고 토로하고 있을 정도다.

---

49 유경환, 『한국현대동시론』, 배영사, 1979, 164쪽(출처는 『교육자료』 1968.12).

50 박목월, 「나의 의견」, 『아동문학』 1집, 1962.10, 21쪽.

2. 아동문학론의 양상

아동문학이 학교 교육 제도에 긴밀하게 관련되어 문학 제도화가 이루어지지 않은 상황에서 아동문학 내에서는 아동문학의 문학적 정체성을 확립하고 일반 문단과 구분되는 독자적인 아동 문단을 구축하고자 하는 논의들이 진행되기 시작한다. 당시 유일한 아동문학 비평 전문지로 평가받는 『아동문학』에서는 '본격동시' 성립 당시의 이러한 논의를 가장 잘 확인해 볼 수 있다. 이 장에서는 『아동문학』을 중심으로 여러 일반 문학 작가들과 아동문학 작가들의 아동문학 장르에 관한 논의와 그 함의를 살펴보도록 하겠다.

『아동문학』 창간호 편집후기는 "이 땅에 아동문학의 싹이 움트기 40년을 헤아리나 아직도 이렇다 할 연구와 평론이 없었음은 문학을 위해서도 교육을 위해서도 안타까운 사실"[51]이라며 잡지 창간 목적이 전문적인 연구와 비평의 장이 되는데 있음을 밝힌다. 이어 "창작에는 기성과 신인을 가리지 않고 작품 본위로 삼자는 것이 편집위원의 공통된 의견"이라고 말하며 새로운 작품과 작가를 발굴하는 문예지로서의 역할 또한 중요시한다.

이처럼 『아동문학』은 비평지와 문예지의 성격을 동시에 지니고 있었지만 아동문학 연구와 비평이 전무하다시피 한 상태에서 상대적으로 비평지로서의 역할이 더욱 중요시되는 매체였다. 당대의 아동문학 관련 논의는 『아동문학』이라는 장이 마련됨으로써 본격적으로 이루어졌다고 할 만한다. 이재철은 「아동문학」의 중요성을 높이 평가하며 "60년대 아동 문학의 중심광장 구실을 단단히 했으며, 특히 아동문학 기초이론을 확립하는데 크게 이바지했다"[52]고 밝힌 바 있다. 이원수

51 「편집을 마치고」, 『아동문학』 1집, 1962.10, 79쪽.
52 이재철, 『한국현대아동문학사』, 일지사, 1978, 539쪽.

역시 1960년대 아동문학을 개관하는 글에서 이 시기에 전문 평론가는 아니어도 작가들이나마 평론을 시작한 것이 의미 있는 일이었다고 말한 뒤 "『아동문학』은 아동문학에 관한 문제들에 대해서 여러 사람의 소론을 실었고 작품평도 실은 일이 있었다. (중략) 『아동문학』지는 계간 정도의 것이기는 했으나 이론을 전개할 수 있는 지면을 가진 점에서 귀한 존재가 되어 있었다"[53]고 그 가치를 높이 평가했다.

1960년대 아동문학 비평의 장이었던 『아동문학』은 '본격동시'에 관한 담론이 성립되어가는 일면 역시 확인할 수 있다. 『아동문학』에는 '본격동시운동'을 제창한 '동시인' 동인 회원인 김사림, 박경용, 박송, 방극룡, 석용원, 유경환, 이석현, 정상묵, 차보현, 최계락의 동시가 꾸준히 게재된다. 방극룡은 『아동문학』의 추천을 받아 등단하기도 했다. 한편 '본격동시' 담론을 촉발한 평론인 이상현의 「前衛없는 Pathos의 風土」(『아동문학』 12집, 1965.7.), 조유로의 「兒童文學家의 座標」(『아동문학』 12집, 1965.7.)와 아울러 동화시, 장형동시 등 동시의 다양한 형식 실험에 대한 비평들이 게재됐다. 『아동문학』에 실린 일반 문학인들의 평론이 이후 '본격동시' 담론에서 반론되기도 한다. 따라서 『아동문학』의 논의들을 통해 당대 아동문학론과 동시론의 양상, '본격동시' 담론의 형성 배경과 형성 과정을 살펴볼 수 있다.

1) 일반 문학인의 아동문학론

『아동문학』은 '아동문학이란 무엇인가?'를 창간호 특집 주제로 삼고 이를 잡지 첫 머리에 싣는다. 지상 심포지엄 형식의 창간호 특집은

---

53 이원수, 「아동문학개관 Ⅱ」(1966, 『 한국예술』 발표), 『이원수 아동문학 전집 29—동시 동화 작법』, 웅진, 1984, 210~211쪽.

해방 이후 본격적인 아동문학 논의의 시초로 당대 아동문학 논의의 단계를 엿볼 수 있다. 창간 특집 심포지엄에서는 김동리가 기조발제를 맡고 조지훈, 강소천, 박목월 등 편집위원이 토론에 참여해 아동문학의 장르적 특성을 원론적으로 고찰한다. 이러한 원론적 고찰은 아동문학 이론을 정립하려는 잡지의 지향을 드러내는 한편 아동문학의 장르적 정체성에 대한 논의가 요청되는 당시 현실을 반영하는 것이기도 하다. 해방과 분단 이후 1950년대 일반 문학에서 문학의 정체성을 논의했던 것과 마찬가지로 이 시기에 들어 아동문학은 본격적으로 문학적 정체성을 질문하기 시작했다.

아동문학을 정의하는 이들의 주장은 조금씩 차이를 지닌다. 그중에서도 일반 문학 작가인 김동리, 조지훈과 아동문학 작가인 강소천, 박목월이 말하는 아동문학론은 그 차이가 분명하다. 아동문학에 대한 일반적인 견해와 아동문학 고유의 장르 정체성을 규정하고 강조하는 아동문학 작가의 견해가 다른 것이다. 『아동문학』이 지닌 상징성으로 미루어볼 때 이러한 대조는 당대 아동문학 논의의 내용과 구도를 집약적으로 드러낸다고 할 수 있다.

먼저 심포지엄의 발제를 맡은 김동리는 "아동문학이란 무엇인가"라는 제목의 글에서 아동문학을 '특수문학'으로 한정하고 이를 전제로 논의를 진행한다.

> '농민문학' '전쟁문학' '아동문학' 하는 따위와 같이 일반문학이 아닌 특수 문학은 그 특수성 자체가 이미 그것의 '목적과 사명'을 가리킨다는 점이다. (중략) 그러므로 아동문학은 그냥 '아동과 관계되는 문학'이 아니고 '아동을 위한 문학'이라는 목적성을 띠게 (되—탈자)며, 여기에 아동문학의 강한 점과 약한 점이 동시에 깃들게 되는 것이다. 왜 그러냐 하면 사회적으로 그만한 포지션을 가진다는 것은 강한 점이요, 문학적으로 그만한 제한을 받

는다는 것은 약한 점이 되기 때문이다.[54]

아동문학은 "아동을 위한 문학"이라는 목적성을 지닌 "특수문학"이며 그러기에 문학적으로 제약을 받는다는 주장은 아동문학의 문학 일반으로서의 성격을 중요시하지 않는 시각이다. 이러한 전제는 아동문학의 주제적 특질을 이상성으로, 소재적 특질을 낭만성으로 정의하는 견해로 이어진다. 특수문학인 아동문학의 소재는 "미성인간"(성인이 아닌 인간, 즉 아동—필자 주)과 "비인간"으로 한정되기에 아동문학은 "사회적"이거나 "현실적"일 수 없으며 이상적이고 낭만적이라는 주장이다.

아동문학이 "현실주의보다는 이상주의적인 것이며, 사실주의보다는 낭만주의적인 것"[55]이라는 아동문학론은 김동리가 해방 이후 문단에서 우파 진영을 대표하는 논자로 순수문학론을 주창했던 것의 연장선상에 있다. 이러한 의도 아래 그는 아동문학의 문학 일반으로서의 성격을 도외시하고 특수성을 강조하며 아동문학의 효용, 주제, 소재 등을 협소하게 한정한다.

이에 대해 조지훈은 아동문학을 "아동을 주체로 하는 문학"으로 정의하고 "동심"의 개념을 등장시킨다. 그는 "아동문학의 주체가 되는 아동은 무엇이며 동심이란 무엇인가 이것만 밝힐 수 있다면 아동문학의 본질은 자명해질 것"[56]이라고 본다. 하지만 이러한 원론적인 접근은 결국 아동과 동심을 "만 육칠세로부터 십 사오세"라는 연령적 개념으로 귀결시키는데 그치고 만다. 또한 아동문학을 "영원한 낭만주의 문학, 꿈의 문학"으로 규정하며 순수문학론에 기반한 김동리의 아동문학론과 결론적으로는 동일한 입장을 표명한다.

---

54 김동리, 「아동문학이란 무엇인가」, 『아동문학』 1집, 1962.10, 8쪽.
55 같은 글, 10쪽.
56 조지훈, 「아동문학은 아동을 주체로 한 문학이다」, 『아동문학』 1집, 1962.10, 17쪽.

아동문학을 일반 문학으로 인정하지 않는 견해는 실은 '순수문학'의 제도화에 앞장섰던 김동리나 조지훈뿐만 아니라 백철, 홍사중에 이르기까지 『아동문학』에 평론을 게재한 일반 문학인 모두에게서 일관되게 확인되는 바이다. 아동문학인이 아닌 일반 문학인들은 아동문학의 문학성이나 예술성 대신 아동 교육과 관련한 기능과 효용을 강조한다. 또 아동문학의 현실성 대신 낭만성과 이상성을 주장한다.

백철은 일반 문학인으로서는 이례적으로 아동문학을 특수문학으로 치부하지 않고 문학 일반으로서의 성격을 중시한다. 아동문학은 아동의 세계를 소재로 하고 아동이 즐길 수 있는 작품이라는 특수성이 있지만 성인이 감상하지 못할 이유도 없다는 것이다. 하지만 그는 "아동문학이란 산문일 때는 동화가 아니고 아동에게 읽히우기 위한 소설이 되고 시문(詩文)일 때는 아동을 위한 시(詩)가 되어야 할 것이다. 이렇게 생각해서 나는 우선 아동문학의 양식으로서 '동화'나 '동요'를 본격적인 것으로 인정하고 싶지 않다"[57]고 말한다. 즉 동화가 아닌 소년소설을, 동요가 아닌 동시를 오직 아동문학으로 여긴다는 뜻이다. 이는 동화의 환상성과 같은 아동문학의 장르적 특징과 한국 근대 동요의 역사성을 외면한 것이지만 아동문학에 문학성을 요구했다는 점에서 의미가 있다.

그러나 그 역시 "아동문학 작품은 되도록이면 음산한 안개대신에 새 빛을, 우울(憂鬱) 대신에 청량제(清凉劑)를 주성분으로 이루어 주었으면"(「음산한 안개대신에 새 빛을」, 『아동문학』 11집, 1965.4.)이라고 말하며 아동문학의 리얼리즘에 대해서는 한계는 긋는다. 백철은 「산문문학(散文文學)과 리얼리즘—김동리(金東里)의 미몽(迷夢)을 계(啓)함」(국도신문, 50.3.29~30)에서 김동리의 순수문학론을 비판했지만 아동문학에 관해서

57 백철, 「아동문학의 문제점」, 『아동문학』 5집, 1963.6, 30~31쪽.

는 문학에서의 첨예한 대립과는 또다른 견해를 보인다.

홍사중(洪思重) 또한 김동리 등 여느 일반 문학인들처럼 아동문학의 비평 기준이 일반 문학과는 다르다고 말한다. "원칙적으로는 우리가 문학이라 할 때 아동문학을 포함하지는 않는다. 그것은 아동문학이 문학이 될 수 없다는 까닭에서가 아니라 아동문학에서 우리가 찾는 가장 중요한 것이 문학성은 아니며, 꼭 문학성이 높아야만 아동문학이 된다고도 할 수는 없기 때문이다"[58] 그는 아동문학이라고 해서 아동의 생활만을 그리는 것은 아니라며, 아동문학을 '특수문학'으로 정의하는 김동리의 견해를 비판하면서도 아동문학이 "결코 일반문학이 될 수 없다"고 한다. 어린이의 현실은 어른의 현실과 달리 "악(惡)이 없고 더러움이 없고 거짓이 없"다고 보기 때문이다. 바로 이 점에서 홍사중은 아동문학의 리얼리즘에 대해서 비판적인 견해를 지닌다.

> 또 하나 우리가 조심해야 할 것이 있다. 그것은 어린이로 하여금 현실을 바라보는 눈을 기르게 하기 위하여는 어른의 세계의 추(醜)한 면까지도 솔직하게 드러내주는 〈리얼리즘〉이 아동문학에게도 필요하다는 생각이다. 분명히 어린이의 마음을 너무나도 꿈의 세계에 묶어놓는다는 것은 어른의 세계에 대한 지나친 환멸과 반감을 갖게 만들지도 모른다. 그러나 이것은 앞서 말할 바와 같이 지나치게 기계적인 현실관에 입각한 작품이거나 어린이의 세계에 대한 그릇된 인식에 입각한 작품에서만 나오는 폐에 지나지 않는 것이다. 어린이들이 언제까지나 동심의 세계를 간직할 수 있고 또 성장한 다음에도 이것을 동경할 수 있도록 하는데 아동문학의 지상의 목적이 있는 바에야 더러웁고 나쁜 면이 어른의 세계에는 얼마나 많은가를 일찍부터 알려주는 것보다도

58 홍사중, 「아동문학의 비평 기준—아동문학 〈심포지움〉을 읽고」, 『아동문학』 5집, 1963.6, 85쪽.

아름답고 옳은 것이 무엇이며 얼마나 이런 것이 이 세상에는 많은가를 빠저리게 일깨워 주는 것이 보다 더 중요한 일이라 생각된다.[59]

홍사중은 평론「현대의 지성과 신에의 접근」(1955)과「근대적인 것의 한국적 구조」(1956)로『현대문학』의 추천을 받아 문단에 등단했지만『현대문학』을 좌우한 김동리와 문학관이 동일하다고 말할 수 없다. 그럼에도 김동리와 홍사중 모두 아동문학의 리얼리즘에 대해 비판적인 까닭은 아동문학을 일반 문학과는 다른 범주에서 보고 있기 때문이다. 김동리와 홍사중은 일반 문학을 바라보는 관점은 다를지언정 아동문학에 대해서는 동일한 시각을 지닌다. 아동 문학은 일반 문학과 다르며, 일반 문학이 추구하는 문학성과 아동문학이 추구하는 바는 다르다고 말하는 점에서 그러하다. 김동리는 아동문학의 효용을 중시하는 교훈주의 관점에서, 홍사중은 어린이의 존재를 낭만화하는 동심천사주의 관점에서 아동문학의 문학 일반으로서의 성격을 도외시한다. 아동문학의 문학성 대신 교훈성을 강조하고, 어린이라는 존재를 낭만화 할 때 리얼리즘이 설 자리가 없는 것은 당연하다. 각기 다른 문학관을 지닌 김동리와 홍사중이 아동문학에 대해서는 동일하게 낭만성과 이상성을 강조하게 되는 이유는 바로 이 때문이다.[60]

---

59 같은 글, 88쪽.

60 이에 대해 이충일은 "아동문학을 바라보는 개인의 인식 차가 리얼리즘 아동문학에 대한 배타 의식을 통해 동일한 자장에 빨려 들어갔기 때문"으로 풀이한다.(이충일,「1960년대 아동문학 담론의 형성과 잡지『아동문학』」,『아동청소년문학연구』11집, 2012, 341쪽.) 그러나 김동리와 홍사중의 아동문학관은 교훈주의와 동심천사주의의 한계에 갇혀있다는 점에서 큰 차이가 없다. 또한 홍사중의 경우 리얼리즘 아동문학에 대한 배타의식이 우선했다기보다는 동심천사주의 아동문학관의 한계에서 아동문학의 리얼리즘을 수용할 수 없었던 것으로 생각된다.

2) 아동문학인의 아동문학론

일반 문학인들의 아동문학론과 비교해 당대 대표적인 동화작가 강소천과 동시인 박목월의 아동문학론은 명백한 차이를 보인다. 강소천은 글의 서두에서 아동문학을 이상주의적, 낭만주의적인 문학으로 규정하는 김동리의 견해에 동의하면서도 글 전반에 걸쳐 김동리의 논의를 상세히 비판한다.

> '아동문학의 강점과 약점'이란 말도 썼는데 그 약점을 성인 문학의 입장에서 볼 때는 그렇게 말할 수도 있겠지만 아동문학이, 자기를 위한 문학이 아니고, 아동을 위한 문학이라면, 그것은 '약점'이 아니라 '특수성'이 되며, 성인 문학보다 한층 '어려운 것'이 되지 않을까? (중략)
>
> 그리고 김씨는 '미성인간' 곧 정상적인 인간이 아니라는 말을 썼는데, 나는 이 말의 어귀 자체가 싫다. 물론 아동은 성인으로서 성장 발전하며 또 그렇게 되어가는 길을 돕는 것이 아동문학의 교육성임에 틀림없다.
>
> 그러나 미성인간이기 때문에, 아동문학은 약한 것이(나—탈자) 불완전한 것 또는 쉽게 쓸 수 있는 것 같이 보지 않도록 해야겠다.[61]

강소천은 아동문학을 특수문학으로 치부하고 문학 일반적인 특성을 도외시해서는 안 된다고 강조한다. 성인이 아닌 아동을 위한 문학이라는 성격은 매우 어렵고 까다로운 문학적 특수성이자 고유성이지 "문학의 입문" 내지 "미급"이 아니라는 설명이다.[62]

---

61 강소천, 「아동문학의 특수성」, 『아동문학』 1집, 1962.10, 11쪽.

62 이에 김동리는 『아동문학』 5집의 특집 주제에 대한 토론 글을 빌어 창간호에서 논란이 된 자신의 견해에 대해 해명한다. 아동을 '미성인간(未成人間)'으로 지칭한 건 아동도 "일종의 인간"이기 때문이며, 근대문학과 현대문학이 "인간의 문학"이니만큼 현재 아동문학의 '아동'도 당연히 인간이라는 설명이다.(김동리, 「소년소설에 결부되는 〈현실〉의 문제」, 『아동문학』

한국문인협회 산하 아동문학 분과위원장을 역임한 강소천이 문협에서 막강한 지위를 지녔으며 개인적인 친분도 돈독한 김동리의 견해를 이렇듯 직설적이고 명확하게 비판할 수 있었던 까닭은 그만큼 아동문학에 대한 의견 차이가 컸기 때문으로 보인다. 「아동문학은 무엇인가」라는 기조 발제를 아동문학 작가인 강소천이나 박목월이 아닌 김동리가 맡은 것은 김동리의 문학적 권위가 『아동문학』에서 인정되고 영향력을 지녔음을 반증한다. 그럼에도 불구하고 강소천은 이에 대응하는 아동문학론을 강력히 설파할 필요가 있었던 것이다.

박목월 또한 김동리의 견해를 정면으로 비판하며 아동문학의 문학 일반으로서의 성격을 강조한다. 그는 아동문학 역시 일반 문학과 마찬가지로 "누구를 위하는 것이 아닌 스스로의 예술적인 충동을 만족하려는 순수한 동기에서 창작하게 된다"며 아동문학이 단지 교육적 효용에서가 아니라 예술적 동기에 의해 발생한다고 한다. 또 "문학 일반의 광의적인 목적이나 사명을 떠나, '아동들의 생활을 향상한다든가' 하는 특수한 '사명'이나 '목적'이 반드시 요구되지 않을 것"[63]이라며 문학 일반의 성격과 유리되는 특수성을 배제한다.

이처럼 강소천과 박목월은 아동문학의 특수성을 들어 문학성을 도외시하는 김동리의 견해에 대해 아동문학이 지닌 문학 일반적인 특성을 적극 항변한다. 특히 박목월의 경우 아동문학 장에서의 활동 양상은 김동리와 유사하지만 아동문학론은 전혀 상반되는 점이 주목된다. 시뿐만 아니라 동시를 창작한 박목월이 일반 문학인이 아니라 아동문학인들과 비슷한 견해를 지닌 것을 볼 때 아동문학 작품의 실제 창작 여부가 아동문학론을 규정하는 데 영향을 미친다고 볼 수 있다.

5집, 1963.6.)

63 박목월, 「나의 의견」, 『아동문학』 1집, 1962.10, 19~20쪽.

김동리와 홍사중이 아동문학의 이상성과 낭만성을 추구하는 데 비해 박목월은 아동문학의 현실성을 언급한다. 리얼리즘 문학관을 지닌 홍사중보다 순수주의 문학관을 지닌 박목월이 더 아동문학의 현실성을 도외시하지 않고 아동문학의 낭만성에 대해 반성적으로 고찰하고 있다.

> 아동문학(동심문학)이 결코 비현실적 비사회적인 것만을 다루는 문학이 아니다. 충분히 사회적, 현실적인 문제를 다루지만 동심에 반영된 사회적 현실적인 것이 성인들의 굳어버린 눈으로 보아서 '비사회적 비현실적'인 것일 뿐이다.
>
> 더구나 '동심문학'이 낭망(만—오자)적 몽상적 요소가 풍부한 것은 시적인 세계에 접근한 탓이며 비인간적인 것에서 인간적인 진실을 가감적인 세계에서 참된 것의 진실로 표현하는 면에서는 완전히 '시적 표현'과 '시적인 진실'을 삼고 있는 것이다.[64]

김동리와 홍사중이 아동문학의 이상성과 낭만성을 강조하며 아동문학에서의 사회성, 현실성이 불필요하거나 불가하다고 말하는 데 반해 박목월은 아동문학 장르 고유의 사회성, 현실성이 있다고 주장한다. "시적 표현"과 "시적인 진실", 즉 현실 세계에 대한 문학적 진실이 낭만성이나 몽상성과 같은 특징 안에서 독특하게 표현된다는 것이다. 물론 박목월의 이러한 의견은 이후 이원수나 이주홍이 표방한 리얼리즘 아동문학론과는 다르다. 그러나 김동리, 백철, 홍사중에 이르기까지 각자 다른 문학론을 지닌 일반 문학인들이 이구동성으로 아동문학의 현실성을 도외시하는 데 반해 순수주의 문학론을 견지한 박목월이 아

64 박목월, 같은 글, 21쪽.

동문학의 현실성을 언급한 것은 의미가 크다. 이는 아동문학 역시 일반 문학과 전혀 다른 별개의 것이 아님을 강조하기 위한 것임이 분명하다.

『아동문학』에 실린 글은 아니지만 시인이자 동화작가인 김요섭이 비슷한 시기에 발표한 글 「어두운 세계를 위한 아동문학」을 보면 그러한 문제의식을 더욱 선명하게 확인할 수 있다. 향후 김요섭은 한국문인협회 아동문학분과위원장(1969~1971)을 역임하고 한국아동문학회에서 소위 순수 진영의 주요 인물로 활동했음에도 불구하고 이 시기 비평에서 아동문학이 아동의 현실을 도외시하고 있음을 명백히 비판한다.

> 아동문학은 어두워서는 안된다. 이것은 한국아동문학의 금기처럼 되어 있기도 하다. (중략)
>
> 아동문학도 문학인 이상 인간을 다루는 문학예술이다.
>
> 번연히 우리들 눈앞에 어려운 환경속 어린이들을 목격하면서도 그런 이야기의 어린이들은 아동문학가와는 먼 나라의 일처럼 눈을 돌리려고 한다.
>
> 이런 작가들일수록 다투어 어린이는 나라의 꽃 겨레의 꽃으로 높이 받들면서 극성을 댄다. (중략)
>
> 꽃보다도 그 꽃의 뿌리의 활동과 관계를 맺는 문학만이 가장 아름다운 문학이다.
>
> 꽃잎파리처럼 나풀거리던 지난날의 아동문학의 세계에서 轉身하여 새로운 창작방법을 제시하면서 자기시도를 꾀하여야만 오늘의 우리나라 아동문학의 부진을 극복할 수가 있을 것이다.
>
> 그러자면 아동문학가들이 자기가 살고 있는 시대에 대하여 눈을 떠야 할 것이다. 자기가 속해 있는 나라에 대하여서 눈을 떠야 할 것이다. 자기가 공기를 호흡을 하고 있는 사회에 대하여 눈을 떠야 할 것이다.[65]

김요섭이 “아동문학도 문학인 이상 인간을 다루는 문학예술”이며 “새로운 창작방법을 제시하면서 자기시도를 꾀하여야만” 한다고 말한 것에서 알 수 있듯 그가 현실을 강조하는 까닭은 리얼리즘의 시각이라기보다는 문학 예술로서의 새로운 방법론의 차원에서였다. 동화와 아울러 시를 창작했던 그로서는 일반 문학과는 달리 아동문학의 문학성이 도외시되는 현실에 대해 누구보다도 앞서 강한 비판의식을 지녔던 것으로 보인다.

1963년 강소천 사망 이후 김동리 체제에서 순수주의 아동문학의 대표격으로 활동해온 김영일의 「아동문학의 과제—어린이날의 즈음하여」(『자유문학』 1960.5.)에서는 당시 순수 진영의 아동문학 담론이 일반 문학과 차별되는 지점을 명백하게 살펴볼 수 있다. 그는 아동문학에 나타난 볼쉐이즘의 목적의식, 부유층 가정으로 편향된 소재, 안이한 환상적 공상세계 등을 글의 서두에서 두루 비판한다. 이를 비판하는 까닭은 “어린이를 깔보고 사상을 억제하고 어른들 자신의 세계와 감정을 어린이에게 강압하는 독재적 근성이 남아”있다고 보기 때문이다. 이에 따라 “아동문학의 지표는 전적으로 인간을 보고 공정하게 사회를 알리는데 있다”고 주장한다. 이는 아동문학가들은 시대와 사회와 나라에 눈을 떠야 한다고 말한 김요섭의 비평과 일치하는데, 이러한 생각은 어린이 주체에 대한 자각에서 비롯됐음을 알 수 있다.

> 작가는 인생이 어떠한 것인가를 알릴 수 있게 복잡한 여러 가지의 생활을 그리는 것을 잊어서는 안 된다.
>
> 처음부터 아동과 타협을 할 필요는 없다. 또 그런 생각을 가져서는 안 된다.

---

65 김요섭, 「어두운 세계를 위한 아동문학」, 『동광』 6집, 어린이재단, 1962, 49~51쪽.

왜냐하면 바르고 또 아름다운 것은 어른이나 어린이거나 같이 느끼기 때문이다. 마치 하나의 아름다운 꽃이 어린이에게도 어른에게도 아름답게 보이는 것처럼 단순한 정의와 미에는 차이가 없는 것이다.[66]

"아동과 타협할 필요가 없다"는 말은 아동 독자들을 편협하게 규정짓지 말라는 것이다. 그럴 때 아동문학은 사회 현실을 굳이 축소하거나 삭제할 필요가 없다. 즉 이는 어린이 존재의 주체성을 옹호하고 아동문학의 문학성을 강조하는 관점에서 비롯된 것이다. 하지만 순수주의 자장 안에 있던 김영일은 결국 "금후의 아동문학은 일체의 강권을 배격하고 옳고 그른 비판 위에 서서 현실에 입각한 순수예술로서의 아동문학을 키워야 할 것"이라는 모순적인 결론에 도달하고야 만다.

한편 동시인 조유로는 「아동문학가의 좌표」라는 장문의 비평에서 아동문학의 현실을 진단하고 나아가야 할 방향을 제시한 뒤 이에 덧붙여 아동문학이 적극적으로 사회참여에 나설 것을 주장한다.

안데르센의 문학은 기원(祈願)을 담고 있다. 그 기원은 순수한 □□□ 자세가 아니고 적극적인 행동의 자취 있는 기원이었다. 그가 아동문학을 통하여 제창한 사회의 개혁, 권력에의 개조를 우리는 알알이 볼 수가 있고, 가까운 일본에 있어서의 초창기의 아동이 '색깔 있는 문학'이었으며, 이를 도입한 우리의 당시 아동문학이 또한 독립운동, 소년운동과 직결된 것이었듯이, 오늘날 우리의 아동문학의 진로는 이만큼 명확하여져 있지 않은가? (중략)

이러한 참여 없이, 우리는 오늘의 시대적 배경을 후대에 넘겨줄 수가 없다. 문학은 언제나 그 시대의 거울이 아닌가. 소극적인 상징에만 맴돌지 말고, 문

66 김영일, 「아동문학의 과제—어린이날을 즈음하여」, 『자유문학』 5권 5호, 한국자유문학자협회, 1960.5, 188쪽.

학성 있는 '사실(寫實)'에서 오늘의 문자는 숨쉬어야 할 것으로 믿는다.[67]

조유로의 작품세계는 "저항적 시정신을 '성인시'로 형상화하기에는 스스로 많은 시련에 부딪혀야 함을 자각한 끝에 동시에로의 전신(轉身)을 꾀한 것"[68]으로 평가되듯, 그는 아동문학의 현실 참여에 많은 관심이 있었지만 이원수, 이주홍과는 달리 이후로도 줄곧 순수문학 진영에서 활동한 시인이다. 그럼에도 그는 한국 아동문학의 기원을 소년운동에서 찾고 아동문학의 사회 참여를 강조한다. 일본의 아동문학의 기원을 "색깔 있는 문학"이라고 한 것이 프로 아동문학 운동을 말한 것인지 순수예술 성격의 잡지 『빨간 새』의 상징을 오해한 것인지는 분명치 않지만 "사실"이라는 단어와 함께 리얼리즘에의 관심을 상징적으로 드러내고 있는 것이다.

이렇듯 당시 아동문학과 관련한 논의의 구도는 순수주의 대 현실주의 구도와 아울러 일반 문학 대 아동문학의 구도가 중첩되었다. 일반 문학인들은 각자 상이한 문학관에도 불구하고 아동문학에 대해서는 굳이 아동 독자들에게 현실의 모든 것을 드러내 보일 필요가 없다는 이유로 아동문학에서의 현실 반영을 제한한다. 하지만 그럴 경우 아동문학의 문학성은 상실되므로 순수 진영의 아동문학인조차 아동문학의 현실 반영을 강조한다. 즉 당시 아동문학 작가들의 아동문학론은 일반 문학의 순수 혹은 현실주의 문학론으로 나뉘거나 둘 중 하나의 문학론으로 수렴되지 않는 것이었다. 당시에는 순수주의 혹은 현실주의 이전에 일반 문학에 대해 아동문학의 문학성을 제시하고 증명하고 설득시키는 일이 우선적으로 요구됐던 상황이었기 때문이다.

---

67 조유로, 「아동문학가의 좌표」, 『아동문학』 12집, 1965.7, 104쪽.
68 박경용, 「조유로론」, 『아동문학평론』 7권 4호(통권 25호), 1982.12, 33쪽.

『아동문학』은 김동리를 위시한 순수문학 진영이 일반 문학뿐 아니라 아동문학 분야에서도 순수문학의 제도화를 이루고자 했던 목적성이 분명한 잡지임에도 불구하고 김동리의 순수문학론이 안착되지 못한 이유가 바로 이 때문이다. 앞서 인용한 박목월과 강소천의 글은 김동리와 함께 문협 진영에서 활동하던 박목월과 강소천조차도 김동리가 제시한 아동문학론에 균열을 일으키고 있음을 나타낸다. 그리고 이는 같은 진영에서 활동하던 김요섭과 김영일 또한 마찬가지였다. 순수진영에서의 일반 문학인과 아동문학인의 담론 균열은 『아동문학』의 후반기로 갈수록 더욱 잘 드러나는데 이 또한 현실주의 아동문학의 발로 때문이라기보다는 일반 문학에 대한 아동문학의 장르 정체성의 확립 내지 아동문학 장의 독립과 관련한 논의들이 더욱 확장됨에 따라 이루어진 것이다.

제3장

'본격동시' 담론의 형성

이재철은 동시인 동인회가 "'동시도 시이어야 한다'는 슬로건을 내걸고 4권의 동인지를 내어 60년대의 본격동시 운동에 크게 이바지했다"[1]고 했다. '동시인' 동인회가 '본격동시운동'에 이바지했음을 줄곧 강조해 온 이재철은 '동시인' 동인회에 대해 다음과 같이 평가했다. 아래 신문 칼럼에는 '동시인' 동인회에 대한 그의 시각이 보다 직접적으로 드러난다.

> 물론 문학은 개인이 창작하는 것이어서 반드시 집단적인 운동이 있어야 되는 것은 아니지만 아동문학의 경우 그러한 여건은 처음부터 달랐다. 우선 비문학적 요소가 지적되어 문단에서 서자 취급을 받아온 데다가 독자가 어린이임으로 해서 비평 부재의 풍토 속에서 완전히 관심 밖의 일이 되었기 때문이다.
>
> 그래서 광복 후 유명무실한 아동문학단체가 친목을 도모하는 구실밖엔 제대로 그 기능을 발휘하지 못한 것을 시정하고 본격문학으로의 지양과 아동문

1 이재철, 「서자 취급 말아야 할 아동문학」, 『동아일보』, 1972.12.13, 5면.

> 학가의 권익 옹호라는 명제를 달성하기 위해서도 아동문학 운동은 불가피하게 필요하게 된 것이다.
>
> 이미 57년에 창립된 「대구아동문학회」가 있었지만 이념을 내걸고 운동이 시작되기는 「동시인 동인회」(66)와 「한국동화문학회」(68)가 창립된 이후의 일이었다. 전자는 "동시도 시이어야 한다"는 슬로건을 내걸고 4권의 동인지를 내어 60년대의 본격동시 운동에 크게 이바지했으며(후략)[2]

이재철은 '동시인' 동인회의 활동에 '본격동시운동'이라는 집단적 운동의 성격을 부여한다. 아동문학 작품의 미학성이 일반 문학 비평에서 무시되고 소외됐으며 아동문학 작가들 역시 작가로서의 지위를 제대로 인정받지 못했기 때문에 당시로서는 운동성을 지닌 단체가 필요했는데 '동시인' 동인회가 바로 그러한 역할을 했다는 평가다.

이재철의 아동문학 연구가 독보적인 까닭에 '동시인' 동인회가 '본격동시운동'에 영향을 미쳤고 이것이 문학사적 의의를 지닌다는 사실은 지금까지 인정되고 있지만 사실 '동시인' 동인회에 대한 객관적 고증은 거의 되어있지 않은 것이 사실이다. 따라서 '본격동시' 담론을 살펴보기 위해서는 우선 '동시인' 동인회는 어떠한 목적과 지향을 갖고 만들어졌으며 어떠한 성격을 지녔는지 알아보아야 한다.

---

2 이재철, 같은 글.

1. '동시인' 동인회의 성격

1) '동시인'의 인적 구성

1966년 5월 17일자 『동아일보』에는 동시인 동인회 발족에 대한 간략한 기사가 게재됐다.

> 아동문학가들의 새로운 모임인 동시인 동인이 지난 어린이날을 기하여 발족했다. 매달 1회씩 연구발표 및 합평회를 갖고 계간 동인지 「동시인」을 발간 예정인 이들 동인은 김사림, 김요섭, 박경용, 박홍근, 방극룡, 석용원, 신현득, 유경환, 이석현, 이준구, 정상묵, 조유로, 차보현, 최계락 제씨이며 연락처는 배영사[3](후략)

신문기사에서 향후 계획이 언급된 바대로 이들은 두 달 뒤인 1966년 7월 배영사에서 동인지 『童詩人』 1집을 발간했다. 그런데 신문기사에서 언급된 동인과 동인지에 작품을 실은 이들이 차이가 있다. 동인지에 작품을 실은 이는 김사림, 박경용, 박송, 방극룡, 석용원, 유경환, 윤부현, 이석현, 정상묵, 차보현, 최계락(수록순)이다. 신문기사에서 언급된 김요섭, 박홍근, 신현득, 이준구, 조유로의 작품은 수록되지 않았고 언급되지 않은 박송, 윤부현의 작품이 수록돼 있다. 1966년 제2집은 수록 작가가 1집과 동일하며, 1968년 제3집은 김월준이 추가되고 차보현, 최계락(1970년 사망)이 빠졌다. 1971년 제4집에는 김녹촌, 김종상, 신현득, 엄기원, 이상현이 추가로 참여했다.

동시인 발족에 관한 신문기사에서는 호명되지 않았지만 박송과 윤

---

3 「〈동시인〉 동인 발족」, 『동아일보』, 1966.5.17, 5면.

부현은 1집부터, 그리고 김월준은 2집부터 줄곧 작품을 수록하고 있으므로 이들은 동시인 동인이었음이 분명하다. 생각해 보아야 할 이들은 신문기사에는 언급됐지만 동인지에 작품을 싣지 않은 이들이다. 신현득은 동인회 발족 5년 후 발간된 4집에 작품을 수록했으므로 느슨한 관계를 유지하다가 뒤늦게 동참한 듯 보인다. 그러나 김요섭, 박홍근, 이준구, 조유로는 신문기사 외에는 이후 동시인 동인과 관련된 활동이 발견되지 않으므로 동시인 동인에 참여하지 않은 것으로 생각된다.

동인지 1집부터 작품을 실은 석용원이 밝힌 동인 명단을 교차 분석해 보아도 그러하다. 석용원은 『아동문학원론』(동아학연사, 1974)에서 동시인 동인회의 명단을 김사림, 박경용, 박송, 방극룡, 석용원, 유경환, 윤부현, 이석현, 정상묵, 차보현, 최계락, 신현득, 김종상(표기순)으로 명기해 놓았다. 이 명단은 동인지 1집에 작품을 수록한 작가 전원에 신현득과 김종상을 추가한 것이다.

이렇듯 동시인 동인회는 설립 당시부터 구성원이 명확하지 않으며 동인지 『동시인』을 총 4집 발간한 것 외에 특별한 활동도 눈에 띄지 않는다. 유일한 활동인 동인지 발간 또한 신문기사에서는 계간으로 발간하겠다고 밝혔으나 1966년 두 차례, 1968년과 1971년에 한 차례씩 발간하고 만다. 이는 동시인 동인회가 "이 시기 동시단의 가장 핵심적 이념체"[4]이며 본격동시운동을 주창한 주요한 단체였다는 이재철의 평가와는 거리가 있어 보이며 동시인 동인회와 본격동시운동의 상관관계에 대해서도 의문을 갖게 한다.

동시인 동인회의 성격을 새롭게 규명하기 위해 먼저 동인들의 면면을 살펴보자면 첫째, 대다수 동인들은 동시와 아울러 일반 시를 창작하는 시인이라는 공통점을 지닌다. 대부분 동인이 1955년부터 본격적

---

4 이재철, 『아동문학개론』, 서문당, 1983, 88쪽.

으로 부활한 각 일간지의 신춘문예 제도나 문예지의 추천제도 등을 거쳐 등단한 시인이었다는 사실은 동시인 동인회의 성격을 규정짓는 중요한 요소다. 이들은 등단 10년 이내의 신진 시인이었으며 시뿐 아니라 동시 분야에서도 최계락, 유경환 정도를 제외하고는 모두 신진에 속하는 이들이었다.

동인들의 등단 이력을 살펴보면 『동시인』 1집의 김사림(1960년 『자유문학』 시 추천) 박경용(1958년 『동아일보』 신춘문예 시조, 『한국일보』 신춘문예 시조 입선) 박송(1958년 『자유문학』 시 추천) 석용원(1954년 『새벗』에 「6월을 타고」 추천 발표, 1955년 시집 『종려』 출간) 유경환(1957년 『조선일보』 신춘문예 동시 입선, 1958년 『현대문학』 시 추천) 윤부현(1958년 『한국일보』 신춘문예 시 입선) 이석현(1950년 『상공』, 『가톨릭문화』에 시 발표) 최계락(1947년 『소학생』에 동시 발표, 1952년 『문예』에 시 발표)을 비롯해 3집의 김월준(1963년 『조선일보』 신춘문예 시 당선, 『자유문학』 신인상 수상)에 이르기까지 모두 신춘문예와 문예지 추천을 통해 등단한 시인들이다. 『동시인』 1집부터 3집까지 작품을 수록한 이들 중 일반 시인이 아닌 이는 방극룡(1962년 『아동문학』 동시 추천)과 정상묵(1963년 『한국일보』 신춘문예 동시 당선) 차보현(1959년 『새벗』에 동시 발표) 세 사람뿐이다.

구성원들의 면면을 볼 때 동시인 동인회는 단순히 동시를 쓰는 작가들의 모임이라기보다는 일반 시와 아울러 동시를 창작하는 이들의 모임으로 규정하는 것이 합당해 보인다. 동인들의 등단 이력을 따져볼 때 일반 시로 등단했는지 여부가 동인 구성에 있어 가장 결정적인 요소였기 때문이다. 당시 동시 분야에도 신춘문예나 문예지 추천 등 정식 등단 제도가 동일하게 있었음에도 이들 대부분은 오히려 동시로는 등단 제도를 거치지 않았다.

일반 시 부문의 등단 여부가 발족 당시에는 동인 가입에 있어 결정적 요소로 보이지만 추후에는 이러한 기준이 변화된 것으로 여겨진다.

1971년 발간된 동인지 4집에 추가로 작품을 실은 이들은 김녹촌, 김종상, 신현득, 엄기원, 이상현으로 이들은 모두 시로 등단한 바가 없고 동시로만 등단했다. 등단 이력을 살펴보면 김녹촌(1968년 『동아일보』 신춘문예 동시 당선), 김종상(1960년 『서울신문』 신춘문예 동시 당선), 신현득(1959년 『조선일보』 신춘문예 동시 입선, 1960년 『조선일보』 신춘문예 동시 당선), 엄기원(1963년 『한국일보』 신춘문예 동시 당선), 이상현(1962년 『경향신문』 신춘문예 동시 당선, 1979년 『현대시학』 시 추천 완료)로 파악된다. 이상현이 시로 등단한 것은 동시인 동인회가 활동한 시기보다 한참 후인 1979년이므로 여기서는 관련이 없다.

주목할 만한 점은 이상현을 제외한 김녹촌, 김종상, 신현득, 엄기원이 교단 작가라는 사실이다. 이로 미루어 볼 때 동인회 발족 당시에는 동시로만 등단하거나 직업이 초등학교 교사인 작가들은 참여하지 않다가 추후 합류한 것으로 생각된다.[5] 반면 『동시인』 1집부터 활동한 윤부현은 교사였지만 시로 등단한 바 있기에 처음부터 동인에 합류할 수 있던 것으로 생각된다. 참고로 신문기사에서 언급된 김요섭, 박홍근, 조유로 역시 시로 등단한 바 있다.

동시인 동인들의 두 번째 특징은 잡지 『아동문학』과의 상관성이다. 이들은 모두 『아동문학』에 동시를 게재한 주요 필진이었다. 『아동문학』 1집부터 14집까지(1962년~1967년) 이들이 게재한 동시의 편수를 살펴보면 방극룡 8편, 차보현 4편, 김사림 박경용 유경환 이석현 3편, 박송 석용원 엄기원 정상묵 최계락 2편, 윤부현 김종상 신현득 1편의 순이다.[6] 동시인 동인회가 아닌 인물로 『아동문학』에 2편 이상 작품을

5 또한 이들은 이미 '교단 아동문학 동인회'에서 활동했던 것으로 생각된다.(최춘해, 「교단 아동문학 동인회 시절」, 『아동문학평론』 15집, 1990 참조)

6 이충일, 「1950~60년대 아동문학장의 형성과정 연구」, 단국대 박사논문, 2015, 101쪽(〈표 5〉 『아동문학』 장르별 주요 필자 목록) 참조.

게재한 이들이 박목월을 비롯해 4명에 불과한 것을 볼 때 동시인 동인회의 구성은 『아동문학』의 필진과 상당 부분 일치한다고 볼 수 있다.

더군다나 시로 등단하지 않았으면서도 동시인 발족 당시부터 동인이었던 방극룡, 정상묵, 차보현이 모두 『아동문학』과 관계된 인물이라는 점은 동시인 동인회와 『아동문학』의 관련성을 반증한다. 방극룡은 『아동문학』으로 등단했으며 차보현은 『아동문학』을 발행한 출판사인 배영사의 편집장으로, 정상묵은 배영사의 전무[7]로 일했다. 즉 이들은 일반 시를 창작하지 않았지만 『아동문학』이 매개가 된 인적 관계로 인해 동인으로 활동할 수 있던 것으로 보인다.

『아동문학』 창작 분야의 필진들은 동시뿐 아니라 동화도 마찬가지로 신인이 대다수였다. 하지만 동화의 주요 필진 중 소설가로 등단한 이들은 눈에 띄지 않는다. 동화와 소설보다는 일반 시와 동시의 장르 친연성이 더 높고 두 장르를 함께 창작하는 것이 보다 용이하다 하더라도 『아동문학』의 동시 필진들은 다른 동시인들을 배제한 채 유독 1950년대 등단제도를 통해 일반 시로 등단한 이들 동시인 동인회의 구성원에게 집중된 경향이 농후하다. 신춘문예를 통해 동시로 등단한 신인 동시인들도 있었지만 그들의 작품은 게재되지 않았다. 일반 문인이 아동문학 잡지에 작품을 게재하는 것은 일제 시대에도 그러했고 특히 전쟁 후 1950년대에 더욱 흔한 일이었지만 일반 문인의 작품을 주류로 볼 수는 없었고 기존 동시인들이 배제되지도 않았다.

『아동문학』이 어떠한 동기와 과정으로 일반 시인 중 동시를 창작하는 이들을 선별하고 그들의 작품을 위주로 게재했는지 명백하게 알기는 힘들다. 다만 『아동문학』의 편집위원인 박목월이 시단에 미쳤던 영향력이나 인적 관계에서 비롯된 것은 아닌지 짐작해 볼 수 있을 뿐이

---

7 같은 글, 102쪽.

다. 박목월은 『아동문학』지에 추천받은 엄한정에게 왕성한 창작 활동을 독려하고 유경환의 시집 발간을 주선하는 등[8] 후배 동시인들의 창작에 많은 관심을 기울였던 것으로 보인다.

또한 시인으로서의 등단이 이른 편이었던 최계락과 석용원은 박목월과 함께 1957년 한국시인협회 창립 때부터 회원으로 활동한 바 있는데 이들이 구심점이 된 것으로 보이기도 한다. 특히 최계락은 동시인 동인회의 다른 구성원보다 시와 동시 모두 등단이 이른 편이고 아동문단에서 중진급이었는데도 불구하고 신인이 대부분인 동시인 동인회에 참여한 것이 흥미롭다. 최계락이 추천받은 『문예』는 알려진 바와 같이 『현대문학』의 전신이라 할 수 있는 문예지로 김동리, 조연현, 서정주 등이 선자로 참여한 순수문학의 진지이자 기원의 성격을 지닌다.[9] 그는 1967년 제3회 소천문학상을 수상하고 1970년 사망 당시 한국문협 부산지부 지부장이었던[10] 이력을 볼 때 『아동문학』과 밀접했을 가능성이 농후하며 『아동문학』과 동시인 동인회의 매개 역할을 할 수 있었을 것으로 생각된다.

동시인 동인회의 인적 구성에 대해 정리하자면 일반 시로 등단한 이들이 『아동문학』에 동시를 게재하는 주요 작가군이 되었고 이를 계기로 동시인 동인회가 구성됐던 것으로 보인다. 동인회 구성이나 동인지 발간은 1960년대 당시 아동문학에서는 그리 흔한 일은 아니었지만 일반 문학에서는 "신문학사상 볼 수 없던 동인지의 전성시대"[11]라고 불

---

8 박목월에 대한 지인들의 회상록인 『박목월, 순한 눈망울을 스쳐간 인연들의 회상록』(목월문학포럼 엮음, 국학자료원, 2008)에는 윤석중, 이재철, 김요섭, 장수철, 이준관, 엄한정 등 아동문학인들의 회상이 실려 있는데 그중 엄한정은 다음과 같이 말한다. "내가 『아동문학』지에 추천을 받는 동안은 전화로라도 몇 번이나 작품을 읽어 드려야만 했었다. 그렇게 독촉을 받은 때문에 1년만에 추천을 완료했다. 선생은 제자들에게 한결같은 정성을 기울였고 예절바른 분이었다."(엄한정, 「염소라는 별명」)

9 이봉범, 「잡지 〈문예〉의 성격과 위상」, 상허학보 17집, 2006.

10 『동아일보』 『경향신문』 1970.7.6, 『동아일보』 1970.10.16.

릴 정도로 매우 활발하게 이루어졌다. 일반 시인이기도 한 동시인 동인회의 구성원들은 다른 여느 아동문학인들보다 일반 문학의 상황과 추이를 더 잘 알고 이러한 분위기에 쉽게 동참할 수 있었을 것이기에 '동시'를 매개로 동인회를 발족하고 동인지를 발간했던 것으로 생각된다.

1960년대 많은 동인지가 발간된 이유는 우선 현실적으로 급격히 늘어난 신인 작가들이 발표 지면을 확보하기 위해서였고 아울러 전대 문학을 부정하고 보다 자유롭게 새로운 문학 이념과 활동을 펼치기 위한 장이 될 수 있기 때문이었다.[12] 앞서 『아동문학』 작품 게재 편수에서도 확인했듯 동시인 동인회에는 『아동문학』이라는 안정된 발표 지면이 마련되어 있었다. 동시인 동인회는 동인지 『童詩人』을 어린이 독자 대상으로는 다른 장정과 제목으로 발간해 자신들의 작품을 독자 대중에게 널리 알리려고 하는 등 발표 지면 확보 외에 보다 다른 목적의식을 지녔던 것으로 보인다.

2) '동시인'의 자의식과 대항의식

(1) 시인이라는 자의식

동시인 동인회는 동시와 아울러 일반 시를 창작하는 신인 시인들의 동인회였으며 이들은 잡지 『아동문학』을 매개로 구성됐던 것으로 보인다. 동시인 동인회가 발족한 구체적인 목적과 지향은 무엇이었을까. 이는 『童詩人』 1집 서문에 실린 발기문 성격의 글에서 살펴볼 수 있다.

11 이형기, 「동인지」, 한국문인협회편, 『해방문학 20년』, 정음사, 1966, 197쪽.
12 박슬기, 「1960년대 동인지의 성격과 〈현대시〉 동인의 이념」, 『한국시학연구』 17집, 2007, 203~206쪽.

'바람'도 없고 '통풍구'도 없는 답답한 풍토에 살면서, 무슨 장난으로써든 일을 저질러야 조금은 직성이 풀릴 것 같은 강한 자의식이랄까, 울분이랄까, 그런 몸부림들이 우연히, 그리고 아주 자연스럽게 여기 한자리에 모여 보았다. 이념이라든가, 세계라든가, 신조라든가 그런 별난 표방이, 그러므로 미리 내세워졌을 까닭이 없다.

다만, 우리는 하나의 '필드'를 갖고 싶었고, 우리 나름의 '필드'를 형성한다는 그 자체 만에 오직 전부의 의의와 보람을 걸어두고자 할 뿐이다. 그런데, 우리는 엄청나고도 엉뚱한 바램(소망) 하나를 갖고 있다. 장난도 '바람'이 될 수 있으리라는……. 이 소박한 기대가 실은 '필드'를 형성한다는 그 약지 못한 처세술보다 더 약지 못한 어리석음이 될 지도 모르겠다.

이 우리의 '필드'에는 꽃나무도 있고 잡초도 있다고 수긍해 두는 편이 우리의 겸손이 될 것이다. 그러나, 잡초도 꽃을 피우기 위한 거름이 될 수 있다는 파라독스는 진리일 수 없을까. 허지만, 잡초가 무성하면 꽃나무의 성장에 해롭다는 이치를 우리는 알고 있다. 우리 동인은 상호 이 점을 경계할 것이다.

동인의 수는 제한하지 않을 것이며, 숨은 인재의 발굴에 모종의 도움이 될 수 있다면, 항시 문호도 개방할 것이다. 〈1966년 7월 동시인 동인 일동〉[13]

위의 서문 전문은 동시인 동인회가 어떠한 이념이나 신조에서가 아니라 그저 "답답한 풍토"에서 "장난"격으로 만들어졌다고 밝힌다. 이는 일반적으로 당시 문학 동인지들이 문학운동의 장으로 기능한 것이나, 동시인 동인회가 본격동시운동을 주도했다고 본 이재철의 평가와는 다르다. 동인들이 일개의 문학관을 지향하거나 동의해서가 아니고 그저 동인으로서 하나의 "필드"를 형성하는 것 자체가 목적이었다는 것이다. 그러나 여기에서는 이들이 답답해 한 풍토가 무엇이었는지,

13 「책머리에」, 『동시인』 1집, 동시인 동인회 편, 배영사, 1966.7.

왜 새로운 필드가 필요했는지, 새로운 필드에서 무엇을 하고자 했는지는 분명하지 않다.

이를 유추해 볼 수 있는 한 가지 근거는 자신들이 새로 만든 '동시인'이라는 필드에 "꽃나무도 있고 잡초도 있다"는 비유이다. 꽃나무와 잡초의 비유는 1950년대 후반 아동문학 비평에 종종 등장하는 수사로 문학성을 갖춘 작품과 그렇지 못한 작품 혹은 전문적인 소양을 갖춘 작가와 그렇지 못한 이들을 지칭하는 비유였다. 따라서 동시인 동인회가 꽃나무와 잡초의 비유를 통해 말하고자 한 바를 파악하기 위해서는 당시 이 비유가 어떠한 맥락과 의미를 지녔는지를 좀 더 고찰할 필요가 따른다.

먼저 최요안은 「정유문화계총평 아동문학—꽃동산에 핀 잡초들」(『경향신문』, 1957)이란 글에서 다음과 같이 꽃동산과 잡초의 비유를 언급한 바 있다. "첫째로 지적하고 싶은 것은 꽃도 아니면서 꽃을 가장하고 섞여있는 잡초들이다. 명색은 소년소설이라고 붙였으나 문장이나 용어가 소년소설이 갖추어야 할 정화와 단순미는 조금도 찾아볼 수 없을 뿐 아니라 그 내용에 있어서도 저속한 외국탐정소설의 왜곡도용이거나 모조 변조한 작품들이 그것이다. (중략) 선뜻 보기에 풍만하게 보였던 꽃동산은 잘 보니 이런 악화가 상당한 분량을 차지하고 있었던 것이다. 이런 잡초를 추리고 본다면 꽃동산은 별로 풍만하지 못한 것도 같다."[14] 여기서 그는 문학성이 부족한 작품들을 잡초라 칭한다.

한편 잡초는 문학적 완성도가 부족한 작품뿐만 아니라 그러한 작품을 양산하는 작가들에게까지 통용되던 비유였다. 이원수는 1950년대 문학을 정리하면서 "아동문학에서 이야깃거리가 된 일은 작가의 실력 문제에 관한 것이었다. 아동문단에 잡초제거의 필요성을 말한 이들이

14 최요안, 「정유문화계총평 아동문학—꽃동산에 핀 잡초들」, 『경향신문』, 1957.12.15, 4면.

많았던 것이다."[15]라고 말한 바 있다.

윤석중의 「소파 이후의 아동문학」(『서울신문』, 1959)은 소위 '잡초 제거 시비'와 본격적으로 관계된 글이다. 그는 1950년대 대중물 등을 비판한 뒤 "잡초가 우거진 아동문학 벌판을 멍하니 바라만 보고 있을 것인가. 우리네가 심은 잡초는 우리네 손으로 말끔히 뽑아내자! 스스로 썩어 다음 세대의 거름이 되어준다면, 그도 또한 든든하고 떳떳한 일 아니겠는가."라며 작가들의 자성을 강조한다. 윤석중이 비판하는 잡초의 군상은 일차적으로는 기성작가들을 향하는 것이었다. 그는 이 글에서 주요 동시인이 월북한 해방 후 남한 문단에서 작가로 볼 수 없는 이들이 대가나 선구자 행세를 하는 상황을 비판했다. 한편 윤석중은 다른 글에서도 작가의 역량을 논하며 "우거진 잡초를 뽑아버리지 않고서는 아무리 거름을 주더라도 좋은 열매를 맺지 못할 것이다."[16]라며 줄곧 잡초의 비유를 사용했다.

이러한 맥락에서 『동시인』 1집 서문의 잡초와 꽃나무의 비유는 문학성에 대한 분명한 지향을 나타냄을 알 수 있다. 동시인 동인회라는 새로운 필드에 잡초도 있다고 인정하는 것이 "겸손이 될 것"이라는 말은 표면적으로는 일견 신인들의 문학적 역량에 대한 비판을 시인하는 듯 보이지만 실은 자신들의 역량과 작품의 완성도에 대해 당당한 태도를 지니고 있음을 드러내준다. 잡초를 거름 삼아 결국엔 꽃나무를 피워내겠다는 의지를 역설적으로 표현하고 있는 것이다. 그러한 포부는 곧 문학적인 자부심과 자신감의 표현으로 보인다.

동인회의 이름을 다름 아닌 '동시인'으로 칭한 것은 이러한 자의식과 지향을 집약적으로 나타낸다. 동시를 쓰는 시인들의 동인을 '동시

---

15 이원수, 「아동문학」, 『해방문학 20년』, 한국문인협회 편, 정음사, 1966, 64쪽.
16 윤석중, 「아동문학의 지양성」, 『동아일보』, 1960.8.18, 4면.

인'이라고 하는 것은 마치 시인들의 동인을 '시인', 소설가들의 동인을 '소설가'라고 명명하는 것과 마찬가지다. 이는 곧 자신들이야말로 동시를 쓰는 전문 작가라는 대표성을 스스로 부여하는 말이다. '동시인'이라는 명명을 통해 일반 시를 쓰는 시인과 구별되는 동시에 아마추어 '작가'와 차별되는 전문 '시인'으로서의 지위를 갖는다.

동시인 동인회의 인적 구성 기준이 일반 시 등단 여부라는 사실과 『동시인』 1집에 실린 발기문의 함의를 미루어 볼 때 동시인 동인회는 자신들이 자격을 갖춘 '시인'이라는 자의식을 매우 뚜렷하게 가졌음을 알 수 있다. 일례로 『동시인』 1집부터 주요 동인으로 활동했던 유경환은 문학적으로 완성도를 지닌 동시를 강조하며 '시인'으로의 등단 여부를 중요시 여긴다.

> 앞서 지적한 분들 가운데서 이원수, 박목월, 김요섭, 최계락, 그리고 유경환, 박경용, 김사림씨 들이 모두 시를 시단에 발표하고 있다는 점을 간과하지 말자.
>
> 왜이냐? 시를 발표하든 안 하든 그것은 개개인의 문제이겠으나 시인으로서 시작품의 창작을 인정받는 이들이다.
>
> 이것은 시인의 태도로 곧 시작업으로 동시를 다루는 태도에 귀착된다.[17]

유경환은 시를 쓰는 시인들은 동시 창작에 있어서도 시와 마찬가지로 문학성을 중시하는 태도를 지닌다고 말한다. 개별 동시의 문학성을 작가의 창작 태도의 문제와 근원적으로 결부시키며 그 태도를 일반 시의 등단과 창작 여부로 판가름한다. 그는 비슷한 시기에 발표한 다른 글에서도 시인으로서의 등단 여부를 문학성과 연결시켜 강조한다.

---

17 유경환, 『한국현대동시론』, 배영사, 1979, 15~16쪽. (글의 출처는 『아동문학』 1968.10.)

> 먼저 시인이 되고서 아동문학의 동요, 동시를 써야 할 것이요, 먼저 작가가 되고서 동화나 소년소설을 써주어야 할 것이다. 물론 이 견해엔 공박이 있을 것이다. […중략…]
>
> 시를 아는 이원수, 박목월, 박두진, 임인수, 김요섭, 이종기, 최계락씨의 작품이 어떠한가는 시를 하지 아니하는 다른 동요, 동시인들과 비할 때 어떤 작품상의 차이를 가지고 있는지 확연해진다.
>
> 소설을 아는 김동리, 이종환, 방기환, 최정희씨 등의 작품이 소설을 쓰지 아니하는 다른 동화작가나 소년소설가와 어떤 작품상의 차이를 가지고 있는지는 더욱 뚜렷하다. 또 수필문학을 하는 조풍연, 어효선씨 작품과 다른 사람들의 작품이 어떻게 다른가도 말할 나위가 없다.
>
> 여기에 획기적인 차이가 난다는 사실은, 새로이 아동문학을 하려는 신인들에게 하나의 과제를 제시하여 주는 것이라 말하고 싶다.[18]

한편 박경용 역시 1965년 발간된 박송과 석용원의 합동 동시집 『산골 아이』를 평하며 "요즘의 어렵다고 생각되고 있는 동시들처럼 어렵지도 않습니다. 그렇다고 옛날의 동시와 같은 그런 '시가 아닌 동시'도 아닙니다. 박송, 석용원 두 선생님은 어른들을 위해 시를 쓰면서 동시를 쓰는 분들이기 때문에 이런 어려운 일을 잘 치울 수 있었던 것이 아닌가 생각합니다."라고 말한다. 그들이 일반 시를 함께 창작했기 때문에 그들의 동시가 문학성을 지닐 수 있었다고 보는 것이다.

동시인 동인회는 이렇듯 시인으로서의 자의식을 강조하면서 자신들이 시인이기에 동시의 문학성을 추구하고 확보할 수 있음을 역설한다. 시인으로서 시와 아울러 동시에서도 교육성에 뒤지지 않는 문학성을 추구했던 것은 당연해 보인다. 뿐만 아니라 이들은 일반 시나 시조로

---

18 유경환, 『한국현대동시론』, 배영사, 1979, 164~165쪽. (글의 출처는 『교육자료』 1968.12.)

등단해 작품 활동을 시작했으면서도 이후에는 주로 동시를 창작했기에 자신이 출발한 문학적 지위나 역량에 대해 꾸준히 강조하고자 했던 것으로도 여겨진다.

한편 등단 시인으로서의 강한 자의식은 공식적인 등단 제도를 통해 등단한 자신들을 교사 등 여타 비전문적인 창작자들과 구별 지으려는 태도와 관련된다. 앞서 인용한 글에서 유경환과 박경용은 공식적인 등단 여부를 작품의 문학성과 등치시키고 있다. 공식적인 제도로 등단했는지 여부가 문학적 완성도와 일치하거나 이를 계속 보장하는 것이 아님에도 불구하고 그러하다. 이렇듯 등단 시인으로서의 자의식은 실제 작품의 문학성과는 별개로 지나친 자부심이나 우월의식으로 두드러졌다. 이는 1950년대에 '잡초 제거' 논란이 나올 정도로 아동문학 작가들의 전문성이 문제시되던 상황에서 등단 제도라는, 대내외적으로 객관화될 수 있는 기준으로 자신들을 구별짓고자 했던 것으로 보인다.

즉 등단 시인이라는 자격으로 작품의 문학성을 획득하고자 했던 이들의 태도는 일반 문단과 아동문단을 향한 이중의 인정 투쟁으로 파악된다. 먼저 일반 문단에 대해서는 시인인 자신들이 쓰는 동시가 결코 문학성이 떨어지지 않는다는 것을 주장해야 했다. 정상묵의 글 「동시인 동인회 작품평—제3집을 중심으로」(『횃불』, 1969.1.)는 이를 뒷받침해준다. 그는 이 글에서 『동시인』 1집에 실린 서문 전문을 인용하는데 여기에는 서문에는 없는 두 단락이 삽입되어 있다.

> 동시(童詩)는 동시(童詩)인 동시(同時)에 시여야 하는데 동시가 갖는 고민이 있는 것이다. 그렇기 때문에 동시를 쓰는 동시인은 시인들보다 더 무거운 부담을 지고 있는 셈이 된다.
>
> 이렇게 무거운 부담을 지닌 동시인의 노고도 아랑곳없이 동시를 일컬어

아동시니 또는 어린이시니 하고 경멸하는 그들 몇 분의 시인들의 동시를 보라. 시가 되지 않는 것은 동시라 이름 붙여 활자화 하는 그들은 동시를 망각하고 있지 않나 하는 의구심이 든다.[19]

이 부분이 서문에서 최종적으로 삭제된 것인지, 정상묵의 삽입이 착오였는지 의도적이었는지, 의도했다면 그 까닭은 무엇인지 등은 알 수 없으나 분명한 건 '몇 분 시인'들에 대한 이 발언이 곧 동시 창작에 대한 자기 변호의 성격을 지닌다는 점이다. 즉 동시 장르를 경시하고, 동시에 대한 작가적 고민도 없이 자신의 실패작을 동시라 발표하는 일반 시인들에게 동시 창작의 이유와 중요성을 설파하고자 했던 것이다. 일반 시와 비교할 때 독립적으로 문학 제도화 하지 못한 동시에 대해 일반 시에서 추구하는 문학성을 동일하게 주장했다.

아울러 이들은 기존 아동문단 내에서 자신들이 여전히 신인으로 취급되고 자신들의 작품과 문학적 역량이 합당하게 평가받지 못하는 상황 또한 변화시키고자 했다. 동시인 구성원들에게서 확인되는 지나친 자의식은 이러한 인정 투쟁의 산물이다. 따라서 동시인 동인회의 시인으로서의 자의식은 전문 작가가 아닌 교단 작가들이나 기성의 아동문학인들을 향한 대항의식으로 연결된다.

(2) 교단 작가와 기성 작가를 향한 대항의식

동시인 동인회가 지닌 시인으로서의 강한 자의식과 우월의식은 공식적인 등단 절차를 거치지 않고 동시를 창작하는 이들에 대한 대항의식으로 나타났다. 등단하지 않고 동시를 창작하고 발표하던 이들 가

---

19 정상묵, 「동시인 동인회 작품평—제3집을 중심으로」, 『횃불』, 1969.1.

운데 가장 그 활동이 두드러지는 집단은 '교단 작가'[20]들이었다. 『아동문학』지를 통해 각 지역별 교사 아동문학 모임의 현황과 소식이 알려지고 글짓기 교육에 대한 논의가 중계되는 등 교단 작가는 아동문학에서 큰 존재였다. 각 지역별 교단 작가 모임이 연합해 1963년 전국 규모로 조직된 '교단 아동문학 동인회'는 가장 규모가 크고 활동적인 동인회였으며 동인지 『은방울』을 꾸준히 발행하기도 했다.[21]

동시인 동인들은 여러 글에서 줄곧 이러한 교단 작가들에 대한 대항의식을 나타낸다. 교단 아동문학 동인회는, "당시 회원이 40여 명이었는데 그 가운데서 문단 등용문을 거친 회원은 겨우 4명뿐이었다"[22]는 회고처럼 등단하지 않고 동시를 창작하는 이들이 대부분이었다. 공식적인 등단 과정을 중시한 동시인 동인회는 그들의 창작이 문학성을 담보하지 않는다고 여겼다. 아동문학과 학교 교육과의 긴밀한 관계에서 파생된 이러한 창작 양태가 일반 문학의 문학 제도에 비추어 볼 때 적합하지 않다고 보았기 때문이다. 박경용은 당시 상황에 대해 "그 당

---

20 교사들이 학생들에게 글짓기 교육을 하면서 자연스럽게 창작자가 되는 과정은 다음 회고를 통해 잘 살펴볼 수 있다. "당시 상주에서는 학교 선생님들이 상주 글짓기회를 만들어서 글짓기 지도를 열심히 하고 있었다. 〈글짓기 마을〉이라는 별명이 붙을 정도로 상주 아이들의 글이 신문, 잡지 등에 많이 발표되고, 글짓기 콩쿠르에서도 상을 많이 받았다. 그러면서 글짓기 지도 선생님들이 동시를 열심히 썼다. 당시 전국 아동문학 교단동인회가 있었는데, 상주에 회원들이 많아서 교단동인회 본보를 상주에서 맡게 되었다. 이원수 선생님을 이 교단동인회의 고문으로 모셨다."(최춘해, 「내가 만난 이원수」, 이원수문학관 소식지 꽃대궐—62호, 2009.12.)

21 교단 아동문학 동인회 회원이었던 최춘해는 소장하고 있는 『은방울』의 마지막 호(27호) 발행일을 1969년 12월로 확인하고 동인지를 한 달에 한 번씩 묶어냈다고 기억했다.(최춘해, 「교단 아동문학 동인회 시절」, 『아동문학평론』 15집, 1990, 12~13쪽.) 반면 이재철은 『은방울』이 1963년 7월 14일자로 창간됐으며 30여 호가 넘게 발간됐다고 밝힌 바 있다.(이재철, 『아동문학개론』, 문운당, 1967, 74쪽.)

22 최춘해, 「교단 아동문학 동인회 시절」, 『아동문학평론』 15집, 1990, 12~13쪽.
이재철은 "아동문학 교단동인회"에 대해 "경향 각지의 신춘문예 당선자, 신인문학상 입상자 및 중앙문단 활약자 등 주로 국민학교 교사 30여 명이 결성한 아동문학가 단체"(이재철, 『아동문학개론』, 문운당, 1967, 74쪽.)라고 설명했으나 회원들의 등단 여부와 관련해서는 최춘해의 회고가 보다 구체적이고 정확하다.

시만 해도 이른바 '교사 아동문학가'가 아동문학계의 80%를 차지, 신현득 · 김종상 · 문삼석 · 허동인 등 몇 역량 있는 시인을 제외하고는 모두가 제거되어야 할 '잡초'로 인식됨으로써 한때 '잡초제거론'이 일부 비평가에 의해 심심찮게 제기되기도 했었다."[23]고 정리한 바 있다.

한편 이상현의 「여류 신인들의 새바람을 기대한다—교단작가 작품집 『아이들 곁에서』를 보고」(『아동문학평론』 12집, 1977)는 동시인 동인회 활동 시기 이후 나온 글이기는 하나 그들이 교단 작가와 그 작품을 어떻게 생각했는지를 짐작해 볼 수 있다.

> 교단 아동문학가들에 대한 문학적 과제를 여기 제기한다면 그것은 첫째 '교실 문학', '운동장 문학'의 한계성을 좀 더 과감하게 뛰어넘고 넓혀 달라는 것이다. […중략…] 한 마디로 요약하면 '교사로서의 작가'라기보다는 '작가로서의 교사'라는 역개념이 깊이 인식돼야 할 것이다.
>
> 둘째는 아동문학의 교육적 효용론에 관한 것으로, 늘 제기돼 온 문제지만 문학성의 바탕 위에 문학의 교육적 또는 사회적 가치 의미를 소화시켜야겠다. 이것은 건축구조물로 비유해 「기둥」을 「문학성」으로, 「벽돌」을 「교육적 또는 사회적 가치」로 훌륭하게 소화시켜야 할 것이다. 이것을 「피라밋 공법」이라 해도 좋다.
>
> 앞에 언급한 「운동장 문학」 운운에 관련해서, 여기서 분명히 밝혀둘 것은 아동의 기피, 또는 외면의 의미가 아니라 작가로서의 사물인식, 내지는 수용태세의 확대를 뜻한다는 사실이다.[24]

23 박경용, 「'동시'와 '아동시'의 문제—'논의의 발단'에 대한 증언」, 『아침햇살』 2000 가을, 71~72쪽.

24 이상현, 「여류 신인들의 새바람을 기대한다—교단작가 작품집 『아이들 곁에서』를 보고」, 『아동문학평론』 12집, 1977, 78~79쪽.

이상현은 교단 작가들의 창작이 어린이들의 학교 생활에 국한되어 있고 문학성보다 교육성을 우선시한다고 지적하며 작가로서의 태도와 아동문학의 문학성을 재차 강조한다. 교단 작가들의 작가로서의 인식과 창작 태도가 여전히 전문 작가들에 미치지 못하다는 인식이다.

교단 작가에 대한 대항의식은 동시인 동인회 시인들에 이어 아동문학 순수 진영에서 종종 찾아볼 수 있다. 일례로 조유로는 "무식의 경연장이 되던 아동문학계의 소위 평론—아동연구의 교육 소고, 아동 글짓기 교육 논문이 아동문학 평론으로 행세까지 하던 이른바, 이 중구난방의 평론계에도 방화의 세례, 파괴와 부정의 윤리는 도덕으로 성립되어야 할 것이다."[25]라며 아동문학에 대한 교육계의 비전문성을 지적하고 이에 대해 반감을 나타낸 바 있다.

한편 동시인 동인회는 교단작가뿐 아니라 아동문학의 원로 등 기성 작가들에게도 대항의식을 지니고 있었다. 이는 앞서 살펴본 『童詩人』 1집 서문에 실린 '꽃나무와 잡초의 비유'와 관련해 또 다른 해석이 요구되는 지점이다.

앞서 살펴본 바와 같이 1950년대 아동문학 관련 글에서 종종 확인되는 꽃나무와 잡초의 비유는 문학성의 유무를 이르는 수사였다. 윤석중의 「소파 이후의 아동문학」에서는 무능한 기성 작가들을 향한 일침이었다. 그러나 1960년대 후반 동시인 발족 당시에는 잡초 비유가 기성 작가보다는 오히려 신진 작가에 대한 비판으로 환기됐던 것으로 확인된다. 이재철은 이를 '잡초 제거 시비'라고 명칭하며 "잡초 군상들은 크게 두 분류로 나누어 볼 수 있었다"면서 그 하나는 윤석중이 말한 일부 무능한 기성작가들이고 "또 다른 하나는 어디에서 나타났는지 그 소속이나 출신조차 불투명한 사람들이 수준 이하의 작품 한

---

25 조유로, 「파괴와 부정의 윤리」, 『아동문학평론』 1집, 1976, 52쪽.

두 편을 아동지에 발표하고서 기성작가 행세를 하는 사이비 아동문학가들이었다"[26]라고 정리한다. 즉 꽃나무와 잡초의 비유는 일차적으로 문학성 유무에 관한 것이었지만 기성과 신인의 세대 갈등이 많았던 당시로서는 이를 함의하는 비유이기도 했다.

일례로 이준구는 「아동문학가의 자세—소파 이후 잡초의 변」(『아동문학』 7집, 1963)에서 윤석중의 「소파 이후의 아동문학」에 언급된 잡초 비유를 기성 작가들의 신진 작가들에 대한 무시와 반목으로 해석한다. 이준구는 동시인 동인회 발족 기사에서 동인으로 언급된 인물이고, 이 글은 동인회 발족과 가까운 시기에 발표됐으므로 『童詩人』 1집의 꽃나무와 잡초의 비유가 지닌 함의는 이와 유사하다고 볼 수도 있다.

"소파 이후 잡초가 무성하다"

이것은 아동문학의 대가인 모씨가 현 아동문단을 가리켜서 한 말이다. 또 어느 대가는 말하기를 작가의 이름을 들 수 있으나 작품을 들려면 얼른 찾기 어려운 상태가 아동문단이라고 했다.

즉 잡초들은 있으나 문학이 어디 있는지 모르는 형편에 있다는 것이다.

이것을 놓고 생각할 것 같으면, 오늘 우리들의 아동문학이 침체한 이유가 모두 신진들에게 있다고 밀어붙이는 말과 다름없다. […중략…]

그 동안 얼마나 많은 후진들이 냉대에 못 이겨서 아동문학을 단념하고, 다른 길을 택하면서 그 생생히 살아오던 "동심"을 태 속에서 죽였는가. 또 아동문학의 인식이 낮은 것도 모두 선배들이 책임져야겠다. 이것은 선배들이 자기의 어렸을 때의 향수에 못 이겨서 어린이의 말을 빌려 왔을 뿐 아직 살아있는 아동문학이 아니었기 때문이다. 그래서 결국 "어린이"를 작품 세계로 끌어들이지 못하고, 어린이들로부터 버림받고 말았다.[27]

---

26 이재철, 『한국현대아동문학사』, 1978, 일지사, 502쪽.
27 이준구, 「아동문학가의 자세—소파 이후 잡초의 변(辯)」, 『아동문학』 7집, 1963.12, 67쪽.

이준구는 윤석중의 잡초 비유를 자신과 같은 신진들에 대한 비난으로 풀이한다. 이어 기성 작가들이 신인들이 설 자리를 마련해주지 못하고 있으며 기성 작가들이야말로 제대로 된 아동문학 작품을 창작하지 못하고 있다고 비판한다.

동시인 동인으로 줄곧 활동한 석용원 역시 『아동문학』 독후감에서[28] 기성 동시인들에 대한 반감을 매우 노골적으로 나타낸 바 있다. 석용원은 이 글에서 원로 문인들에 대한 부정적인 감정과 비아냥을 서슴지 않고 늘어놓거니와 인용된 내용이 가감 없는 사실이라고 본다면 원로 문인들 역시 신진 문인들을 무시하거나 신진 문인들에게 반감을 가졌던 분위기였던 것으로 생각된다. 위의 글에서 언급된 『아동문학』 11집(1965.4.)에는 이석현, 박송, 차보현, 문삼석의 동시가 실렸는데 이 중 이석현, 박송, 차보현은 동시인 동인이므로 이 때부터 이들은 비슷한 세대 의식 내지 동료 의식을 지녔던 것으로 짐작할 수 있다.

이러한 사실들을 미루어 볼 때 『童詩人』에 실린 꽃나무와 잡초의 비유는 시인인 자신들이 동시에서의 문학성을 추구하겠다는 결의인 동시에 기성 동시인들에 대한 반발을 함의하는 맥락을 지님을 알 수 있다. 이 때 동시인 동인회라는 새로운 필드를 만들며 지향했던 바는 기성 작가들에 대항해 자신들의 영역을 스스로 구축하겠다는 신인들의 세대 인식이었다. 이러한 자신감과 대항의식은 여느 동시인들과는 달리 자신들은 공식적인 등단제를 통해 시인으로 등단한 것에 대한 신

28 "얼마 전 일―촌놈 서울 가서 어느 다방엘 들렀더니, 마침 거기 우리나라 아동 문단의 대가 두 분이 아동문학 11집을 들쳐가며 연방 코방귀. 제목 보고 "읽으나마나 뻔하지 뭐"로 아리랑 고개. 이름 보고 "짜식 주제넘게, 올챙이 같은 놈이 뭘 안다고 까부러"로 스리랑 고개. 내 이런 말 안 하려 했지만 쓰다가 보니 그분들 생각이 나서 그만. 그런데 한 가지만 더. 그 대가들의 글도 분명히 거기 실려 있었는데, 그것도 오죽잖은 제 자랑이나 하는 정도가 아니면, 명랑복덕방 같은 ㅁㅁ. 차마 섭섭."(석용원, 「독후만보―아동문학 11집을 읽고」, 『아동문학』 12집, 102쪽.)

원의식이 뒷받침됐을 것으로 생각된다.

이러한 대항의식은 일반 문학에서도 1950년대부터 등단제도가 제도화되고 신인들이 대거 등장함으로써 일정한 조정과정을 겪게 되는 과정에 비견될 만하다. 잘 알려진 바와 같이 그 과정은 한국전쟁으로 위축되었던 문단의 재건 문제와 맞물려 문학주체들 상호간, 즉 기성 내부와 기성 신인들 사이에 격렬한 갈등과 투쟁을 동반했다.[29] 4·19 이후 1960년대 문단은 이 시기 등장한 평론가들에 의해 전후 세대와 기성 세대가 세대 의식으로 더욱 분리돼 인정투쟁을 전개한 시기였다.

동시인 동인회의 등장과 지향은 이러한 일반 문단의 영향과, 전문 작가로서의 지위와 작품성이 더욱 요구되던 당대 아동문단의 현실을 배경으로 한 것으로 볼 수 있다. 그들은 무엇보다 교단 문학의 아마추어리즘이나 기성 문단의 정체에 반발하며 동시의 문학성을 추구하고자 했다. 이는 시인으로서의 자의식과 교단 작가와 기성 문인에 대한 대항의식에 바탕한 것이었으며 문단 내외적인 인정 투쟁의 성격을 지녔다. 동시인 동인회가 자신들의 새로운 문학 장을 만들고자 했던 이러한 지향은 아동문학 장르의 정체성이 질문되고 아동문학 장의 독립이 요구되던 상황을 더욱 가속화시켰다.

그럼에도 불구하고 동시인 동인회는 이재철의 평가처럼 '동시인 동인회 → 본격동시운동 → 본격문학의 성립'으로 진행되는 단계의 인과성이나 긴밀성을 지닌 단체로 보기에는 무리가 있다. 『童詩人』 1집 서문은 "이념이라든가, 세계라든가, 신조라든가 그런 별난 표방이, 그러므로 미리 내세워졌을 까닭이 없다."며 "다만, 우리는 하나의 〈필드〉를 갖고 싶었고, 우리 나름의 〈필드〉를 형성한다는 그 자체 만에 오직 전부의 의의와 보람을 걸어두고자 할 뿐"이라고 명확히 밝힌다. 동

29 이봉범, 「1950년대 등단제도 연구」, 『한국문학연구』 36집, 417쪽.

시인 동인회는 발족 당시에 명백한 문학 이념을 내세운 적이 없다. 발족 배경이나 지향뿐 아니라 무엇보다 이후 활동에서도 결속력 있는 '운동' 차원으로 해석될만하거나 순수문학 등 특정 문학관과 관련된 의도나 방향성이 확인되지 않는다.

또한 동시인 동인회의 구성원과 본격동시운동의 핵심 인물에서도 차이가 난다. 이재철은 본격동시운동의 가장 중추적인 역할을 담당했던 이들을 박경용, 신현득, 조유로, 유경환으로 규정했다.[30] 그러나 신현득은 1971년『童詩人』4집에 가서야 작품을 수록했고, 조유로는 동시인 동인회의 활동 여부가 드러난 바 없다. 본격동시운동은 동시인 동인회라는 집단적 차원에서가 아니라 각 시인들 개인의 차원에서 이루어진 것이었다.

동시인 동인회의 대항의식은 예전 동요의 구태의연한 형식과 내용에서 벗어나지 못한 작품 경향, 문단의 기득권을 놓지 않으려는 기성 동시인, 아마추어리즘으로 점철된 교단 작가들을 향했다. 그들 스스로 특정한 문학적 이념에 따라 만들어진 것이 아니라고 밝혔듯 순수문학을 표방했거나 현실주의 아동문학에 반대했거나 하는 점은 찾아볼 수 없다. 이러한 입장은 본격동시운동의 시론에서도 재차 확인된다. 따라서 동시인 동인회는 이재철의 연구처럼 순수주의 아동문학의 기치로 창립되어 문학 실천을 해나갔다는 것과는 다른 성격과 지향을 지니며 새로운 해석을 요구하고 있다. 아울러 이는 이후 1970년대 '본격동시' 담론과 이오덕 동시론과의 논쟁이 단순히 순수주의와 현실주의의 대결로 분석될 수 없음을 시사하고 있다.

30 이재철,『한국현대아동문학사』, 일지사, 1978, 542쪽.

2. '본격동시운동'의 동시론

1) 박목월 동시론의 영향 관계

현대아동문학사에서 '본격동시' 담론 이전에 단평 수준을 넘어서는 체계적인 동시론으로는 박목월의 동시론이 유일하다. 박목월은 해방 후 아동잡지 『소학생』에 「동요짓는 법—동요작법」, 「동요 맛보기」, 1950년대 『새벗』에 「작문교실」, 「소년문학강좌」 등 동시 감상론과 동시 작법을 꾸준히 연재했다. 그리고 이를 바탕으로 『동시교실—지도와 감상』(아데네사, 1957)과 『동시의 세계』(배영사, 1963)를 출간하며 동시론을 정리했다. 『동시교실』과 『동시의 세계』의 내용이나 구성, 문학관은 대동소이하나 『동시의 세계』가 『동시교실』보다 풍부하고 정교하게 발전된 감이 있다. 박목월의 이러한 작업은 『시창작법』(서정주, 조지훈 공저, 선문사, 1949), 『문장강화』(윤백 공저, 계몽사, 1953), 『여학생문학독본』(영웅출판사, 1953), 『새중등 국어작문 2, 3』(계용묵 공저, 정음사, 1956), 『고등문학』(광진문화사, 1957), 『문학개론』(청운출판사, 1964) 등 문학이론, 문장론, 문학감상론에 걸친 다양한 집필 활동의 일환으로 볼 수 있다.

『동시교실』과 『동시의 세계』는 동시 이론과 비평, 창작론이 전무하다시피 했던 당시는 물론이고 이후 동시론에 막대한 영향을 미쳤다. 이 두 권의 책은 일차적인 집필 목적대로 학교 현장에서 어린이 시 교육의 주요 자료로 활용됐다. 1970년대 새로운 시창작교육론을 주창한 이오덕은 『아동시론』(세종문화사, 1973) 서두에서 박목월의 『동시교실』이 "50년대 이후의 어린이 운문 교육을 대표한 것이라고 할 만하고, 그 영향이 매우 컸다"고 밝히고 있다.

박목월의 동시론은 어린이들의 시 창작뿐 아니라 성인들의 동시 창작에도 상당한 영향을 미쳤을 것으로 보인다. 『동시의 세계』보다 좀 더 쉬운 내용의 『동시교실』조차 '지도와 감상'이라는 부제를 붙이고 "아기들을 지도하는 분에게 도움이 된다면"이라고 밝히고 있듯 이 두 저술은 실제 어린이들이 직접 읽고 창작에 응용하는 데에는 한계가 따른다. 일차 독자를 어린이로 상정하고는 있지만 그 내용은 동시 창작을 지도하는 성인에게 적당했으며, 이는 또한 동시를 창작하는 성인에게도 유용했다고 볼 수 있다. 박목월도 그러했지만 당시에는 동시의 창작자를 어린이 혹은 성인 중 하나로 분리하지 않았으므로 더욱 그렇다.

전문 평론가나 연구자가 없이 주로 창작자가 비평을 겸하던 상황에서, 박목월과 함께 당대를 대표했던 동시인 윤석중이 창작 외의 비평 활동을 전혀 하지 않았으므로 박목월의 동시론은 더욱 독보적이었다. 또한 박목월은 동시와 아울러 시를 창작했으며 『여학생문학독본』(영웅출판사, 1953), 『새중등 국어작문 2, 3』(계용묵 공저, 정음사, 1956) 등 중고생을 대상으로 하는 작법서와 문학서를 저술해 왔으므로 이를 접하면서 성장한 습작생과 신인 작가들에게 더 지대한 영향을 미쳤을 것으로 생각된다.[31] 사실 창작론을 한 권의 저서로 출간할 수 있었다는 점이야말로 박목월과 그의 동시론이 지닌 권위를 드러낸다. 『동시교실』과 『동시의 세계』는 최근 재출간될 정도로(서정시학, 2009) 여전히 권위와

31 시인이자 동시인인 유경환의 회고는 소위 '문학청년'들에게 박목월이 지녔던 위상을 짐작하게 한다. "중학 2년이면서도 계속 『소학생』 잡지를 보아왔는데, 어느 날 『소학생』을 사러 갔다가, 『여학생』이라는 얄팍한 잡지를 알게 되었다. 그게 목월 선생이 내던 잡지였다. 『소학생』을 그만 보아야겠다는 마음이, 이 여학생용 중학생 잡지 『여학생』으로 해서 굳어질 수 있었다. (중략) 남자이면서도 『여학생』 잡지에 그렇게 끌렸던 것은, 그 편집과 내용과 더욱이 목월 선생의 글에 흠뻑 빠졌기 때문이다" 또 그는 10대 시절 박목월을 흠모하며 박목월이 편저한 『여학생 문학독본』을 늘 끼고 다녔으며, 박목월의 글 '목소리 · 말 · 글'이 실린 피난 시절 중학교 국어 임시교과서를 여전히 간직하고 있다고 소개한다. "영종의 이름으로 발표되던 동시에서부터, 목월의 이름으로 편집해낸 문학독본들 속의 그 인상에까지, 완전히 반해있었던 것이 사실이다"(유경환, 「내가 아는 박목월」, 『순한 눈망울을 스쳐간 인연들의 회상록』, 목월문학포럼 엮음, 국학자료원, 2008, 109~111쪽)

상징성이 있는 저작이다.

『동시교실』과 『동시의 세계』는 동시를 창작하는 어린이와 어린이의 동시 창작을 지도하는 성인을 일차 독자로 상정하고 서술되어 있다. 두 책은 머리말에서 책의 집필 목적을 동시 창작에 도움을 주기 위한 것으로 밝힌다. 『동시교실』은 머리말에서 "그들(어린이들—필자 주)에게 자기들의 느낌을 헤아려 바로잡게 하고, 그들의 꿈을 글로서 나타날 수 있는 힘을 지도할 수 있다면 얼마나 보람 있는 일일까?"라며 "초등학교 상급반 및 중학교 하급반과 이런 방면에 뜻을 둔, 아기들을 지도하는 분에게 도움이 된다면 필자로서 기쁜 일"이라고 말한다. 또 『동시의 세계』는 머리말에서 "여러분이 시를 쓰려는 뜻을 지녔을 때, 그 길잡이가 되려는 마음에서 쓴 책이다"라며 집필 목적이 창작론의 서술임을 분명히 강조한다. 책의 목차에서도 『동시교실』은 '왜 동시를 써야 하나', '어떻게 표현하나' 등 창작론을 포함하고 있으며 『동시의 세계』는 1부 「동시의 세계」에서 동시론을 간략히 소개하고, 2부 「동시 쓰는 길」에서 실제 작품을 들어가며 창작법을 설명한다.

하지만 그렇다고 해서 『동시교실』과 『동시의 세계』를 동시창작론으로 한정할 수는 없다. 두 책은 하나의 성격으로 규정될 만한 엄격한 체제와 내용을 갖춘 것이 아니고 동시 전반에 관해 서술하고 있기 때문이다. 『동시교실』과 『동시의 세계』는 간략한 이론과 작품 감상을 바탕으로 동시론, 동요동시 장르론, 동시창작론, 동시감상 등의 내용을 포함하고 있다. 즉 이 두 권의 저술은 동시의 특정 분야에 대한 논리적이고 체계적인 학술서나 이론서라기보다는 이론서, 비평서, 창작이론서, 감상서의 성격을 모두 지니고 있다. 아동문학이 아카데미즘화하고 학술적 글쓰기가 생성되기 이전의 자료로서 동시에 관한 모든 것을 포함하고 정리하고 있는 텍스트로 규정할 수 있다.

물론 집필 의도를 유념하고 이 텍스트들의 심층을 분석할 때 동시

이론이나, 동시 감상을 안내하는 비평과 해석은 결국 동시 창작을 위한 것으로 귀결된다. 동시에 관한 이론을 간략히 정리한 뒤 구체적인 작품을 들어 해석하고 이를 창작의 방법으로 응용할 수 있게끔 설명하고 있는 것이다. 동시란 무엇인지, 동요와 동시는 어떻게 다른지 규정하는 이유는 동시 창작을 위해 기본 이론을 숙지할 필요가 있기 때문이다. 또한 동시를 감상하는 과정은 작가가 어떤 느낌과 생각으로 시를 창작했는지 되짚어 봄으로써 앞으로 각자 어떻게 동시를 창작할 수 있을지 발견하는 과정으로 서술되어 있다.

(1) 낭만주의 동시론

박목월의 동시론은 낭만주의 시론에 기초한다. 문예사조상 낭만주의는 고전주의의 합리적이고 기계적인 요소에 대한 반발에서 비롯된다. 고전주의가 이성을 중시하고 규칙과 절제를 중시하는 반면, 낭만주의는 주관적인 감정과 비합리적이고 자유분방한 상상력을 중시한다. 합리적인 것 대신 자연적인 것, 계산된 것 대신 자연발생적인 것이, 규제 대신 자유가 강조되는 것이다.[32]

자연발생적이고 상상력을 중시하는 낭만주의의 특징은 낭만주의 시론의 특징으로 이어진다. 즉 시는 계산된 의도 하에 인위적으로 만들어지는 것이 아니라 시인에 의해 자연스럽게 흘러나오는 것이다. 그러므로 낭만주의 시론은 작품을 창작하는 시인의 내적인 충동과 상상력, 내면 심리 등을 중시하게 된다. 또한 시는 제작된 것이 아니라 자연스럽게 흘러나온 것이므로 그 자체가 살아 있는 유기체와 같아서 함부로 수정하거나 삭제할 수 없다.[33]

---

32 L.R.Furst, 이상옥 역, 『낭만주의』, 서울대출판부, 1978, 78쪽.
33 문혜원, 『한국 현대시와 시론의 구조』, 역락, 2012, 17쪽.

박목월의 동시론은 이와 같은 낭만주의 시론의 특징에 부합한다. 먼저 시의 발생에 관한 논의를 살펴보면 그는 『동시의 세계』에서 시가 무엇이냐는 질문에 대해 "느낀 것을 느낀 대로 나타내"[34]는 것이라고 한다. 인위적으로 제작하고 이성적으로 축조하는 것이 아니라 느낀 것을 자연스럽게 느낀 그대로만 쓰면 시가 된다는 설명이다. 시의 발생에 대한 이러한 견해는 『동시교실』과 『동시의 세계』에서 일관되고 뚜렷하게 강조된다.

> 참으로 시는 우리의 깊은 느낌이 스스로 낳는 것이라 했다.(중략)
>
> 찬찬히 옛날을 생각하라.
>
> 찬찬히 자기 마음을 살펴보라.
>
> 찬찬히 자기 주위를 눈여겨 보라.
>
> 좋은 생각, 느낌이 가슴에 고이게 되리라. 그 가슴에 고인 것을 적으면 시가 된다.
>
> 참 좋은 시는 멋지게 표현한 것이기보다, 깊고 넉넉한 그 가슴에 고인 느낌, 생각이 스몄는 것이다.[35]

> '솟아나는 대로'의 말을 '그대로 쓰는 것'이야말로 '참된 느낌'을 나타내는데 그중 소중한 일이다.[36]

시는 느낌이 "스스로 낳는 것"이며 "솟아나는 대로" "그대로 쓰는 것"이라는 주장은 시가 감정의 자연스런 표현, 유출, 발로라고 하는 낭만주의 시론과 일치한다. 또한 시가 나타내려는 것이 "느낌"이라고

---

34 박목월, 『동시의 세계』, 배영사, 1963, 20쪽.
35 박목월, 『동시교실』, 아데네사, 1957, 76~77쪽.
36 박목월, 『동시의 세계』, 배영사, 1963, 100쪽.

강조하는데 이는 낭만주의 시론에서 "시란 정서적인 상태의 매개물로서 산문의 반대가 아니라 사실이나 과학의 비정서적인 언명과 반대되는 것"[37]이라고 하는 명제와도 통한다. 박목월은 자신의 느낌과 그에 따른 생각을 드러내기 위해 표현의 방법을 궁리할 필요가 없다고 계속 강조한다. 자신의 느낌을 오래 간직할 때 시는 저절로 나온다고 본다.

> 어떻게 자기의 느낌이나 생각을 나타낼까? 아마 여러분이 가장 '어렵고도 마음이 키는 문제'일 것이다. 그러나, 어떻게 표현할까? 하고, 여러분이 애를 쓰기 때문에 좋은 시를 못 쓰게 된다. 애를 쓰면 느낌이 죽어지고, 뜻만이 살아나기 때문이다. 시는 느낌을 느낌으로 나타내는 일이다.[38]

> 시야말로 깊은 느낌-감동에서 울어나는 것이라 함을 깨달았으리라. 그러나 시를 빛게 하는 마음의 깊은 느낌(감동)이 이내 시가 되지는 않는다. 그 느낌을 암탉이 알을 품듯, 마음에 두고 두고 간직하면 그 감동이 시를 낳게 한다.
>
> 그러므로 시는 짓는 것이나 쓰는 것이기보다 낳는다. (필자 강조)
>
> 이것은 시를 쓰려는 사람에게 가장 중요한 말이다. 시야말로 감동이 낳게 하는 이 세상에서 가장 오묘한 알이다.[39]

한편 박목월은 '무로오'라는 외국시인의 말을 빌어 시를 낳는 느낌, 곧 감동이 '사랑'과 연결된다고 말하기도 한다. '무로오'는 일본 대정기의 대표적 서정시인으로 휴머니즘을 주창한 무로오 사이세이(室生犀星, 1889~1962)로 여겨진다. '사랑'을 강조한 무로오의 시론이 훗날 기

---

37 M.H.Abrams, 『The mirror and the lamp』, Oxford University Press, 1971, 101쪽.
38 같은 책, 117쪽.
39 박목월, 『동시교실』, 아데네사, 1957, 17쪽.

독교 휴머니즘의 작품 세계를 내보이기도 한 박목월에게 인상 깊었던 것으로 생각된다.[40]

> 어느 외국시인은 다음과 같이 말했다.
>
> — 시야말로 사랑이다.
>
> 라고. 큰 감동은 사랑에서 울어나는 것이며, 감동 속에 사랑이 깃들어 있다.(중략)
>
> 동시야말로 어린이의 맑고 아름다운 마음에 가장 깊은 느낌-감동이 낳는 것이며, 또한 감동이 크면 클수록, 깊으면 깊을수록 좋은 시가 되고 사랑이 크면 클수록, 깊으면 깊을수록 감동이 깊고, 크다는 것도 알았으리라.[41]

박목월의 낭만주의 동시론은 동시 창작을 시작한 1930년대 당시의 낭만주의 시론과 작품들에 영향을 받았기 때문으로 보인다. 『동시교실』과 『동시의 세계』에는 박용철이 번역한 스티븐슨(R.V.Stevenson, 1850~1894)과 타고르(R.Tagore, 1861~1941)의 동시가 상당수 수록되어 있

---

40 박목월은 '사랑'에 대해 구체적으로 설명하지는 않는다. 다만 "사랑을 지니면 지닐수록 자연과 동물의 온갖 모습에서 오묘한 이치를 깨달을 수 있다"고 하고, "사랑만큼 참되고 아름다운 사람으로 이루게 하는 것은 없다"고 말한다. 또 "왜 동시를 써야 하고, 감상해야 하는 까닭의 하나는 시를 쓰고 감상함으로써, 이 귀한 사랑을 넉넉하게 기를 수 있기 때문이다"라고 한다.(『동시교실』, 36쪽)
박목월은 이전에도 '사랑'이 글쓰기의 정신이 되어야 한다고 말한 바 있다. "이 대목에 어린 사랑…… 그 정신이야말로 아름답고 귀한 것이다. 또한 이 정신을 넓히고 키워 나가면 그대로 인간으로서 가장 고상하고 숭고한 마음씨를 지니게 될 것이다. 우리가 작문을 통해서 발전시킨다는 뜻은 이런 정신을 자기 생활 속에 캐는 것이며, 그것이글로 나타냄으로써 한결 뚜렷해지고, 또한 확실해져서, 자기의 생활을 그 정신으로서 다스려나가는 일일 것이다. (중략) 높은 사랑의 정신…… 생각하고 느끼는 것에서 허술히 지내쳐 버리지 않고, 일일이 유심히 되색여보며 그것을 글로 나타내는 것, 그것이야말로 작문의 가장 큰 보람이며 또한 그 되색여 보아서 깨달은 뜻을 다시 생활 속에 이룩하게 하는 것—작문의 힘이며, 값어치며, 소망이다.(장수경, 「1950년대 소년잡지에 나타난 문학창작교육과 의의」, 『한민족문화연구』 40집, 2012, 321쪽에서 재인용.)

41 박목월, 『동시교실』, 아데네사, 1957, 20~21쪽.

는데 이는 1930년대에 낭만주의 시론을 체계화한 박용철의 문학론에 그가 영향 받았을 것으로 추정되는 지점이다. 박목월은 "내가 어렸을 때, 가장 깊이 감명을 받은 것은 주로 박용철(朴龍喆)씨의 번역을 통한, 몇 편의 외국작품이다."[42]라고 밝힌 바 있다. 박용철의 전문적인 번역뿐 아니라 낭만주의 문학론에 입각한 작품 선정, 나아가 또한 박목월의 동시 창작과 동시론 형성에 바탕이 됐을 것으로 보인다.

(2) '아동'에서 '동심'으로

박목월의 동시론이 '본격동시' 담론 형성의 토대가 됐을 것으로 생각되는 부분은 낭만주의적 시론에 기반해 작가 중심의 동시론을 체계화한 데 있다.

낭만주의 시론은 시인을 보통 사람과는 다른 천부적 감수성과 열정을 지닌 이들로 생각하며[43] 세계, 작품, 독자, 작가 등 문학의 여러 요소 중에서도 작가에 초점을 맞춘다. 앞 장에서 언급한 바와 같이 낭만주의 시론에서 시란 감정의 자연스런 표출이므로 작품 자체나 작품을 수용하는 독자보다 작품을 창작한 작가를 중시하는 것이 당연하다.

낭만주의 시론에서 독자는 시를 창작하는 과정에서 일단 배제된다. 시는 독자를 위해서 만들어지는 것이 아니라 시인의 자유로운 정서상태의 표현일 뿐이며 그 결과물인 시가 독자에게까지 자연스럽게 영향을 미치게 되는 것이다. 극단적인 경우 독자는 시인의 시에 공감할 수 있는 특별한 소수에 한정되기도 한다. 따라서 낭만주의 시론에서 중점을 두는 것은 시인이 시를 창작하기까지의 과정과 시작품까지로

42 박목월, 「버찌와 기러기와 종이배의 꿈나라」, 『아동문학』 2집, 1962.11, 4쪽.
43 M.H.Abrams, "The mirror and the lamp", Oxford University Press, 1971, 102쪽.

한정된다. 시는 독자를 겨냥해서 쓰여지는 것이 아니라 시인에 의해서 발화된 독립된 유기체로 설정되기 때문이다.[44]

이렇듯 낭만주의 시론의 관심은 작가의 창작 과정과 그 작품까지로 한정되어 있고, 바로 그 때문에 박목월의 동시론이 피력된 『동시교실』과 『동시의 세계』가 표면적으로는 창작론의 형태를 띠고 있는 것으로 생각해볼 수 있다. 물론 창작론의 형태로 집필된 보다 직접적인 이유는, 아동문학이 학교 교육제도와 긴밀히 연결되어 박목월이 일선 학교에서의 시 교육 현장에 직접 관여하기도 했던 상황에서 어린이 시 교육 교재가 요구됐기 때문일 것이다. 그렇다고 하더라도 『동시교실』과 『동시의 세계』는 어린이 시 교육에 있어서 감상의 주체인 '독자'에 대한 고려가 전혀 없다. 앞서 말했듯 동시를 감상하는 방법에 대한 설명 또한 아동 '독자'가 아닌 아동 '작가'들을 위한 서술일 뿐이다.

동시창작론뿐 아니라 동시의 정의, 동요동시장르론에 이르기까지 박목월의 동시론이 작가 중심의 동시론으로 분석될 수 있다는 사실은 명확하다. 특히 그의 동시론이 작가 중심의 동시론이라는 사실은 이후 1960, 70년대의 이원수, 이오덕의 동시론과 비교해 볼 때 더욱 확연하게 알 수 있다.[45]

박목월 동시론의 작가 중심적 관점과 관련해 주목할 점은 『동시교실』과 『동시의 세계』의 표면적 서술에만 기대어 박목월 동시론에서의 작가를 '어린이'로 한정해서는 안 된다는 사실이다. 『동시교실』과 『동시의 세계』는 어린이를 일차 독자로 해서 집필됐으므로 당연히 동시의 작가를 어린이로 상정한다. 하지만 박목월의 동시론에서 작가는 어린 연령의 실체적 아동만을 의미하지 않는다. 그는 작가를 중시하는

44 문혜원, 『한국근현대시론사』, 역락, 2007, 65쪽.

45 이하 졸고 「이원수와 박목월의 동시론 비교 연구」, 『한국아동청소년문학연구』 9집, 2011.12 참조.

관점에 기인해 '아동'을 '동심'으로 치환시키며 아동문학론의 전환을 이루어낸다. 아동문학의 장르적 기준이 되던 '아동 독자'를 '성인 작가'의 '동심'으로 옮겨가도록 한 것이다.

> 아동들의 생각, 아동들의 느낌이 솟아나게 되는 그 정신적, 정서적인 특수한 것을 '동심'이라 불러본 것이다. 또한 그들의 세계를 '동심의 세계'라 일단 불러본 것이다. (……) '성인문학'과 대가 되는 '아동문학'이란 무엇인가. 그것은 '동심의 문학'이다. 또한 아동문학의 특수성도 '아동과의 관계'에 있기보다는 '동심과의 관계'에 있는 것이다. '동심'이 비록 '어린이 마음'이요, 그것이 성인과는 구별할 수 있는 아동다운 것이기는 하지만 성인에게도 '동심'이 잠재해 있는 한, '아동과의 관계 있는 문학'으로 국한하기보다는 '동심과의 관계 있는 문학'으로 보는 것이 더욱 타당하며, 또한 '아동'이 곧 '동심'이 아니기 때문이다. (……) 그러므로 그것은 누구를 위하는 것이 아닌, 스스로의 예술적인 충동을 만족하려는, 순수한 동기에서 창작하게 된다. 그러므로 그것은 문학 일반의 광의적인 목적이나 사명을 떠나, '아동들의 생활을 향상한다든가' 하는 특수한 '사명'이나 '목적'이 반드시 요구되지는 않을 것이다.[46]

박목월은 아동문학의 특수성이 어린이 '독자'에 기인한다고 여기지 않고 '작가'의 어린이다운 마음과 느낌, 즉 '동심'에 있다고 본다. 아동문학의 특수성이 "아동과의 관계"에 있기보다는 "동심과의 관계"에 있다는 말은 곧 아동문학의 특수성을 어린이 '독자'로 정의하는 종래의 관점을 전환시켜 '동심'을 지니고 문학을 창작하는 '작가'에게서 찾은 것이다. '작가'를 중시하는 문학관에 기반해 '아동'을 '동심'으로

46 박목월, 「나의 의견」, 『아동문학』 1집, 1962.10, 19~20쪽.

치환시킨 이러한 견해는 당시로서는 코페르니쿠스적 전환이라 할 만하며 사실 현재까지도 여전히 논쟁적인 지점이다.

박목월이 아동문학의 정의를 '아동'에서 '동심'으로 전환시킬 수 있었던 건 낭만주의 시론에 기반한, 작가 중심의 문학관을 지녔기 때문으로 여겨진다. 작가에 중점을 두었기에 '독자'로서의 아동, 실체적 아동에서 과감히 벗어나 '작가'로서의 아동, 즉 아동과 성인 모두에게 해당될 수 있는 '동심'을 강조할 수 있었던 것으로 보인다.

박목월의 낭만주의 시론은 위의 글에서도 드러나는데 동시를 "누구를 위하는 것이 아닌, 스스로의 예술적인 충동을 만족하려는 순수한 동기에서 창작하게 된다"는 주장이 바로 그것이다. 이러한 낭만주의 시론을 견지한 박목월은 아무리 주 독자가 아동인 아동문학이라 해도 "아동을 위해" "특수한 사명이나 목적"에서 작품을 창작한다는 견해에 동의하기 어려웠을 것이다. 하지만 아동 '독자'를 아동문학의 장르 기준으로 여기는 한 아동을 위한다는 목적에서 벗어나기는 힘들다. '작가' 중심의 관점으로 전환할 때 비로소 낭만주의 시론에서 말하는 순수한 예술적 충동에 의한 창작을 주장할 수 있게 되는 것이다.

박목월이 '아동 독자'의 굴레에서 벗어나 '성인 작가'의 '동심'을 강조한 것은 '본격동시' 담론이 주창하고 나선 바와 상당히 유사하다. 이후 '본격동시' 담론은 이러한 논의를 보다 첨예하고, 대립적으로 드러낸다. 박목월의 논의에서는 '아동 독자'의 지위가 완전히 무시되지 않고 '아동 작가' 또한 표면적으로는 '성인 작가'와 대등한 아동문학의 작가로 포함됐다. 하지만 '본격동시' 담론에서는 '아동 작가'는 물론이요 '아동 독자'에 대한 고려는 전혀 없고 오직 '성인 작가'들의 '동심'의 표출만이 강조된다.

'아동'에서 '동심'으로의 전환은 아동문학의 장르적 특징에 대한 기준과 경계를 좀 더 자유롭게 해서 '본격동시' 담론이 동시에서의 문학적 완성도를 강조할 수 있었던 토대가 됐던 것으로 생각된다. 실체적 '아동'으로 제한되던 창작의 자유가 '동심'이란 새로운 기준 아래서 보다 확장될 수 있는 것이다. 박목월이 말했듯 "아동이 곧 동심"이 아니기에 성인 작가가 자신의 느낌과 생각을 "동심"이라 이름 붙이고, 자신의 작품을 아동문학으로 규정할 수 있게 됐다. 아동을 위하고, 아동을 고려한다는 목적의식에서 벗어나 작가의 예술적인 충동에 근거해 문학성이 뛰어난 동시를 창작할 수 있는 발판이 마련된 것이다.

(3) 동요 · 동시 장르론

동요와 동시를 어떻게 구분할지, 정형율의 동요를 계속 쓸 것인지에 관한 동요와 동시의 장르론은 당시 동시론에 있어 가장 중요한 문제 중 하나였다. 정형율의 동요는 이미 순문학적인 창작 선두에서 밀려났지만 아동들이 동요를 창작하고 성인들이 창작한 노래 가사로서의 동요, 소위 '유행가 동요'가 범람하던 상황에서 동요의 위치 정립은 동시론의 핵심적이고 우선적인 과제였다. 더욱이 동요의 창작 전통이 워낙 확고했고 동요에서 동시가 발생했기에 동요를 외면할 수만은 없었다.

아동문학 비평전문지를 표방한 『아동문학』의 지상 심포지엄 특집 주제는 이러한 사실을 잘 나타내고 있다. 『아동문학』은 1집에서 「아동문학은 무엇인가?」라는 주제로 아동문학 전반을 원론적으로 살펴본 뒤, 2집에서 「동화와 소설」이라는 주제로 소설과 구별되는 동화의 장르적 특질을 분석한다. 그런데 동시 분야를 다루는 3집의 주제는 「동시와 시」가 아닌 「동요와 동시의 구분」이다. 당시에는 동요와 동시의 구분이 동시 분야의 당면 과제이자 동시론의 핵심이었던 것이다.

박목월은 동시 특집의 기조발제인 「동요와 동시의 구분」을 게재했는데 그는 『동시교실』과 『동시의 세계』에서도 각각 「동요와 동시는 어떻게 다르나?」, 「동시와 동요」란 제목으로 동요, 동시 장르론에 관해 썼다. 그의 동요, 동시 장르론 역시 작가 중심의 시론에 기반하고 있으며 동요보다 동시를 써야 한다는 제안은 '본격동시' 담론이 동요를 동시 장르에서 제외하는, 새로운 동시론을 주창하는데 영향을 미쳤을 것으로 보인다.

박목월은 작품을 창작한 작가의 정서와 작품의 내적 요소에 기인해 동요, 동시의 장르론을 이론화한다. 그는 동요와 동시의 형식상의 차이가 작품의 의미와 표현에 어떠한 차이를 불러일으키는지에 대해 매우 면밀하게 주목한다. 동요와 동시를 구분하는데 있어 동요는 노래로 부르는 것을, 동시는 읽기 위한 것을 전제로 한다는 당시의 일반적인 분류법만으로 나누려고 하지 않고 두 형식 간에 더 주요한 차이가 있음을 강조한다.

> 읊기 위하거나 읽기 위한다는 그런 타율로 목적을 가지기보다는 작자의 내적 정서의 필연적인 표현의 결과로 그것은 읊기에 혹은 읽기에 적합한 작품이 빚어지게 된 것이다.[47]

작가가 독자를 염두해 두고 동요는 독자들이 노래 부를 수 있는 형식으로, 동시는 독자들이 읽는 형식으로 창작한 것이 아니라 작가의 정서에 따라 자연스레 그 형식이 나타나게 된다는 설명이다. 박목월은 작가를 중심으로 문학을 바라보는 입장에서 이 점을 매우 강조하고 있으며 바로 여기서부터 동요, 동시 장르론을 전개해 나간다.

박목월은 동요와 동시를 정형율, 내재율로 단순히 구분하지 않는다. 그리고 이는 동요가 아닌 동시도 정형율을 지닐 수 있다는 주장으로

---

47 박목월, 「동요와 동시의 구분」, 『아동문학』 3집, 1963.1, 9~10쪽.

확장된다. 그는 윤동주의 「산울림」[48]을 예로 들며 "글자 수가 모두 석 자씩 꼭 꼭 맞는다. 그러나, 이것은 노래하기 좋게 하려고, 글자를 맞춘 것이 아니다. 까악까악 우는 까치의 울음을 나타내려고 일부러 석 자씩 맞춘 것"[49]이라며 "글자수가 다 맞는 것은 동요고 그렇지 않은 것은 다 동시냐"는 질문에 그것이 아니라고 답한다. 작품의 형식상으로는 글자수가 맞는 정형율이더라도 노래 부르기 위해 일부러 글자수를 맞춘 것이 아니면 동요가 아니라 동시라는 것이다. 작가가 노래 가사를 만들려는 의도가 있었던 것이 아니라 작가의 감정을 드러내기 위한 가장 유효한 형식이 정형율로 드러났을 따름이라는 설명이다.

그렇다면 정형율의 동시와, 동요는 형식상으로 동일한데 이들의 장르 구분은 어떻게 되는 것일까. 그는 동요와 동시의 구분이 명확하지 못한 까닭이 "부르는 것을 전제로 한 것"과 "자유롭게 쓴 것"과의 혼란에서 빚어지는 것이 아니라고 한다. "부르는 것을 전제로 하고 쓴 것" 안에서 빚어지는 것이라며 문학성이 전혀 없는 노래 가사가 아닌, 문학성을 지닌 동요의 경우가 문제가 된다고 말한다.

> 동요 중에서도 요적 가락이 시적 절실한 감정이나 정서로 말미암아 그 작품의 본질적인 세계와 밀접한 생명적인 관련을 맺었을 때, 그것은 동요라 해도 무방하고 동시라 해도 무방하다.

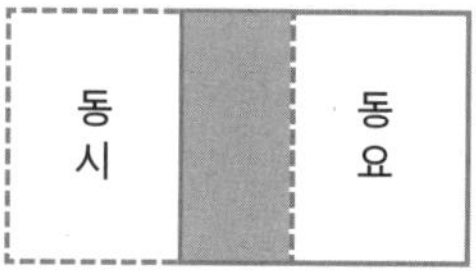

48 "까치가 울었다/산울림/아무도 못들은/산울림//까치가 들었다/산울림/저혼자 들었다/산울림"(윤동주, 산울림 전문), 박목월, 『동시의 세계』, 배영사, 1963, 32~33쪽 재인용.
49 박목월, 『동시의 세계』, 배영사, 1963, 32~33쪽.

위에서 그림으로 나타낸 것 중에서 동시와 동요가 겹먹는(이중적) 부분은 ① 동시적 처지에서 어린이들의 순수한 정형적인 시의 세계며 ② 동요의 처지에서는 전혀 다른 것(음악)의 보조적인 것이 아닌, 언어의 순수한 노래 부르는 세계다.[50]

박목월은 문학성을 띤 동요를 동시의 범주로 귀속시키고, 동시의 범주 안에 마련해둔다. '시'가 문학이고 동'시'도 문학이기 때문에 문학성을 지닌 동요는 동시여야 했다. 문학 작품으로 정형율의 동시(동요)를 창작한 작가의 의도를 존중하며 그 작품에 문학성을 부여하고 싶었기에 이러한 장르론을 정립했음을 미루어 짐작해볼 수 있다. 정형율이라 해도 작가 외부로부터 규정된 형식이 아니라 작가가 선택한 형식이라는 생각 아래 동시의 범주가 확장되어 문학성을 지닌 동요가 동시의 범주 안으로 들어오게 된 것이다.

박목월은 장르론에 있어서 동요를 도외시하거나 사장시키지 않고 동시의 영역 안에 편입시키며 문학성을 강조했다. 이는 작가를 중시하는 관점 때문이며 동요가 아동문학의 운문장르를 대표해 왔던 당시 창작 현실 때문이기도 할 것이다. 하지만 동요가 동시라는 명칭 아래 편입되는 이러한 양상은 아동문학의 운문장르를 대표하는 양식이 이제 동요에서 동시로 변화했음을 알리는 반증이기도 하다, 박목월 또한 장르론이 아닌 창작론에 있어서는 어린이들에게 동요보다는 동시를 써야 한다고 분명히 말한다.

여러분은 동요를 쓸까, 동시를 쓸까 망서릴 필요는 없다. 다만, 자기의 느낌이나 생각을 찬찬히 올바르게 기록하려는 뜻에서 붓을 잡아야 한다.

---

50 박목월, 「동요와 동시의 구분」, 『아동문학』 3집, 1963.1, 14쪽.

그러나, 되도록 동요보다 동시를 써야 한다. 왜냐하면 동요는 가락이 四四조, 三四조, 七五조로 잡혀 있기 때문에 참된 자기의 생각을 깊이 살펴서 담기보다는 곁으로 흘려버리기 쉽다.

더구나, 여러분이 가락을 잡는다는 것은 어려운 노릇이다. 왜냐 하면, 잡혀진 가락(定型) 속에 새로운 느낌이나 생각을 담기가 가장 힘이 들고, 능란한 솜씨가 필요하기 때문이다.[51]

이는 단지 어린이들에게 대한 당부만으로 볼 수 없다. "잡혀진 가락 속에 새로운 느낌이나 생각을 담기가 가장 힘이 들고, 능란한 솜씨가 필요"하다고 인정한 것처럼 정형율의 동요는 실험적인 창작 실천을 하는데 알맞지 않는 장르라는 것이 이미 당시 공유되던 생각이었다. 박목월은 기존에 창작된 동요를 부정하지 않되 앞으로의 창작에 있어서는 동시를 써야 한다고 여겼던 것으로 보인다.

박목월은 작가를 중시하는 관점에서 노래 가사로서의 동요는 배제하고, 작가의 표현 의도가 담겨있는 동요는 수용했으며, 동요보다는 동시를 창작해야 한다고 했다. 이로써 장르상 혼돈 상태였던 동요와 동시는 작가의 창작 의도라는 기준으로 명확히 정리됐다. '본격동시' 담론은 여기서 더 나아가 정형율 자체를 철저히 배격하고 자유율의 동시만을 창작하겠다고 선언하기에 이른다. 그리고 그 때의 동시는 새로운 형식 실험으로 종래의 동시와는 달리 일반 시와 내용상, 형식상 큰 차이가 나지 않았고 결국 시와 구분되는 동시의 장르적 특성과 경계에 대해 논쟁하게 되기에 이른다.

박목월의 동시론은 '본격동시' 담론에 앞서 정리된 최초의 현대동시론으로 '본격동시' 담론을 배태한 주요 토대가 됐을 것으로 보인다.

---

51 박목월 『동시교실』, 아데네사, 1956, 39~40쪽.

박목월의 동시론과 아동문학론은 작가가 중심이 되므로 '어린이 독자'라는 기준으로 제한됐던 동시의 내용과 형식에 있어 새로운 창작 실천과 이론을 견인했을 것으로 생각된다. 성인 작가가 기존 동시에 갇히지 않는 새로운 동시를 실험하는 '본격동시' 담론은 박목월 동시론의 바탕에서 생성됐다고 본다.

이후 '본격동시' 담론은 역으로 박목월의 동시론에 영향을 미치기도 한다. 박목월은 『동시교실』, 『동시의 세계』, 그리고 여러 평론에서 종종 동시를 그저 '시'라고 지칭했고 동시를 시와 분리된 별개의 장르로 서술하지 않는다. 동시도 당연히 '시'인 것으로 파악했기 때문이다. 그런데 '본격동시' 담론 발생 이후에는 "동시도 시가 되어야 한다"고 명시적으로 강조한다.

> '童詩'가 물론 아동 문학의 한 영역(領域)을 차지하는 것임에는 틀림없으나, 그러나 동시의 순수한 동심은 어른이든 어린이든 누구에게나 감동을 줄 수 있는 '詩'라야 하는 것이다.[52]

> 동시도 시가 되어야 한다는 것은 나의 지론이다. 그것은 아기를 위한 것이기보다 작가 자신의 동심적인 표출로서 다만 어린이들이 이해할 수 있는 단순성이 표현에서나 내용에서 요구되는 것이다. 그것이 일반적인 시와 구별되는 것이다.[53]

"동시도 시가 되어야 한다"는 것은 '본격동시론'의 선언이고 주장이다. 박목월은 자전적 시 해설서인 『보랏빛 소묘』에서 '본격동시' 담

52 박목월, 『보랏빛 소묘』, 삼중당, 1974, 41쪽.
53 위의 책, 62쪽.

론의 선언을 이렇듯 자신의 기존 동시론에 더해 말하고 있다. 이는 박목월이 이후 '본격동시' 담론의 논의를 수용한 것과 아울러 '본격동시' 담론이 널리 받아들여지면서 당대 대표적인 동시론으로 자리잡았다는 것을 짐작하게 한다.

2) '본격동시운동'의 시론적 배경

'본격동시운동'은 동시인 동인회를 비롯한 동시대 시인들의 다양한 창작 실천과 아울러 그들의 동시론이 뒷받침되면서 자리를 잡게 된다. 동시인 동인회 중에서 동시론을 주창한 이는 박경용과 유경환으로 이들은 자신과 동인 회원들의 작품을 적극 해석하고 옹호하는 가운데 새로운 동시론을 정립하게 된다. '본격동시운동'은 실제 작품의 문학적 성취 여부와 상관없이 그들의 동시론이 뒷받침되었기에 새로운 창작 경향으로 자리매김할 수 있었다. 작품의 문학적 성취 여부에 대해서는 이견이 있지만 그들의 동시론만큼은 문학사적 의의를 지닌다고 볼 수 있다. 박목월의 동시론 이후 형성된 새로운 동시론이며 지금까지도 줄곧 순수문학 진영의 동시론으로 대표되고 있기 때문이다.

동시인 동인회의 박경용은 "60년대의 동시단 중에서도 가장 전위적인 기수"[54]라고 평가받은 것처럼 평론에 있어서도 동시인 동인회가 활동한 1960년대 말부터 1970년대 초에 이르기까지 가장 적극적이고 논쟁적으로 독보적인 동시론을 전개해 나간 시인이다. 그의 대표적인 평론 「플라스크 속의 형성—1960년대의 동시」(『아동문학』 16집, 1966.5.)는 동시인 동인회 시인들의 창작에 대해 본격적으로 의미를 부여하고 있는 평론이다. 그는 이 글에서 "1960년대는 '동시인군(童詩人群)'이라 불

54 이재철, 「박경용 저—어른에겐 어려운 시」 서평, 『횃불』, 1969.7, 122쪽.

리우는 자각에 눈뜬 신진신인들에 의해서 세워진 시의 연대였다. 정형화한 전통에 대한 전면적인 부정에서 시작된 연대였으며, 비문학적인 요소를 제거 수술하는 메스의 연대였다. 동시를 본격시로서 세우기 시작한 것이다"라고 자신들의 문학을 규정짓는다.

그는 이외에도 『횃불』(1969~1970), 『매일신문』(1970), 『새벗』(1970)에 아동문학 월평을 게재하고 『교육평론』(1970~1971) 「교단문예」란의 선자로 매달 활동하면서 자신의 동시론을 실천 비평을 통해 널리 알리고 정립했다. 특히 『횃불』(1969.1~1970.5, 통권 17호, 한국일보사 간행)은 교사들을 대상으로 하는 종합 교양지였음에도 창간호부터 이재철의 「한국현대아동문학사」와 본격적인 작가론을 연재하는 등 아동문학 연구와 비평에 비중을 둔 잡지였으므로 당시 담론에 끼친 영향력이 컸을 것으로 보인다.[55] 박홍근은 『횃불』에 대해 "아동문학 전문지는 아니다. 그러나 아동문학의 창작이나 평론에 많은 지면을 할애해주어 우리의 아동문학 50년에 처음으로 본격적인 이론이나 평론의 자리를 마련해주고 있다"[56]고 밝힌 바 있다. 한편 박경용은 거의 2년간 교육 전문 잡지 『교육평론』의 「교단문예」의 심사를 맡았는데 여기에 실린 선후평을 통해서는 응모자들의 작품에 적용된 그의 동시론을 보다 구체적이고 직접적인 진술로 살펴볼 수 있다.

『횃불』에 게재한 박경용의 월평과 여타 비평들은 동시, 동시조, 동

---

55 창간호 편집후기에서는 아동문학에 비중을 두는 이유에 대해 다음과 같이 설명한다. "소위 일선 교사의 교양지를 표명하면서 한편 아동문학 분야에도 주력을 한다는 것은 〈아동문학은 국민학교 교사의 것〉이라는 기묘한 결론이 나온 듯한 인상을 줄 것이다. 그러나 우리는 교사생활의 카테고리 안에서만의 아동문학을 다뤄갈 것이므로 범아동문학의 견지에서는 한 국지적인 운동으로 보아주면 되는 것이다" 『횃불』의 편집인은 조풍연이었는데 동화작가이자 아동 잡지 편집자였던 그의 관심과 역량이 『횃불』의 지면 구성에 영향을 미쳤던 것으로 생각된다. 「현대아동문학사」와 작가론의 연재는 이재철과 『횃불』의 관련성 또한 가늠하게 한다.

56 박홍근, 「한국아동문학의 특성」, 『횃불』, 1970.5, 54쪽.

화를 대상으로 다양한 논쟁을 불러일으켰다.[57] 그는 논쟁이 드물던 아동 문단에서 문단 권위나 선후배 관계에 상관없이 다른 이의 비평을 반박하고 직설적이고 공격적인 주장을 펼치며 논쟁을 일으켰는데 이는 작가로서의 자의식과 아동문학의 문학성을 강조하려는 의지에 기반한 것으로 생각된다. 그는 동시인 동인회의 다른 이들과 마찬가지로 신춘문예를 통해 시와 시조로 등단했을 뿐 아니라 서라벌예술대학 문예창작학과를 거쳐 동국대학교 국어국문학과를 졸업하는 등 당시 아동문학인으로서는 드물게 대학에서 문학을 수학한 이력이 있다. 그의 독보적인 비평 활동과 거침없는 태도는 이와 무관하지 않아 보인다.

한편 동시인 동인회의 유경환 또한 1960년대 말부터 『아동문학』, 『교육평론』, 『교육자료』, 『어깨동무』 등에 동시론과 작가론을 게재했으며 이를 엮은 『한국현대동시론』(배영사, 1979)[58]을 출간해 이 시기 동시론을 구성했다.

동시인 동인회의 구성원은 아니었지만 조유로 역시 여러 비중 있는 평론을 발표하며 동시론을 전개해나간 시인이다. 조유로는 1957년 시 「굴뚝의 윤리」로 등단(『자유신문』 신춘문예), 1958년 시조 입선(『동아일보』 신춘문예), 동화 당선(『자유신문』) 등 등단 이력을 갖추었으며 비평 활동 또한 꾸준히 했다. 조유로는 평론 「아동문학가의 좌표」(『아동문학』 12집, 1965.7.), 「파괴와 부정의 윤리—일제잔재식민문학의 잔본과 새 한국아동문학의 건설론」(『아동문학평론』 창간호, 1976.) 등의 평론에서 '본격동시운동'의 의의를 높게 평가했다.

이재철이 이들 세 명과 신현득을 '본격동시운동'의 주역으로 꼽은

57 박영기, 「박경용 아동문학 비평논쟁과 그 의미」, 『아동문학담론』 9호, 2009.3, 63~80쪽 참조.

58 『한국현대동시론』의 출간 시기는 각 평론이 발표되던 시기와는 십여 년 이상 차이가 있으므로 이 책을 인용할 때는 글의 출처를 함께 밝힌다.

까닭은 창작 활동과 아울러 이렇듯 적극적인 비평 활동까지 포함해서 평가했기 때문으로 보인다.

이 장에서는 박경용의 이론 비평과 실제 비평을 토대로 그의 동시론을 구성하고 유경환과 조유로의 동시론을 아울러 살펴봄으로써 그들이 '본격동시운동'의 토대가 되는 동시론을 구성하고 정립한 과정과 그 동시론의 성격을 살펴보도록 하겠다.

(1) 동시의 개념 정립

박경용, 유경환, 조유로 등 동시인들은 우선 동시의 개념을 새롭게 정의하는 것에서 동시론을 시작한다. 앞서 살펴본 바대로 당시 동시는 아동이 쓴 작품인 아동시까지도 모두 포함하는 개념이었다. 그러나 이들은 동시를 '어린이를 위한 시'라고 명명하며 동시에서 아동시를 분리시키고 동시의 개념을 성인 작가의 작품으로 한정시키고자 한다.

> '어린이를 위한 시'는 새로운 장르가 아니다. 종래에 있던 말, 동시 혹은 소년시를 이렇게 포괄적으로 부르고 싶은 생각을 말하는 것이다. 이유는, 어린이를 위한 운문에도 필요충분 조건으로서 시적인 요건이 들어 있어야 하겠다는 생각의 결말 때문이다.[59]

유경환이 위 인용문에 이어 스스로 밝혔듯 '어린이를 위한 시'라는 명칭이 처음으로 이들에게서 사용된 것은 아니다. 박목월, 이원수, 이종기 등이 동시를 정의하면서 이미 언급한 바 있는 용어이다. 그럼에

59 유경환, 「어린이를 위한 시」, 『한국현대동시론』, 배영사, 1979, 25쪽. (출처는 『교육자료』, 1967.5.)

도 유경환은 "박경용씨와 함께, 우리 아동문학의 동시라는 것을 어린이를 위한 시의 개념으로 근본적으로 바꾸어서 정립되어야겠다는 것을 때때로 주장해 왔"[60]다며 이를 강조한다.

박경용과 유경환이 동시를 '어린이를 위한 시'라고 명명하고 이러한 명명을 강조한 까닭은 두 가지 이유에서다. 첫째, 위 인용문에서 직접 밝혔듯 동시도 '시'라는 사실을 강조하기 위해서다. 어린이를 위하는 목적으로 창작되기는 했지만 그럼에도 '시'라는 장르적 성격을 갖는다는 뜻이다. '동시'라고 할 때에는 자칫 '시'와는 다른 별개의 영역에서 규정될 여지가 있는 반면 '어린이를 위한 시'라고 할 때에는 '시'의 영역으로 수렴될 수 있는 것이다. '시'에 방점을 둔, 즉 어린이를 위한 '시'라는 말이다.

둘째, '어린이를 위한 시'라는 명명은 동시의 창작자를, 어린이는 배제하고 성인으로 한정하려는 의도를 지닌다. 어린이를 '위한' 시라고 할 때에는 어린이의 자기만족적이고 단편적인 창작이 아닌 어른의 의도적인 창작만이 포함된다. 동시가 성인의 창작일 때 비로소 인용문에서 말한 "시적인 요건"을 논할 수 있게 되듯 이는 결국 첫 번째 의도와도 연관된다.

이후에도 유경환은 영문학의 'Poetry for Children'의 개념을 빌어 '동시'를 '어린이를 위한 시'로 정의한다. 그는 일례로 윌리엄 B. 예이츠의 「이니스프리의 섬」이 성인과 아울러 어린이들이 읽고 외는 시라고 밝힌 뒤 "좋은 동시는 어른에게도 즐겨 읽히면서 (……) 어린이에게까지 읽히는 바로 그런 것"이며 "좋은 동시는 동시이기 이전에 먼저 충실한 시 작품"이어야 한다고 강조한다. 또 "어른에겐 읽히고 어린이에겐 안 읽히는 시는 존재할 수가 있겠으나, 어린이에겐 읽히고

60 유경환, 「동시의 개념」, 『한국현대동시론』, 배영사, 1979, 10쪽.(출처는 『아동문예』, 1976.5.)

어른에겐 (유치해서) 안 읽히는 동시는 문학적으로 존재할 수 없다" 고 부연한다.[61]

이어 박경용과 유경환은 동시를 '어린이를 위한 시'로 규정하는데서 나아가 어린이가 쓴 시를 '아동시'라고 새롭게 명명하며 '동시'에서 어린이 창작의 개념을 완전히 분리해낸다.

> 어른 시인이 어린이에게 읽힐 것을 목적으로(혹은 전제로) 쓴, 이른바 '어린이를 위한 시'를 '동시'라 한다면, 어린이들 자신이 그들의 생활, 감정을 표출, 직서(直敍)한 시를 '아동시'라 한다. 더 밝혀 말하면 '동시'는 작위적인 소산으로서 시(예술)인 것이며, '아동'시는 비작위적인 소산의 비시적(비예술적)인 것이다.[62]

누가 최초로 '아동시'라는 용어를 사용했으며 '동시'와 '아동시'를 구분했는지는 훗날 박경용과 이오덕의 논쟁 거리 중 하나이기도 했다. 그러나 '아동시'라는 용어를 누가 언제부터 사용했는지보다 중요한 사항은 '아동시'를 '동시'에서 왜 분리했으며 그 의도는 무엇인가 하는 점이다. 박경용의 경우에는 '아동시'라는 새로운 명명을 통해 '동시'의 개념을 어른 작가의 창작으로 한정시키고 동시의 문학성을 강조하는 데 그 목적이 있었다. '어린이를 위한 시' 개념의 강조와 '아동시' 명명을 거쳐 결론적으로 그는 동시를 "어른이 어린이에게 읽힐 것을 목적으로 하고 쓰는"[63] 시로 정의내렸다.

주목할 만한 점은 박경용이 아동의 작품은 물론이고 성인의 작품이

61 유경환, 「동시와 시」, 『한국현대동시론』, 배영사, 1979, 21~24쪽.(출처는 『아동문학평론』, 1976 여름.)

62 박경용, 「국어 교과서에 실린 동시 평가」, 『횃불』, 1969.3, 28쪽.

63 박경용, 「교단문예」 선후평, 『교육평론』 1970.6, 190쪽.

라고 하더라도 문학적 수준을 담보하지 못하는 작품에 대해서는 일관되게 '아동시'라고 지칭했다는 사실이다.[64] 이는 박경용에게 있어 '아동시'의 명명이 '동시'의 비전문적이고 비문학적인 요소를 제거해 '동시'를 전문적인 문학 장르로 규정하려고 했던 의도에서 비롯했음을 반증한다.

실제로 박경용은 1968년 2월 '아동문학 원탁회의'에서 「동시와 아동시는 나누어서 평가되어야 하는가」라는 주제로 발제했던 일과 관련해 훗날 다음과 같이 말한다. "그 문제를 발의했던 사람으로서 그 당시를 회고하건대, 애초부터 동시와 아동시의 개념 분리에 따른 원론적 의미에 접근하려는 의도가 아니었다. 그보다는 동시단에 만연하고 있던 장애적 요인을 척결하려는 숨은 의지를 그런 편법으로 가시화하려는 저의가 더 강하게 작용했음을 솔직히 밝혀둔다" 그리고 "어린이 작문 수준에 불과한 '아동시'가 '동시'라는 이름으로 풍미하고 있는 풍토였으니, 동시의 건전한 발전에 걸림돌이 되는 장애적 요인을 우선 제거하고 보자는 열띤 절규가 '유능한 젊은 시인'들에 의해 터져 나오지 않을 수 없는 상황이었던 것"이라고 밝힌다.[65] 즉 자신처럼 정식 등단한 시인들의 창작과 성인 아마추어 작가들이나 아동의 창작을 분리하고자 동시와 아동시라는 명칭을 구분해서 사용했던 것이다.

이러한 개념의 정립을 통해 이들은 "동시도 시다"라는 명제를 더욱 강조하기에 이른다. 동시를 '어린이를 위한 시'로 규정하고 동시에서

---

64 「교단 문예」의 선후평에서는 종종 이러한 언급을 볼 수 있다. "「아동시」(어린이가 쓴 시)의 테두리를 벗어나지 못하고 있다. 내용도 형식도 낡은 것이다"(『교육평론』, 1970.6, 190쪽.) "투고자들이 「동시」와 「아동시」의 본질적 차이를 잘 모르고 있는 듯 보여진다. 〈산골짝 물〉(김상진)은 「동시」는 아니다. 「아동시」다. 4~5학년 정도의 국민학교 어린이가 써낸 것이라면 적격일 수 있겠다."(『교육평론』, 1970.10, 185쪽.)

65 박경용, 「'동시'와 '아동시'의 문제—'논의의 발단'에 대한 증언」, 『아침햇살』, 2000 가을, 68~73쪽.

아동시를 분리해냄으로써 동시는 어린이 독자를 대상으로 하는, 시의 한 부분이라는 동시론이 자리잡게 된 것이다. 지금으로서는 지극히 당연할지 몰라도 동시도 시와 똑같은 문학성을 지닌다는 이 명제는 당시로서는 매우 새로운 선언이었다.

(2) '동심'으로부터 탈피

'동시도 시다'라는 명제는 종래의 동시 관념과는 상당한 차이를 지닌 것이었다. 박경용은 새로운 동시론에 근거해 당대를 대표하는 박목월의 동시론에 대한 비판을 매우 공격적으로 개진한다. 그는 평론「童詩적 童詩와 非童詩的 童詩—박목월씨께 묻는다」(『문학춘추』 1966.7.)에서 박목월의 동시론을 반박하고 이후「플라스크 속의 형성」에서 당시의 논의를 재확인한다.

「童詩적 童詩와 非童詩的 童詩—박목월씨께 묻는다」는『아동문학』 6집(1963.9.)의「작품을 이렇게 본다—『아동문학』 1, 2, 3집 작품 합평」에서 박목월이 작품을 합평한 내용에 대한 반론이다. 본격적인 평론도 아니고 작품을 합평하는 대담을 두고 3년이나 지난 후에 반론을 제기한 것이 이례적이다. 이에 대해 박경용은 1963년 10월에 이 글을 썼지만『아동문학』 편집부의 게재 거절과 박목월의 재반론 거부로 글을 실을 수 없게 되었고 "아직도 박씨의 발언과 유이한 사고방식을 갖고 있는 아동문학가가 不無하고, 박씨의 이론에 공감했을 법한 독자들이 더러는 있을 듯하여 문학의 正道를 위한 후일의 是正上 이제라도 발표"한다고 밝힌다. 하지만『아동문학』 외의 다른 발표 지면이나 발표 기회가 있었을 것임에도 발표하지 않았다가 3년 후인 1966년 7월에 발표한 이유는 그해 5월 동시인 동인회가 발족한 일과 관련이 있어 보인다. 당시 동시단에서 가장 권위 있던 박목월에 대한 강도 높은 비판을

3년이란 시간 후에 되새긴 것을 두고 단순한 반론으로 보기는 힘들다.

먼저 박목월이 합평 당시 발언한 내용을 보면 그는『아동문학』1, 2, 3집에 실린 동시를 "동시의 한계를 넘은 작품"과 "동시적 작품"으로 구분한다. 이를 구분하는 기준은 언어에 있는데 "동시는 어린이들의 언어를 다루지 못하면 결코 동시를 쓸 수 없으며, 반드시 어린이들의 언어로 표현해야 한다"고 말하며 "아이들의 어조, 가락, 말을 파악하지 못하고 동시를 쓰는 것은 큰 죄악을 범하는 것이다"[66]라고 강조한다. 예를 들어 차보현의「가을」에 사용된 '마을 근처'[67]라는 단어는 어린이들이 사용하는 단어가 아니기 때문에 "동시적 작품"이 될 수 없다는 것이다.

박경용은 이에 대해 "'통상 어린이들이 쓰는 말'은 일상어이지 시어는 아니"며 "동시는 어린이들이 이해할 수 있는 쉬운 말로 표현되어야" 하는 게 더 적절하다고 주장한다. 어린이가 사용하는 언어로만 표현되어야 한다면 "사상과 감동의 많은 부분을 침식당하고 말 것"이라고 보기 때문이다. 나아가 '가락' 역시 "어린이들의 세계에 젖어있는 단조롭고 가벼우면서도 명랑한 그 가락을 그냥 그대로 작품세계에 이식시키는 것만으로는 부족하다"고 밝힌다.

어린이들의 언어를 그대로 동시에 가져와야 한다는 박목월과 이를 반대하는 박경용의 견해 차이는 바로 '동심'에 대한 견해 차이에서 발생한다. 동시가 '동심'을 바탕으로 하는 시라고 할 때 '동심'은 과연 무엇인지에 대한 문제와 연관된 것이었다. 박경용은 동심이 박목월이 말하는 '어린이 마음'이 아니라 '어린이다운 마음'라고 주장한다. "어

66 박목월,「작품을 이렇게 본다—『아동문학』1,2,3집 작품 합평」,『아동문학』6집, 1963.9, 66쪽.

67 시의 해당 연은 다음과 같다. "가을은,/안산이나 동네 어귀 정자나무나 솔밭 같은 마을 근처에서 살던 작은 동물을 불러 모아 어디론가 데려다 두고,/앙상히 성긴 울타리에 조그만 산새를 시켜 겨울을 재촉하듯 우짖게 한다."(차보현,「가을」중.)

린이 마음만의 동심으로 쓰인 작품은 어린이들이 친히 써낸 동시가 으뜸일 것"이며 "동시인은 동심을 고작 그대로 표현해 내기만 하는 작업인은 아니"라는 것이다. 그는 "감정의 직서(直敍)도 중요하지만 동심을 더 높은 차원으로 이끄는 길잡이의 임무를 지니고 있다"고 말한다.

> 어린이들은 제 스스로가 많은 동심을 지니고 있지만 그 동심을 인식하지 못한다. 어린이들은 작품을 통해 그들이 가지고 있는 동심을 인식하게 된다. 작가는 작품으로써 그 동심을 유발시키고, 어린이들은 그 작품을 통해 동심을 인식, 발견하고 공감하며 감동한다. 그러므로 어린이들이 인식하고 공감하며 감동하는 일이 어린이 마음 바탕만의 동심에서만 얻어지는 것이 아닌 바에야 동시가 반드시 '어린이 마음'만의 동심이 기저가 되어야 한다는 이치는 없다. 오히려 동시는 어른들이 느끼고 공감할 수 있는 한계 안에서 그 '동심'을 초월해야 한다. 어른들이 한계를 넘었다고 생각하는 작품에서 어린이들은 그들대로 무언가를 충분히 느낀다. 바로, 이 점이 중요하다. 어디까지나 시(예술)는 느끼는 것이다.
>
> 어린이들은 어른이 생각하는 것처럼 그리 어리석은 존재는 아니다. 그 작품의 발상이 어른다운 정서라 해서 동시가 아니고 서정시라고 몰아 배척할 이유가 없다.[68]

박경용은 앞서 동심이 '어린이 마음'이라기보다 '어린이다운 마음'이라고 규정했다. 이는 일찍이 박목월이 동시의 작가를 정의하며 실제의 '아동'에서 어른의 '동심'으로 전환시킨 것과 유사한 맥락이다. 그러나 박목월이 말한 어른 작가의 '동심'은 그 기준이 실제의 어린이와

68 박경용, 「童詩적 童詩와 非童詩的 童詩—박목월씨께 묻는다」, 『문학춘추』, 1966.7, 283~288쪽.

같은 마음에 있었다. 박목월이 어른의 동심을 '어린이 마음'으로 한정시킨 반면 박경용은 그 경계를 확장한다.

박경용은 어른 작가가 어린이 스스로 미처 인식하지 못하는 동심을 인식시키고, 유발시키고, 발견하게 해야 한다고 말한다. 동시가 어린이의 마음을 그대로 대변하는 것이 아니라 어린이에게 새로운 인식을 이끌어내야 한다는 주장이다. 그는 이를 '어린이다운 마음'이라고 재규정하고는 있지만 그 개념은 관념적이고 모호하다. 과연 동시가 어린이의 인식을 이끌어 내는 것이 어디까지 가능한지, 그때 동시는 일반시와 어떤 차이가 있는지 말하지 않고 있다. 결국 그는 "작품의 발상이 어른다운 정서라 해서 동시가 아니"라고 할 수는 없다고까지 하게 된다. 이는 박목월이 동시의 기준으로 제시한 '어린이 마음' 혹은 어린이의 언어와 가락이 지닌 한계를 넘어서려는 의도를 분명히 지니고 있다.

박경용은 어른인 작가가 실재하는 어린이의 동심을 흉내내며 동시를 창작하는 태도를 일관되게 비판한다. "'동시'이기 때문에 지은이 스스로가 어린이로 자처한다는 것은 어리석은 일이다. 동심의 세계를 노래한다는 것과, 노래하는 이가 어린이로 자처한다는 것과는 엄연히 구별되는 것이다."[69]라고 주장한다. 즉 어른 작가가 마치 어린이인 척하면서 어린이의 감정과 사고를 대변하는 것에서 그치지 말아야 한다는 말이다. 위 인용문에서 말하듯 어른 작가는 어린이가 미처 인식하지 못하는 감정과 사고까지도 동시에서 다루어야 하며 이를 통해 어린이는 새로운 인식에 이를 수 있다고 믿는다.

박경용이 동시의 창작과 비평에 있어 동심을 실재하는 어린이의 마음으로 규정짓는 것에 반대하는 까닭은 그럴 경우 동시 창작이 내용

69 박경용, 「교단문예」 선후평, 『교육평론』, 1970.9, 168쪽.

과 형식에서 제한받기 때문이었다. 그는 "시를 이루는 내적 동기로서의 시인의 자의식이 아닌, '동시'이므로 시인이 어린이로 자처하는, 그러한 작시상의 저자세는 시를 자칫하면 '아동시'로 만들어 버리기 쉬운 위험성을 내포한다."[70]고 경계했다. 또 "시의 이해의 능력에 대해 시인들은 독자(어린이)들을 너무 얕잡아 보는 것은 아닌가. 그래서 아직도 '쉬운 문학'쯤으로 알고 안일한 자세로서 시의 창작에 임하는 것은 아닌가, 하는 것이다."[71]고 우려했다. 즉 시인이라는 자의식으로 일관되게 주장해온 '동시는 시'라는 명제가 창작 실천에서 이루어지기 위해서는 '동심'으로 규정지어지는 작품의 한계를 없애야 했던 것이다. 그의 '동심' 논쟁은 이렇듯 "동시도 시"라는 명제에 기인한 것이었다. 그러나 이는 곧 이러한 작품이 과연 어린이들에게 적합한지, 어린이들이 이해할 수 있을 것인지에 대한 '난해성' 논란을 불러일으키게 된다.

(3) 언어 형식과 기법 강조

'본격동시운동'을 옹호하는 동시론은 동시가 동심이라는 제한 아래 창작되는 것에 반대한다. 이는 동시의 내용과 관련된 부분이고 동시의 형식과 관련해서는 동시도 일반 시와 같이 새로운 표현과 기법을 사용해야 한다고 강조한다.

이와 관련해 이들은 지금까지 창작되어 온 동요가 엄밀히 볼 때 동시라고 할 수 없다는 입장을 지닌다. 정형율의 동시는 자유시에서 추구하는 새로운 표현 기법과는 다른 양식으로 창작되기 때문이다.

---

70 박경용, 「국어 교과서에 실린 동시 평가」, 『횃불』, 1969.3, 27쪽.
71 박경용, 「일실이득(一失二得)」, 『횃불』, 1969.5, 58쪽.

동시와 동요의 창작 양식에 대한 논의는 당시의 동시론에서 핵심적인 사항 중 하나였다. 앞서 박목월의 동시론에서 살펴보았듯 박목월은 작가의 표현을 중시하는 관점에서 동요를 구분한 뒤 노래 가사로서의 동요는 배제하고, 작가의 표현 의도가 담겨 있는 동요는 수용했다. 하지만 결국 동요보다는 동시를 창작해야 한다고 했다. 이들은 박목월보다도 더 강력하게 동요의 창작 폐해를 강조하고 동시의 창작을 권장한다. 박경용은 이전 세대까지의 동요와 동시의 전통을 다음과 같이 평가한다.

> 1920년대 초기(「어린이」 잡지가 발간된 1923년 전후)에서부터 1950년대까지의 동시들의 거의 대부분은 '동시'이되 결코 '시'는 아니라는 점이다. 그 때까지의 모든 동시들은 내용과 형식의 양면에 걸쳐 시의 차원에 이르지 못한 채로, '동시'라는 이름으로서 그럭저럭 스스로 명맥을 잇고 있었던 것인데, 이는 동시의 작업에 임하는 시인들의 거의 대부분이 '시로서의 동시'에 대한 자각이 없었음을 반증해주는 것이 된다. 이리하여 동시는 오랫동안을 문학 권위에서 안주해온 것이었다. 무려 40년에 가까운 세월 동안 굳혀져 내려온 이러한 특성은 오늘날까지도 전혀 씻기워지지는 않고 있음을 보아오는 터이다.[72]

> 이 때까지의 동시가 시라기보다는 차라리 시 이전의 생경한 소재를 율(律)에 붙인 것이었다는 것을 뜻하는 것이 된다. 노래 가사와 이웃했던 우리 동시는 이리하여 하나의 유형으로 굳어진 채 전승되어 온 것이었다. 그 결과는 반성과 비판을 어리석게 아는 숱한 아류를 낳았을 뿐이다.[73]

72 박경용, 「동시의 지향 목표」, 『현대문학』, 1971.5.
73 박경용, 「플라스크 속의 형성」, 『아동문학담론』 9호, 2009.3, 116~117쪽에서 재인용.

박경용은 이렇듯 이전의 작품들을 완전한 동시 장르상의 특질을 지닌 작품으로 보지 않는다. 게다가 "동시도 시다"라고 주장한 이들에게 동요는 아직 시가 되지 못한, 시 이전의 장르였다. "1960년대는 '동시인군(童詩人群)'이라 불리우는 자각에 눈뜬 신진신인들에 의해서 세워진 시의 연대였다. 비문학적인 요소를 제거 수술하는 메스의 연대였다"라고 규정하듯 자신과 동료 시인들에 의해 '본격동시운동'이 시작된 1960년대 와서야 진정한 의미의 동시가 탄생했다고 본다. 정형율의 율격이 진지한 작가 의식 없이 가사만 끼워 맞추는 식의 작품들을 양산하게 된 주요 요인이라고 분석했기 때문이다. 즉, 박목월이 지적했듯 작가의 자유로운 창작을 제한하기 때문에 더욱 지양되어야 할 양식으로 생각됐다.

이들은 동요에서 동시로 전환할 것을 주장하며 일반 시와 같은 실험적인 형식과 기법을 강조한다. 박경용은 교단 문예의 선후평에서 응모자들에게 꾸준히 시의 기법을 강조하며 "흔히 시의 초심자들이 질문해 오기를 시에 있어서 상(내용)과 표현(기법)의 어느 것이 우위에 놓이느냐고 한다. 말할 것도 없이 시는 표현의 힘을 빌어서야 상이 비로소 제 값어치를 갖게 되는 것이므로, 표현 곧 기법이 우위에 놓일 수밖에 없는 것이다. 시는 기술이다. 그 기술을 체득하자면 언어부터 먼저 자유롭게 다스릴 줄 알아야 한다. 시를 '언어의 연금술'이라고 일컫는 것도 그 때문이다"[74]고 말한다. 유경환 역시 "동시도 하나의 시 작품이어야 한다. 하나의 시 작품이기 위해서는 시적 요건이 필요충분조건으로 충족되어야 한다. 그러면 시적 요건이란 무엇인가. 한 마디로 시인에 있어서 시적 체험의 구상화의 능력 문제라고 말할 수 있다."[75]라며

74 박경용, 「교단문예」 선후평, 『교육평론』, 1970.3, 197쪽.
75 유경환, 「동시와 시적 체험」, 『한국현대동시론』, 배영사, 1979, 33쪽.(출처는 『교육평론』 1968.11.)

문학의 기술과 기법을 강조한다.

그러나 이들은 이러한 원론적인 내용을 반복할 뿐 동시에서 어떤 형식과 기법이 사용되고 실험될 수 있는지에 대해서는 구체적으로 언급하지 못한다. 유일하게 강조하는 것이 이미지인데 유경환은 다음과 같이 동요의 한계를 진단하며 이미지의 발견이 중요함을 역설한다.

> 그것은 한 마디로 30, 40년대 동요의 본질이 지금 한계를 못 뚫고 있다고 말할 수 있다. 외재율에서 내재율로 서서히 옮아온 동요의 정형률. 그래서 더 이상 과거의 패턴으로서는 문학적인 생명력을 지닐 수 없기 때문에 여기에 혼란을 만나고 있는 것 같다. 아동문학 초기의 그 아름답던 동요의 음악적인 율동미가 내면성으로 스미었고 그 대신 이미지로 커버되어야 하겠는데, 아름다운 이미지의 동반이 아직 틀을 잡지 못하고 있다.[76]

즉 그는 동요의 율격 대신 동시의 이미지를 통해 새로운 동시를 구현해 내고자 한다. 박경용 역시 자신의 동시론에 기반해 동시에서의 이미지를 강조한다. 지금까지 동요, 동시는 의미 전달을 중요시했지만 "시의 전달 수단이 '알게 하는 것'이 아니라, '느끼게 하는 것'이라는 데에 있다면, 시는 보다 이미지에 치중하는 것일 수밖에 없다"[77]는 것이다. 이는 박목월과의 '동심' 논쟁에 있어 동시를 어린이의 생활 체험이나 감정에 기반해서 창작할 것이 아니라 어른 작가가 어린이의 내면을 인식하도록 창작해야 한다는 생각과도 연관된다. 어린이 독자들이 시의 이미지를 느끼고 충분히 해석해 낼 수 있으며 이러한 과정을 통해 시가 나타내고자 하는 본질적인 의미와 아름다움을 알게 된

---

76 유경환, 「동요와 동시」, 위의 책, 12쪽.(출처는 『아동문학』 1968.9.)
77 박경용, 「국어 교과서에 실린 동시 평가」, 『횃불』, 1969.3, 32쪽.

다는 것이다.

하지만 이들은 동시도 시가 되어야 하고 이미지를 중시해야 한다고 주장했을 뿐 그럴 경우 일반 시와 구별되는 동시만의 장르상 특징이나 미학적 자질이 무엇인지에 대한 논의로 나아가지 못했다. 뿐만 아니라 실제 작품 창작에 있어서 동시뿐 아니라 시로서의 완성도조차 지니지 못한 작품들이 양산됐는데 이러한 작품들이 새로운 형식을 시도했다는 이유만으로 긍정적으로 평가됐다.

이는 작품에 대한 실제 비평을 통해 더욱 명확히 알 수 있다. 일례로 박경용은 이석현의 「술래잡기 꼭꼭」(아가야/그림자/술래잡기 꼭꼭//햇님은/구름 속//나비는 꽃송이에(하략))을 시의 형식면에서 큰 실효를 거둔 작품이라고 상찬하며 "이미지를 단절시키지 않은 한계 안에서의 시어의 절감이 가져오는 긴박감, 명사만으로 동작의 효과를 강하게 나타내는 수법 등은 유니크한 맛을 풍긴다"[78]고 평가했다. 그러나 이 시는 오히려 시어가 지나치게 생략되어 시상이 분명하지 않고 흐름이 자연스럽지 못하다.[79] 아기가 제 그림자를 쫓아 술래잡기 놀이를 하고 있는데 덩달아 해와 나비가 숨었다고 화자가 상상하는 것인지 해가 구름에 가려 아기 그림자가 문득 사라졌다는 것인지 의미와 이미지가 불확실하다. 연과 행의 배열에 있어서도 '햇님은/구름 속'이라고 행을 분리했으므로 이에 대구되는 다음 연의 '나비는 꽃송이에' 역시 행을 분리하는 것이

---

78 박경용, 「플라스크 속의 형성」, 『아동문학담론』 9호, 2009.3, 123쪽에서 재인용.

79 시어의 지나친 생략과 강조는 이석현 동시의 특성으로 보인다. 일례로 작품 「조그만 보물」 역시 그러하다. "세상에 예쁜 것/알알이 조그만 구슬/비 멎은 빨래줄에/아롱다롱/물방울마다/파아란 하늘에/은으로 남기고/서리 낀/교실 유리창에/검은 머리/올망졸망/까아만 포도알/둘씩에마다/황금 해님/폭 물들고"(「조그만 보물」 전문) 유경환은 『동시인』에 수록된 동시들을 비평하는 글에서 이 시에 대해 "골라내는 어여쁜 낱말, 애써 찾는 귀여운 눈, 그리고 아름다운 생각들의 연속적인 나열을 훌륭한 작품이라고 보기는 어렵다. 대담한 조사의 생략에서 오는 오해일까, 아니면 이미지의 불연속성에서 오는 단절 때문일까, 이분의 독특한 구성이다."(유경환, 『한국현대동시론』, 배영사, 1979, 40쪽.)라며 혹평한다.

더 정밀해 보인다. 즉, 이 작품은 동시가 아닌 시로서만 따져도 문학적 완성도를 갖추지 못한 것으로 보이지만 기존 동요와 다른 형식을 시도한 것만으로 호평된다.

이와 같은 이유로 산문시, 동화시 작품 또한 새로운 형식 실험으로 동시의 형식을 진전시켰다고 고평됐다. 최계락은 음악성이 강조되는 동요와 가장 다른 형식이라는 점 때문에 산문시를 적극 평가한다.

> 앞으로의 동시가 음악성에만 구애받아 저급 수준을 벗어나지 못한 폐단을 없애기 위해서도 우수한 산문동시가 더 많이 나와야 할 것은 두말할 나위가 없다. 또한 산문동시에의 관심은 테크닉만에 약간의 진전이 있었을까. 30년 전의 것이나 오늘의 그것에 그다지 큰 변화가 없다. 그런 뜻에서 동시인 1집에 수록된 박경용 씨의 일련의 산문동시는 그 내용적인 성공여부는 덮어 두고라도 위선 형식면에서 새로운 시도를 하고 있어 주목거리가 될 만하지 않을까 싶다. (최계락, 「가두평론」, 『문학시대』 1966.11.)[80]

박경용은 위의 글을 인용해 동시의 형식을 실험하는 새로운 창작 경향으로 산문시와 동화시를 부각시킨다. 그러나 그가 "형식상의 진전"으로 "격세지감"을 불러일으킨다고 한 석용원의 「다리」[81]나 그의 작품 「산길 이야기」[82] 역시 정형율을 탈피했을 뿐 시로서의 완성도나 동시

---

80 박경용, 「플라스크 속의 형성」, 『아동문학담론』 9호, 2009.3, 124쪽에서 재인용.

81 박경용의 글에 인용된 부분은 다음과 같다. "(전략) 기중기가 움직여 지하도가 되고 육교가 되고, 뭍에는 자동차와 탱크가, 하늘에는 비행기가, 바다에는 배가 있어 마음대로 오가는, 다리는 없지만 다리는 어디에나 있다.//아. 우주로 올라가는 다리. 별나라로 달나라로 올라가는 사닥다리는 없지만, 올라갈 수 있는 다리. 나는 다리의 고마움을 느낀다. 맨처음 그것은 나무랑 돌이랑 물이랑 쇳덩이었을게다." 앞의 연은 자동차, 탱크, 비행기, 배 등의 운송수단을 '다리'로 은유한다. 그런데 지하도와 육교는 운송수단과 대등하게 '없지만 어디에나 있는' 다리라고 은유하기에 적당하지 않아 보인다. 또 다음 연의 한 문장마다 다리의 은유가 갑자기 확장되고, 화자의 감정이 직서(直敍)되고, 다리의 물성(物性)이 언급되는 전개 또한 비약이 심하다.

만의 미학적 특성을 찾기 힘들다.

박경용을 비롯한 '동시인'의 시인들로서는 이전의 동시와 자신들의 동시를 구분하고 자신들의 창작 경향을 옹호하는 동시론을 강조하는 일이 무엇보다 긴요했던 것으로 보인다. 그러나 일반 시와 동시의 미학적 자질을 구분하지 않는 이러한 동시론은 창작 실천에서도 적절한 성과를 거두지 못했고 결국 동시의 '난해성' 논란에 빠지게 된다. 이들의 동시가 어린이들이 읽기에 적합하지 않고 지나치게 어렵다는 것이었다. '난해성' 논란은 이들의 동시론이 지닌 필연적 귀결이었다.

(4) '난해성'에 대한 해명

『아동문학』 15집(1968.3.) 특집 '아동문학의 당면 과제'에서는 동시의 난해성이 중점적으로 논의된다. 여기서 김동리, 이주훈, 곽종원 등 일반 문인들은 이러한 동시 경향을 비판하는 데 반해 김요섭, 이석현, 유경환 등 아동문학인들은 이를 적극 옹호하는 의견을 피력했다.[83] 유경환과 조유로는 '본격동시운동'의 '난해성' 논란과 관련해 이를 인정하지 않거나 아동문학 발전 도정상 불가피한 문제로 본다.

유경환은 "시의 본질을 살리는 본격적 작업의 다행스런 경향을 난해로 말할 수 없다"고 난해성 공박을 부정한다. 이전의 동시는 시적 요건을 갖춘 '시'가 아닌 '동요'였으므로 이러한 동요와 현재의 동시를 비교해서 난해하다고 볼 수 없다는 주장이다.[84]

---

82 "(전략) 그 뒤로 이 길의 주인은 그 나그네의 아들들이 되고, 나그네의 아들들의 발걸음이 뜸해지면 산새가 몰래몰래 종종 걸음 걷고 다람쥐가 몰래 몰래 달음질치고, 산노루가 몰래 몰래 뛰뛰기 하고.//오늘, 이 길을 임자에게 돌려 달란다. 이 길의 임자는 자기네란다. 돌보며 지키는 이 자기네란다. 산새가 다람쥐가. 산노루가 입을 모아 말한다."

83 최지훈, 「박경용론」, 『한국현대아동문학작가작품론』, 이재철 편, 집문당, 1997, 327~328쪽 재인용.

조유로 역시 "도대체 '어렵다'는 그 정도가 일반시 '성인시'만큼 어렵다는 것인가. 우리는 그 '어렵다'는 말이, '낯설다'는 말을 몰라서 오용하고 있는 것은 아닌가 싶어진다"[85]고 말한다. 또 "원래, 낡은 질서를 깨고 새로운 사조를 이룩하려는 시기에 있어서의 문학양상은 대체적으로 난해하여지기 마련"이라며 "근대사상이 싹튼 1차 대전후의 다다운동이 그러하였듯 이들의(본격동시운동—필자 주) '난해' 또한 불가불 그럴 수밖에 없던 것이다"[86]고 설명했다. '동시도 시'라는 명제에 우선해 창작과 비평 활동을 해온 이들은 '난해성'에 대한 우려와 공박을 부인했다.

아동문학인들 사이에서 동시의 '난해성' 문제는 1964년 5월 개최된 '제2회 아동문학 합평회' 기록 「동시를 이렇게 본다」(『아동문학』 9집에 수록)에서 이미 논의된 바 있다. 이때부터 '난해성' 논란의 초점이 된 시가 김요섭의 「오월에 바람이 불면」[87]이다.

> "오월은 많은 깃발이 하늘에 걸리는 달이다./어머니의 이름을 적은 깃발/남북 어린이들의 이름을 적은 깃발/우리들의 제일 사랑하는 별의 이름을 적은 깃발//깃발들의 잔치의 하늘이 오월이라면/장독대 틈에서/학교 가는 길가에서/나무 움에서/나도 깃발이라고 외치면서 돋는/풀이파리와 나무이파리들//나비도 가만히 있을 수 없었다./봄이 내걸은 깃발의 일부분이 되었다가/지금 우리 나라로 날아오는데//어린이들은 생각한다./연필 끝에 침을 묻히고

---

84 유경환, 「동시의 난해성」, 『한국현대동시론』, 배영사, 1979, 42쪽.(출처는 『아동문학』 15집, 1968.3.)

85 조유로, 「아동문학가의 좌표」, 『아동문학』 12집, 1965.7, 98쪽.

86 조유로, 「파괴와 부정의 윤리」, 『아동문학평론』 1권 1호, 1976, 47~48쪽.

87 김요섭은 시집 말미에 밝힌 감상에서 이 시에 대해 다음과 같이 말한다. "바람에 휘날리는 깃발을 보면 우리들의 마음은 뛰놀고 씩씩한 마음이 됩니다. 이 세상에는 많은 깃발이 있습니다. 그 깃발들이 모두 바람으로 풀어졌다면 당신은 어떻게 무슨 색깔로 그 바람을 그리겠어요?"

/씨름밭 모래알마다/스민 햇살을 보면서.//이 모든 깃발이 송두리째 바람이 되어/하늘에 가득 차면/우리 나라는 어떤 나라일까?" (「오월에 바람이 불면」 전문, 김요섭, 『바이킹 155호를 쏘라』, 문천사, 1978)

박경용은 이 동시에 대해 "오늘에 와서는 그다지 난해하다고 할 수 없는 이 작품이 발표되던 무렵(1964)에는 난해시로 지목되어 상당한 물의를 일으켰었다"[88]고 말한 바 있다.

'아동문학 합평회'의 내용이 지상 중계된 바에 따르면 「오월에 바람이 불면」에 대해 이종기는 "독자를 어른이 아닌 어린이로 두고 볼 때, 좀 어떨까 하는 느낌이 들며 표현면에 있어 지리멸렬하고, 전체적으로 고답적인 냄새가 풍긴다"[89]고 평가했다. 한편 이원수는 "난해라는 것도 시 자체가 가진 내용(詩想)이 이해하기 어려운 것인가, 그 표현이 선명하지 못해서 이해하기에 어려운 것인가를 구별해서 생각해 보는 것이 좋겠"다면서 "김요섭씨의 「오월에 바람이 불면」은 표현보다는 상(想) 자체가 명료한 구체성을 가진 것이라기보다는 추상적인 요소를 가진 것"으로 보았다. 이어 그는 "동시가 추상적 요소를 가지는 것은 (…) 당연한 일"이라고 하면서도 "시라는 것이 모호하다 하는 것은 그 시인에게 표현력이 충분하다고 할 때 그것은 시상(詩想) 자체의 모호를 말해주는 것이요, 조금도 새로운 것이라거나 옳은 것이라고 변명할 것은 못 된다"[90]며 동시의 '난해성'에 대한 견해를 분명히 피력했다.

이종기의 의견에 대해 박경용은 첫째, 시는 느끼는 것이며 둘째, 비

88 박경용, 「플라스크 속의 형성—1960년대의 동시」, 『아동문학담론』 9호, 2009, 120쪽에서 재인용.
89 박경용, 「동시의 새 국면을 제시한 '5월에 바람이 불면'을 말함」, 『아동문학』 9집, 1964.7, 72쪽에서 재인용.
90 이원수, 「동시를 말함」, 『아동문학』 9집, 1964.7. 70쪽.

약으로 조직되어 있으나 그것이 작품의 유기성을 깨뜨리지는 않으며 셋째, 일상성과 거리가 있다고 해서 고답적이라고 말할 수는 없다고 한다. 이어 이 시가 어린이의 입장에서 볼 때 난해하다고 하는 평가에 대해 "성인 작가는 어린이의 입장에 설 수도 없으며 또, 이런 점에 집착한다는 것은 오히려 위험한 일입니다. 어른인 작가는 어린이 세계와 접촉되고 상통할 수 있는 감정의 테두리에서 차라리 자유분방해 버리는 것이 현명합니다"[91]라며 동시의 '동심'을 새롭게 규정한 자신의 동시론에 입각해 '난해성' 문제를 반박한다.

이처럼 박경용은 「오월에 바람이 불면」이 시로서 일정 수준의 완성도를 지니고 있으며 동시로서의 난해성 또한 문제되지 않는다고 보았다. 그러나 이 작품은 이종기와 이원수의 평가처럼 시상이 추상적이라기보다는 모호하고 연과 연 사이의 비약이 심해 전체적인 의미가 구성되지 않는다. 즉 이 작품을 비롯한 상당수 시들은 동시로서의 '난해성'이 논란되기에 앞서 시로서의 완성도가 논의됐어야 했다. 그럼에도 불구하고 문학적 완성도의 미급을 난해성으로 치환시켜 작품을 무조건 옹호하는 시론을 주창했다.

그러나 박경용은 자신들 동시의 '난해성'을 인정하지 않다가 훗날 새로운 논의로 이를 수정해 나가려고 했다. 우선 그는 1960년대에 동시가 일부 시인들에 의해서 "완벽한 시에의 도달"을 했다고 진단한 뒤, 그러므로 이제 동시의 평가 기준이 바뀌어야 한다고 말한다.

> 여지껏 우리 동시의 평가 기준은 대개 '시로서 어떠냐?' 하는 관점에서 머물러 왔었다. 말하자면 '시로서의 동시'란 것에 중점을 두고, 그 성공여부를 가려 온 것이었다. (중략) 앞으로의 우리 동시의 평가기준은 어떻게 달라져

91 박경용, 같은 글.

> 야 할 것인가. […중략…] '시로서의 동시'가 아닌, '동시로서의 시'라는, 보다 폭 넓고 차원 높은 관점에서 그 기준을 찾아야 되리라고 보아진다.
>
> '시로서의 동시'라는 관점은 소극적인 것이다. 그것이 소극적인 줄을 알면서도 선뜻 극복하고 나설 수 없었던 데에, 우리 동시단의 크낙한 비극이 도사리고 있었다. 그것은 흔히 논의되어온 아동문학의 낙후성의 일단이 되기도 하는, 차라리 치부에 가까운 것이었다. '동시도 시일진대 우선 시로서 되어먹지 않았다'는 핀잔 앞에 꼼짝없이 얼굴 붉히고 당해야 하는 수모였다. 이는 우리 동시가 범시적(凡詩的)인 입장에서 스스로가 지녀야 할 값어치를 찾아 갖지 못했었음을 뜻하는 것이 된다.
>
> 그러나 이제는 그러한 범시적(凡詩的)인 입장에서 동시가 논의되지 않아도 좋을 때가 된 것이다. 동시의 특수성이 문제될 뿐인 단계에 이르렀다는 말이다.[92]

이는 '동시도 시'라는 명제를 추구하는 데 집중하는 가운데 '동시'로서 고유한 미학을 획득하지 못한 상황에 대한 자각과 반성이라고 할 수 있다. 비록 표면적으로는 이제 동시가 시에 도달했기 때문에 동시만의 자질을 추구할 수 있게 되었다고 말하지만 이는 결국 그들의 작품이 동시로서 새로운 문학적 성취를 완성해 내지 못했다는 자각을 일부 포함한다. 지금껏 과도기 단계에서 불가피하게 동시도 시와 동일한 문학 장르라는 측면만을 강조해야 했다는 고백이기도 하다.

박경용 동시론의 변화는 두 번째 동시집 『그날 그 아침』의 '작가의 말'을 통해서도 감지된다. 그는 1집 『어른에겐 어려운 시』 이후 "동시 작업에 결정적인 수정을 가져오지 않으면 안 되었다"며 2집 『그날 그 아침』에서는 "동시의 일차적인 독자는 어린이라는 점을 강하게 의식

92 박경용, 「수정될 동시의 평가기준」, 『횃불』, 1969.11, 79~80쪽.

함으로써 동시를 어린이에게 보다 가까이 접근시키려는 의도에 작업의 역점을 두게 되었다"고 밝힌다. 이어 "어린이를 떠나 있는 그 어떤 사고의 발상도 끼어 있지 않다. 그리고 어린이의 심리(생리)와 생활(생태)를 멀리한 그 어떤 고답적 내용도, 어린이의 이해(감상)을 저해할 그 어떤 독선적 계산에 따른 표현법(수법)도 표현(수사)도 없다. 한 말로 '얻은 건 시요, 잃은 건 독자'라는 빈축을 살만한 그 어떤 요인도 내포되지 않다고 믿는 터이다."[93]고 말한다. 실제 작품의 변화나 성취 여부와는 별개로 동시론의 이러한 변화는 난해성에 대한 자각과 반성이라는 점에서 의미있다고 할 수 있다.

1960년대 말 동시만의 미학적 자질을 비로소 옹호한 그는 1970년대 초 다음과 같이 동시의 개념을 정리한다. "오늘의 동시를 올바로 이해하려면 먼저 다음의 두 가지 점에 착안하지 않으면 안된다. 그 하나는 '시로서 되어 있느냐?' 하는 것이요, 다른 하나는 '어린이들에게 전달될 수 있을까?' 하는 것이다."[94] 이는 1966년 평론 「童詩적 童詩와 非童詩的 童詩—박목월씨께 묻는다」에서 실험적인 동시를 추구하며 어린이들의 작품 수용 능력을 무조건 긍정한 데 비해 좀 더 동시라는 장르 본연의 정체성과 어린이 독자에 대한 실질적인 관심으로 나아간 것으로 볼 수 있다.

본격동시운동의 동시론은 이처럼 문학 제도화하지 못한 동시의 문학성을 강조하면서 발생한 시론이었다. 이 동시론은 이후 이오덕과의 논쟁과 이재철의 순수문학 담론을 통해 순수문학 진영의 동시론으로 자리잡는다. 그러나 동시론이 발생한 당시로서는 순수문학론과 관련

---

93 박경용, 「책 끝에」, 『그날 그 아침』, 세종문화사, 1975.

94 박경용, 「동시의 지향 목표」, 『현대문학』, 1971.5, 364쪽.

한 이념이나 의도가 아닌 그저 동시라는 장르를 문학 제도화시키려는 데서 발생한 시론일 뿐임을 알 수 있다.

일반 문학에서는 1950년대부터 순수와 참여의 논쟁이 첨예하게 대립됐지만 아동문학에서는 1960년대까지 이러한 논의를 찾아보기 힘들다. 사실 당시 아동문학에서는 순수문학이란 용어나 개념조차 일반문학에서와는 전혀 다르게 사용되던 상황이었다. 중견 작가이자 1963년 한국문인협회 아동문학분과위원장을 역임한 박홍근은 "우리 아동문학도 성인문학에서 소위 순수문학과 대중문학으로 갈라져 있는 그것처럼 예술적인 아동문학이라고 할 수 있는 동화와 대중적인 아동문학이 있다"[95]며 대중문학의 대타항으로 순수문학이란 용어를 사용한다. 한편 박경용은 "시로서의 동시를 쓰자는 주장이 몇몇 젊고 유능한 참여파시인(성인시를 쓰면서 동시의 작업에 참여한 시인)"[96]이라며 참여라는 용어를 순수, 참여의 대립과는 전혀 무관한 뜻으로 사용한다.[97] 식민시기, 해방기와의 연속선상에서 1960년대 사회 참여적인 평론을 썼던 이원수조차 통속문학의 상대어로서 순수문학이라는 용어를 사용했다.

당대 아동문학의 대표적인 작가이자 비평가들의 이러한 용어 사용은 당시까지도 아동문학은 순수, 참여문학론과는 관련이 없음을 시사한다. 본격동시운동이 아동문학에서 순수문학의 정립을 위한 시도로 규정되는 것은 그후 이재철의 아동문학 연구에서 이루어진 일이다.

---

95 박홍근, 「한국아동문학의 특성」, 『횃불』, 1970.5, 53쪽.
96 박경용, 「동시의 지향 목표」, 『현대문학』, 1971.5, 365쪽.
97 박경용은 「플라스크 속의 형성」(『아동문학담론』 9호, 2009.3.)에서 1960년대를 평가하며 "시인의 자세가 확립되고 이에 따라 이념이나 목적의식의 때를 벗은 순수문학으로서의 시가 제자리를 잡아 앉기 시작한 것이다"라고 말한다. 이 구절은 현실 참여문학과 구분되는 순수문학에 대한 논의라고 볼 수 있다. 그러나 그의 다른 글에서는 이러한 내용을 전혀 찾아볼 수가 없다. 따라서 이 평론이 발표된 당시에도 이같은 내용이 언급됐는지 아니면 후일 부가된 내용인지를 확인해볼 필요가 있으나 발표 지면인 『아동문학』 16집(1968.5.)은 소재 여부가 현재 파악되지 않고 있는 상태이다.

3. 이재철의 '본격동시' 담론 생산

이재철은 1960년대 말부터 아동문학을 학문적으로 연구하고 1976년 『아동문학평론』지를 창간해 현장 비평 담론에도 지대한 영향을 미치며 현대 아동문학을 제도화시켜 나갔다. 학문과 비평 담론을 넘나드는 독보적인 활동은 동시 분야에서는 1960년대 동시의 새로운 경향을 '본격동시운동'이라 규정하며 '본격동시'를 높이 평가하는 방향으로 전개됐다. 이재철의 '본격동시' 규정은 1960년대를 본격문학의 전개시기로 본 『한국현대아동문학사』(일지사, 1978)에서 체계화되어 이후 줄곧 1960년대 동시를 일컫는 용어로 사용됐다.

이재철은 아동문학 연구와 비평을 최초로 대학 제도 안에서 학문적으로 전개했기에 지금까지와는 전혀 다른 독보적이고 새로운 권위와 영향력을 지닐 수 있었다. 아동문학이론서 『아동문학개론』은 1964년 대구교육대학 조교수로 임용된 후 발간한 교재 〈한국교육아동문학개론〉의 초고를 발전시킨 것이며 『한국현대아동문학사』는 박사학위 논문이다. 두 권의 저서와 작가론, 잡지 『아동문학평론』의 담론이 오랜 기간 막대한 영향력을 끼칠 수 있던 까닭은 아동문학 연구와 이론의 정립이 요청됐던 상황 외에도 1950년대 일반 문학의 아카데미즘화같이 이재철이 대구교대 교수로 일하며 초등 교원을 양성하는 교육대학에서 학문으로 안착될 수 있었기 때문으로 생각된다. 따라서 이재철의 연구와 평론 활동은 일반문학에서 조연현, 김동리, 곽종원 등이 각 대학 국어국문학과 교수로 재직하며 문학개론, 문학사, 현장 비평의 영역에서 순수문학의 제도화를 이루어낸 과정[98]과 유사하다는 관점 아래 이것이 구체적으로 아동문학 장에서 어떤 성격으로 전개됐는지를

98 이미정, 「1950년대 '순수문학'의 제도화 과정 연구」, 서강대 박사논문, 2010 참조.

살펴보아야 한다.

그런데 이를 비롯한 이재철의 각종 연구와 평론 활동은 순수문학을 정립했다고 평가받는 조연현의 문학관과 문학 활동에 직접적인 영향을 받은 것으로 보인다. 이 장에서는 이재철의 아동문학 연구와 평론을 조연현이 일반 문단에서 순수문학 담론을 정립하는 과정과의 유사성을 중심으로 고찰해 보도록 하겠다. 이재철의 아동문학 담론이 곧 순수 아동문학론으로 형성되는 과정을 통해 '본격동시'와 관련된 동시론의 성격이 더욱 명확하게 드러날 수 있을 것이라 생각되기 때문이다.

1) 조연현 문학 활동과의 유사성

이재철의 대표적인 연구는 『아동문학개론』(문운당, 1967), 『한국현대아동문학사』(일지사, 1978), 『한국아동문학작가론』(개문사, 1983)으로 문학 연구의 주요 분야인 문학이론, 문학사, 문학평론을 모두 아우르고 있다. 아울러 그는 『한국아동문학작가작품론』(서문당, 1991), 『한국현대아동문학작가작품론』(집문당, 1997), 『한국현대아동문학작가작품론 Ⅱ』(청동거울, 2001)의 편저자로 작가론과 작품론을 방대하게 다루었다. 이같은 연구는 모두 조연현의 문학 연구 방법과 시각에 지대한 영향을 받은 것으로 보인다.

그중에서도 먼저 문학사 분야를 살펴보자면 이재철 문학사가 조연현 문학사의 사관을 계승했다는 점은 주지의 사실이다. 『아동문학개론』(문운당, 1967) 초고판을 보강한 『아동문학개론』(서문당, 1983) 개고판의 문학사 부분과 『한국현대아동문학사』는 조연현의 『한국현대문학사』(현대문학사, 1956)의 근대 인식과 시기 구분 방식이 유사하다. 이는 근대를 역사적 암흑기이자 문학적으로 미성숙한 시대로 규정하면서 1960년대부터 본격문학, 즉 진정한 문학이 등장하기 시작했다는 관점이다.[99] 그리고 이러한 관점은 아동문학사를 아동문화운동시대(1908~45)와 아동문학운동시대(1945~)로 규정하는 시대 구분의 문제뿐 아니라 프로 아동문학과 월북 작가에 대한 소극적 평가, 개별 작가와 작품에 대한 평가 기준의 문제점 등을 지니고 있다.[100]

이재철의 『한국현대아동문학사』는 문학사의 구체적인 전개와 서술 방식 또한 조연현의 『한국현대문학사』와 흡사하다. 『한국현대아동문학사』는 『한국현대문학사』와 마찬가지로 신문학 운동의 태동과 배경을 살핀 뒤 최남선, 이광수 두 작가의 문학 활동을 현대 아동문학의 시작점으로 삼고 있다. 또 조연현의 문학사가 근대의 잡지, 문예지 등 실증 연구 자료를 복원해 문학사 서술에서 문예지를 주요하게 다룬 것과 마찬가지로 이재철 역시 상당량의 아동문학 잡지들을 발굴하고 그 시기 아동문학의 특징을 결정짓는 핵심 자료로 일괄한다. 물론 1950년대 이전 아동문학 작품은 일반 문학에 비해서도 훨씬 더 단행본 발간이 적었고 잡지 게재 발표가 대다수였다고 하더라도 이재철은 아동 잡지 자료를 가장 중시하며 문학사를 서술했다. 한편 문학사의 각 시대별 서술 방식에 있어서도 해당 시기 문학의 특징과 성격 개관, 잡지 소개, 주요 작가 소개의 순서대로 전개하는 점에서 두 문학사가 동일하다.

조연현의 문학사는 작가 중심의 문학사로 평가되고 있는 만큼 문학사가 작가론과 연동되는데 이재철 역시 작가론에 꾸준한 관심을 기울이며 지속적으로 연구와 비평 활동을 개진한다. 이재철은 "1963년 아동문학 연구를 시작하면서 제일 먼저 해야 될 일은 이 나라 아동문학

---

99 이충일, 「1950~1960년대 아동문학장의 형성과정 연구」, 단국대 박사논문, 2015, 124~126쪽.

100 원종찬, 「한국현대아동문학사의 쟁점」, 『아동문학과 비평정신』, 창작과비평사, 2001, 140~152쪽.

가들의 작가작품론을 쓰는 일이었다."[101]고 말한 바 있듯 문학이론과 문학사 연구만큼이나 작가론을 중시했다. 『아동문학개론』(문운당, 1967) 초고판의 작가론[102]을 보완해 『한국현대아동문학사』에서는 최남선, 이광수, 방정환부터 1940년대 김요섭, 임인수, 박영종에 이르기까지 35명에 이르는 작가론을 다루었으며 1983년 『한국아동문학작가론』을 출간하며 1950년대까지의 작가론을 완성했다.

전후 비평문단에서 활발하게 활동했던 조연현은 『문학과 사상』(세계문학사, 1969), 『현대한국작가론』(문예사, 1953)을 출간하고 『현대문학』을 창간한 후 작가론 특집을 계속 재생산하는 등 무엇보다도 작가론에 주력했던 것은 문제적이다. 조연현에게 작가론이란 임화로 대표되는 좌익비평과도 다른, 백철로 대표되는 일군과도 다른 자신만의 비평세계를 욕망하며 의식적으로 선택된 것이었다. 왜냐하면 작가론은 근본적으로 작가를 예외적 개인에 귀속시키는 작업이므로 문학 속에서 사상이나 사조의 문제를 후경화할 수 있기 때문이다. 특히 『현대문학』에서 작가론은 소위 우익 진영의 문학적 권위, 문학의 정당성을 구성하면서 정전화시키는 과정과도 연결된 것이다.[103]

『아동문학개론』(문운당, 1967), 『한국현대아동문학사』(일지사, 1978), 『한국아동문학작가론』(개문사, 1983)으로 이어지는 이재철의 작가론 역시 비평지 『아동문학평론』(1976년~현재)에서 줄곧 재생산된다. 『아동문학평론』은 초창기부터 작가론의 비중이 컸는데 윤석중, 이주홍, 어효선 등 일제 시대 때부터 활동한 원로 문인들부터 신지식, 이영희, 김영자,

101 이재철 편, 『한국현대아동문학작가작품론』, 집문당, 1997, 3쪽.
102 해당 작가는 방정환, 마해송, 윤석중, 이주홍, 이원수, 강소천, 박영종, 김영일, 임인수, 박화목 10인이다.
103 조은정, 「1950년대 '작가론'의 제도화 과정—조연현과 『현대문학』지를 중심으로」, 한국현대문학회 학술발표회 자료집, 2009.10, 118쪽.

신현득, 이종택, 권용철, 조유로 등 중진과 신인에 이르는 작가론을 다루었다. 그러나 이재철의 작가론은 그의 문학사에서 드러났던바 월북 작가를 소극적으로 평가하고 개별 작가와 작품에 대한 명확한 평가 기준이 없다는 문제점을 지녔다.

이러한 상황에서 이재철의 작가론은 현실주의 반대 성향의 작가들에게 권위를 부여하면서 1960년대 이후 이어진 일련의 아동문학 제도화의 과정을 담당하게 된다. 작품의 문학적 성과에 따라 주요 작가들을 선별하고 위치시키는 게 아니라 반대로 작가들을 호명해 작품에 권위를 부여하는 방식이 계속된다. 특히 이재철이 편저자로 참여한 『한국아동문학작가작품론』(서문당, 1991), 『한국현대아동문학작가작품론』(집문당, 1997), 『한국현대아동문학작가작품론 Ⅱ』(청동거울, 2001)은 그러한 재생산의 과정을 명확하게 보여준다.[104] 동시인을 중심으로 살펴보자면 『한국현대아동문학작가작품론』 1권에는 석용원, 유경환, 박경용, 신현득, 김종상, 이상현, 엄기원 등 동시인 동인회원의 작가론이 소개됐는데 이들 중 신현득, 김종상, 엄기원은 이 책의 집필자로 참여하기까지 했다. 이재철에게 권위를 부여받은 일군의 작가들이 작가론의 공동 필진으로 참여하며 선후배, 동료 문인들의 작품을 추인하고 활동 연대순으로 문학 제도 안에서 지위를 부여하는 계보화 작업이 진행되는 것이다. 이 과정을 통해 이재철과 필진으로 참여한 작가들은 문단 권력을 획득하고 공고히 하게 된다.

---

104 『한국아동문학작가작품론』은 1950년대 이전의 작가 38명을 다루고 있으며 여러 저자의 논문집이라는 차이만 있을 뿐 작가의 선정과 구성에 있어서는 이재철의 『한국아동문학작가론』과 유사하다. 그러나 『한국현대아동문학작가작품론』 1, 2권은 각각 등단시기가 50년부터 75년까지인 69명에 대한 71편의 작가론, 75년 이후 현재까지 53편의 작가론을 싣고 있다.

2) 조연현의 '본격소설론'과 이재철의 '본격문학론'

이재철은 조연현의 문학 연구와 평론 활동에 영향 받았는데 조연현의 문학 활동은 곧 순수문학을 제도화하는 과정으로 볼 수 있다. 이러한 시각 아래 아동문학 장에서 이재철이 수행한 순수문학의 제도화 과정을 보다 구체적으로 살펴볼 필요가 있다. 그 중 하나는 이재철의 '본격문학' 논의를 조연현의 '본격소설론'과 비교해 보는 일이다. '본격문학'은 일찍이 김동리가 「본격문학과 제3세계관의 전망」(『대조』, 1947.8, 발표 당시 제목은 「순수문학과 제3세계관」)에서 순수문학과 동일한 개념으로 사용한 바 있고 이어 조연현 또한 「본격소설론—소설의 정도와 그 구경」(『조선교육』, 1949.4.)을 발표했다. 이러한 영향 아래서 이재철은 아동문학에서의 '본격문학' 논의를 전개해 갔던 것으로 보인다. 조연현은 '본격소설'에 대해 다음과 같이 논의를 시작한다.

> 그러면 이러한 소설의 혼란과 인식의 불명확성을 광정(匡正)하고 소설 본연의 자세와 그 정도를 어디에서 구해야 할 것인가? 나는 이것을 본격소설이란 이름 아래 구명해 보고자 한다. 나는 본격소설이라는 용어가 어떠한 시기에 어떠한 내용으로써 사용되어 왔는지 알지 못하고 있다. 경향소설이나 사소설과 대립되는 의미에서 사용되어 왔다고 기억하고 있으나 나는 본격소설이라는 것을 소설에 대한 어떤 상대적인 개념이나 해석이라고만은 생각하지 않는다. […중략…] 본격소설이라는 것은 소설에 대한 특수한 개념이나 상대적인 개념이 아니라 소설의 본질에 배치되지 않는 소설 즉 소설의 본연의 자세와 그 정도를 벗어나지 않는 소설을 의미하는 것이라고 나는 나대로 생각하고 있다. 소설의 본질이 어떤 것인가를 알고 그것을 통하여 자기의 인생문제를 본격적으로 취재한 소설을 하는 본격소설이라고 생각하고 있다.[105]

'본격소설'이 특수하고 상대적인 개념이 아니라 소설의 본질에 배치되지 않는 소설이라는 견해는 좌우투쟁기 조연현의 순수문학론이 "정치주의로부터 문학의 순수성을 지켜내려는 하나의 태도의 이론"[106]으로 규정되는 바와 유사하다. 조연현은 「본격소설론」에서 이러한 순수문학론을 더 진전시킨다. 문학을 지배하려는 정치주의의 대타항으로 막연히 규정되어온 '순수성'이 '인생의 구경성'이라는 내용을 획득하고 그 '구경성'은 다시 '주체성'이라는 핵심 개념을 얻게 된다.[107] 다시 말해 조연현이 말하는 문학의 순수성이란 '생의 구경성의 주체적인 추구'이며 이것이 '본격소설'의 본질이다.

그런데 이재철의 '본격문학'은 조연현의 '본격소설'이 지닌 의미와 일치하지 않는다. 이재철의 '본격문학'은 문학의 구체적인 성격과 지향을 규정하고 있지 않다. 참여문학의 반명제인 순수문학의 개념보다는 비문학의 반명제로서의 문학 개념을 의미한다. 즉 문학의 특정 성격을 의미하기보다는 비문학 혹은 통속문학과 구별되는 고급 문학을 의미하는 용어로 사용된 것이다. '본격문학'의 하위 범주인 '본격동시'와 '본격동화' 역시 마찬가지다.

이재철의 '본격문학'이 지닌 의미는 그의 가장 주요한 두 저작인 『한국현대아동문학사』와 『아동문학개론』에서 동일하게 확인된다. 먼저 『한국현대아동문학사』를 살펴보면 이재철은 문학사의 시기 구분을 해방 전후를 중심으로 아동문화운동 시대(1908~1945)와 아동문학운동 시대(1945~)로 설정하고 1960년부터를 '본격문학의 전개' 시대로 규정한다. 이때 이전 시대와 구분되는 '본격문학'은 다음과 같이 설명된다.

105 조연현, 「본격소설론—소설의 정도와 그 구경」, 『문학과 사상』, 세계문학사, 1949, 32-33쪽.
106 김명인, 『조연현, 비극적 세계관과 파시즘 사이』, 소명출판, 2004, 147쪽.
107 같은 글, 155쪽.

40년대 이전의 아동문학계는 문학 작품 자체나 문학 의식에 있어서 문학 이전의 상태였다. **본격문학이라는 개념 자체가 통속문학이라는 상대적 입장에서 성립될 수 있는 것이기도 하려니와,**(필자 강조) 본격문학이 문화 운동으로서보다는 진정한 문학 운동으로서 의식됨으로써만 그 형성이 가능하다고 본다면, 40년대 이전까지는 아동문학의 사적 전개에 비추어 그러한 양상을 띨 수 없었던 것으로 보인다.[108]

이재철의 문학사를 통틀어 '본격문학'은 위 인용문에서처럼 통속문학의 반명제로 소위 순문학, 고급문학을 일컫는다. 『아동문학개론』 개고판 역시 마찬가지다. 이재철은 아동문학의 조건을 내용면과 형식면의 특질로 나누어 말하면서 아동문학의 형식적 특질로 "본격문학으로서의 아동문학-비안이성과 예술성"을 논한다. 여기서 본격문학을 내용면이 아닌 형식면의 특질로 제시한 것에 주목할 필요가 있다. 이는 아동문학 역시 문학인 이상 안이하게 작품을 창작할 것이 아니라 예술성을 중시해야 한다는 주장에 다름 아니다.

아동문학은 그것이 가지는 특수성으로 말미암아 예술문학이 아닌 것처럼, 또 성인문학보다 안이한 것처럼 종종 그릇된 인식과 착각을 받아 왔다. 그러나, 아동문학이 어린이를 독자로 하고 원시성에 의하여 공상적, 상상적 수법이나 단순명쾌한 수법에 의하여 처리된다고 해서 결코 안이한 문학형식이 될 수는 없다. […중략…] 이것은 곧 아동문학이 문학인 이상 예술성을 갖추어야 한다는 것을 의미한다. 그리고, 이러한 예술성은 '개별적 · 구체적 · 특수적인 사물의 상태 · 동작 관계 등을 전체적으로 정확히 생생하게 포착함으로써' 가능하다. 곧 예술성은 예술적 전형화의 방법인 예술적 형상화의 방법을

108 이재철, 『한국아동문학사』, 일지사, 1978, 519쪽.

통해 예술적 인식을 독자에게 체험시켜야 됨을 의미한다. [⋯중략⋯] 곧 그러한 예술성은 아동문학이 원시성과 교육성을 요구한다고 해서 질의 저하를 의미하는 것이 아니라, 보다 알찬 문학적 형상화를 통해야 됨을 의미하는 것이다. 그러므로 예술성은 단순한 미화된 문장 속에서 그것이 갖추어지는 것이 아니라, 박진한 예술적 인식과 표현을 통해서만 본격적 아동문학으로서 형성되는 것이다.[109]

아동문학에서의 '본격문학'에 대한 이러한 견해는 '본격 동시운동' '본격 동화운동'에도 동일하게 적용된다. 그는 '본격 동시운동'을 "비시적(非詩的) 유형성을 탈피하고 '시로서의 동시'를 구축하기 위한 일련의 문학에로의 복귀운동"이었다고 정의하며 "이에 가담한 이른바 전위시인들은 '동시도 시'라는 지극히 당연한 명제를 캐치프레이즈로 내걸었다"[110]고 밝힌다.

이재철의 '본격문학'이 조연현과 달리 문학성을 강조한데 불과한 것은 앞에서 살펴보았듯 당시 아동문학의 문학성이 인정받지 못하고 문학 제도화되지 못한 상태에서 이를 정립하는 일이 우선이었던 상황과 관련된다. 순수문학론과 참여문학론이 대립될 바탕조차 마련되지 않은 상태에서 아동문학을 문학 제도화해서 교육 제도로부터 분리하고 일반 문학 제도로부터 독립하는 일이 더 시급하게 요구됐기 때문이다. 실제로 그는 4·19 당시의 아동문학 담론을 일반문학 담론과 비교하며 "당시 아동문학계의 특수성과 수준에서는 역사의식이니 문학의 주체성이니 순수니 참여니 하는 것은 전혀 실감을 자아내지 못하는 문제들이었다"[111]고 밝힌 바 있다.

---

109 이재철, 『아동문학개론』, 서문당, 1983, 24~26쪽.
110 같은 책, 88쪽.
111 이재철, 『한국현대아동문학사』, 일지사, 1978, 528쪽.

그러나 중요한 점은 이재철의 『한국현대아동문학사』나 『아동문학개론』에서 '본격문학'이 통속 문학과 구분되는 고급 문학의 의미를 지닌다고 해서 문학 현실에서까지 그러한 의미만을 내포하지는 않았다는 것이다. 이재철의 연구에서 '본격문학'이 순수문학으로 규정되지는 않았다고 할지라도 아동 문단이 점차 순수 진영과 현실 진영으로 나뉘고 이재철이 순수 진영의 대표적인 이론가이자 평론가로 자리 잡아가는 상황에서 '본격문학'은 곧 순수문학을 함의하는 것이었다. 앞에서 살펴보았듯 이재철은 조연현 등 일반 문학 순수 진영의 활동과 동일한 과정과 방식으로 아동문학을 제도화시킨다. 이 과정에서 이재철의 '본격문학' 담론이 순수문학의 담론으로 재편된 것이다.

이재철은 아동문학 연구와 비평에서뿐 아니라 시인으로서 창작 활동과 관련해서도[112] '순수문학'의 기치를 정립하고 추구하는 데 적극적이었다. 그는 1971년 4월 6일 문학 동인 '순수문학회'를 결성한 후 동인지 『순수문학』을 발간하고 '순수문학선언'을 기초한 것으로 알려진다.[113] 즉 이재철은 순수문학론자로 순수문학의 자장 아래 아동문학 연구와 평론을 전개해 나간 것이 사실이다.

이재철의 『한국현대아동문학사』와 『아동문학개론』에서 '본격문학'이 명시적으로 규정하고 있는 바는 김동리, 조연현이 주창하는 '본격문학'의 내용과 동일하지 않다. 이러한 까닭은 당시 문학성을 강조하

112 이재철은 등단 시인이기도 했다. 1960년 『자유문학』 35호(1960년 2월)에서 시 「산맥에서」를 김광섭에게 추천받았고 이어 36호(1960년 4월)에서 「陶山賦」가 추천되어 등단을 완료했다. 시집 『석상의 노래』(1961, 문리당), 『비상, 그 이후』(1971, 형설출판사)를 출간했으며 1965년 예총경북지부 문협 시분과 위원장, 1966년 한국문협 경북지부 부지부장을 역임하는 등 아동문학뿐 아니라 일반 문학 단체 활동도 활발히 참여했다. 그는 한 인터뷰에서 일생의 아동문학 연구 작업을 정리하는 말미에 "그래서 한 사람의 괜찮은 시인을 잃어버렸지"라고 회고한다.(『창비어린이』 24호, 2009 봄) 수필집 『에델바이스의 철학』(교음사, 1982) 여러 글에서 확인되듯 그는 시인으로서의 확고한 자의식을 지니고 있었다.

113 「사계 이재철 선생 연보」, 『국문학논집』 15집, 1997, 사계 이재철 선생 정년 기념호.

며 문학 제도로서의 아동문학을 성립하고자 했던 아동 문단의 상황과 아울러 이재철의 '본격문학'이 조연현의 '본격문학'만큼 실질적인 내용을 획득하는 데는 실패했기 때문이라고 보는 것이 타당하다. 물론 이것 역시 아동문학 이론과 연구의 토대가 척박했던 당시 아동문학 장르 고유의 문학성을 '본격문학'의 내용으로 모색하기 어려웠기 때문이었던 것으로 생각된다.

이재철이 김동리와 조연현의 순수문학 논의에서 차용해 온 '본격문학'이라는 용어는 아동문학의 문학성을 강조하는 의미로 사용됐고 '본격동시' 역시 순수문학으로서의 구체적인 내용은 지니지 못했다. 이재철의 '본격문학'은 자신의 내용을 스스로 구성하고 규명하는 것이 아니라 자신이 대항하는 바를 배제함으로써 자신을 정립시키는 개념이다. 이재철의 『한국현대아동문학사』에서 확인되듯 '본격문학'은 식민지 시기 사회주의적 성격의 아동문학을 '문학'이 아닌 '문화운동'으로 평가한 뒤 이를 배제시키며 비로소 자신의 내용을 갖는다. 이전의 문학을 모두 문학이 아닌 것으로 규정함으로써 유일한 문학이 된 것이다.

『한국현대아동문학사』가 1960년대 이전의 아동문학을 모두 '문학 이전'의 단계로 규정하며 '본격문학'을 향한 도정으로 서술하는 까닭은 바로 이러한 시각에서 연유한다. '본격동시'가 이전의 동시들과 뚜렷이 구분되는 확고한 문학적 성취를 이루어내지 못했고 '동시인' 동인회 회원들의 개별 창작과 비평 활동이 뚜렷한 목적의식을 지닌 문학 운동이 아니었음에도 불구하고 '본격동시운동'을 통해 '본격동시'가 발생했다고 강조하는 까닭 또한 '본격문학'을 정립하는 데 필요한 사후 근거를 마련하기 위한 것으로 보인다.

이렇듯 '본격문학'과 '본격동시'는 구체적인 내용을 함의하지 않았기에 역설적으로 '순수문학' 담론보다 더 포괄적이고 절대적인 '문학' 그 자체로서의 의미를 지니게 됐다. 아동문학의 아카데미즘화를 이룬 이재철의 권위, 문학사와 작가론을 연동시킨 연구, 『아동문학평론』을 통한 현장 비평이 이를 더욱 가능하게 했다. 이재철은 '본격동시론'으로 '동시인' 동인회원들의 작품과, 비슷한 경향의 작품을 기존의 동요와 동시를 극복한 유일무이의 문학적인 동시로 평가했고 오랫동안 동시의 문학성을 그것에 고정시켰다. 이러한 과정에서 '동시인' 동인인 박경용, 유경환의 동시론은 '본격동시'의 성취를 뒷받침하는 새로운 동시론으로 자리잡게 됐다.

제4장

‘본격동시’ 담론의 양상

1960년대 동시 창작 경향을 뒷받침하는 박경용, 유경환의 평론과 이재철의 ‘본격문학론’을 통해 ‘본격동시’ 담론은 해방 후 아동문학론을 구성하는 새로운 동시론으로 자리잡아 갔다. 그런데 1970년대 후반 교육자이자 동시인인 이오덕이 ‘본격동시’ 담론에 이의를 제기하고 새로운 동시론을 주창하는 가운데 ‘본격동시’ 담론을 둘러싼 양상이 변화하게 됐다. 1960년대 동시 경향을 비판하는 이오덕의 평론에 이상현, 박경용이 반론을 제기했고 이에 이오덕이 재반론하면서 현대 아동문학 비평사의 가장 주요한 논쟁인 동시 논쟁이 전개됐다. 이 동시 논쟁 이후 현재까지 동시론은 ‘본격동시’ 담론과 이오덕의 동시론의 두 가지 흐름으로 구성되어 오고 있다.

따라서 이 장에서는 ‘본격동시’ 담론에 대항하는 이오덕 동시론의 기본 성격을 살펴본 뒤 두 동시론 간의 논쟁이 전개되는 과정과 양상을 알아보도록 하겠다. 이들 논쟁에 대한 분석을 바탕으로 두 동시론을 비교하고 각 동시론의 의의와 한계를 생각해 보고자 한다. 두 동시론의 비교를 통해 ‘본격동시’ 담론의 특성과 시각을 더욱 면밀히 고찰할 수 있을 것으로 본다.

1. '본격동시' 담론과 이오덕 동시론의 대립

1) 이오덕 동시론의 성격

(1) 시 교육론에 기초한 동시론

이오덕의 동시 평론은 1970년대 후반부터 본격적으로 전개되었고 그의 평론집 『시정신과 유희정신』(창작과비평사, 1977)은 이후 현실주의 아동문학을 대표하는 평론으로 자리잡았다. 그런데 이오덕은 평론집 출간에 앞서 글쓰기 교육론인 『글짓기 교육—이론과 실제』(아인각, 1965), 『아동시론』(세종문화사, 1973), 동시집 『별들의 합창』(아인각, 1966), 『탱자나무 울타리』(보성문화사, 1969), 『까만 새』(세종문화사, 1974)를 출간한 바 있다. 즉 이오덕은 초등학교 교사 시인으로 시 교육론을 정립한 이후 동시론을 편 것이다. 물론 시기적으로 시 교육론의 정립이 우선한다고 해서 단선적으로 그의 동시론을 시 교육론의 연장선상에서 파악해서는 안 된다. 그러나 이오덕은 아동문학 작가인 동시에 교육사상가였으며 그의 동시론이 교육사상과 시 교육론의 맥락과 아울러 고찰되어야 한다는 점은 분명하다.

이오덕의 시 교육론은 일본의 '생활작문운동'으로부터 영향받았다. 그는 자신의 글쓰기 교육 방법론을 6·25전쟁 때 부산 국제시장 거리에서 발견한 『새 동시의 이론과 지도 실천 연구(新童詩の理論と指導實踐工作)』(1934, 동경)에서 많이 참조했다고 한다.[1] 이 책은 일본 전국의 소학교에서 어린이들에게 시를 지도한 교사 스물한 명이 시 교육이론과 실제 지도 방법을 엮어낸 책으로 일본 생활작문운동의 수많은 결과물

1 이주영, 『이오덕, 아이들을 살려야 한다』, 보리, 2012, 29쪽.

중 하나이다.

일본 생활작문운동은 1920년대에 본격적으로 시작돼 중일전쟁 무렵 가장 확대된 실용주의 운동이다.[2] 실용주의에서는 사상의 작용과 사상이 지니는 의미, 사상이 도달할 수 있는 진리 등이 항상 인간의 행동과 결부되어 분석된다. 생활작문운동은 이 순서가 반대로 되어 우선 생활 체험을 기록하는 행동의 반복이 있고[3], 이미 행해진 행동에 대한 반성으로서 '이렇게 쓰자'는 제안이 나오고, 이러한 행동과 제안이 반복된다. 생활작문운동은 자신의 힘과 자신의 눈으로 직접 접촉하는 진실을 반영해 내는 것을 목표로 하였다. 이는 각지의 소학교 교육 현장에서 부딪히는 실제 문제를 해결하려는 노력으로 진행되어 사범학교 출신의 하급 교사와 빈농 및 공장 노동자의 자녀들을 중심으로 널리 퍼지게 됐다.

이오덕 스스로 많은 참조를 했다고 밝혔듯 이오덕의 시 교육이론과 과정은 일본의 생활작문운동과 매우 유사하다. 어린이의 글쓰기를 예술 작품으로가 아닌 교육 방법으로 접근하는 교육관, 어린이가 직접 경험한 일과 그에 대해 느낀 점을 가감 없이 쓰는 것이야말로 진실한 글쓰기라는 시각, 생생하고 구체적인 묘사의 중시, 교사가 빈한한 지역 아이들을 대상으로 글쓰기 교육을 진행하고 문집을 만들어내는 교육 과정에 이르기까지 그러하다. 이렇듯 일본 생활작문운동의 이념과 방법은 이오덕 시 교육론의 기본 토대가 되었고 그의 시 교육론은 동시론을 규정한다. 따라서 이오덕 동시론에서 생활작문운동의 영향을 면밀히 살펴보는 일이 요구된다.

---

2 이하 구노 오사무, 쓰루미 슌스케, 심원섭 역, 『일본근대사상사』, 문학과지성사, 1994, 67~100쪽 참조.

3 이오덕은 평생 하루도 빠지지 않고 일기를 쓴 것으로 알려지는데 그중 일부가 발췌되어 최근 『이오덕 일기(전5권)』(양철북, 2013)가 출간되기도 했다. 이오덕의 일기 쓰기 또한 생활작문운동의 개인적 실천으로 보인다.

이오덕은 생활작문운동의 이념과 방법에 의거해 학교 현장에서 글쓰기를 교육했고 그 결과물로 『글짓기 교육—이론과 실제』(아인각, 1965)와 『아동시론』(세종문화사, 1973)을 발간한다. 그리고 이를 기반으로 평론집 『시정신과 유희정신』(창작과비평사, 1977)에서 동시에 대한 개념과 문학관을 보다 명료하게 하며 동시를 비평한다. 원종찬의 정리대로 "『아동시론』이 동시의 현재와 교육현장의 문제를 짚고 아동시의 방향을 제시한 아동교육론이라면, 『시정신과 유희정신』은 잘못된 동시 경향과 올바른 동시 경향을 가리고 따지면서 동시문학의 방향을 제시한 아동문학론"[4]이다.

동시의 개념에 관해 『글짓기 교육—이론과 실제』, 『아동시론』에서부터 『시정신과 유희정신』에 이르기까지 그의 동시론은 일관성을 지닌다. 그가 일관되게 강조한 것은 '동시'와 '어린이시(아동시)'를 분리해야 한다는 것이었다. 그는 『글짓기 교육』에서 시를 어른들이 쓰는 시와 어린이들이 쓰는 시로 분류한 뒤 전자를 일반시와 동요·동시로 다시 구분하고, 후자를 어린이시라고 불렀다. 앞서 살펴본 것처럼 당시 '동시'는 어른 작가와 어린이의 작품을 모두 포함하는 명칭이었다. 그런데 이오덕은 이때부터 줄곧 동시와 어린이시의 명칭과 개념을 분리할 것을 강조했다.

앞서 살펴본 바와 같이 박경용 역시 '동시'를 '어린이를 위한 시'로, 어린이가 창작한 시를 '어린이시(아동시)'로 구분했다. 그런데 이오덕과 박경용이 동시와 어린이시를 구분하는 의도는 다르다. 박경용의 경우 동시에서 아동시를 축출해냄으로써 동시를 어른 작가의 창작으로 한정시키고 동시의 문학성을 강조하려는 의도를 지녔다. 반면 이오덕은 어린이시가 동시의 폐해를 답습하고 있다고 생각하며 아동시가

4 원종찬, 「배반의 동심, 동심의 배반」, 『동화와 어린이』, 창비, 2004, 48쪽.

동시를 모방해서 창작하지 못하도록 이를 분리했다. 즉 박경용은 동시에, 이오덕은 어린이시에 주안점을 두고 각각 이를 살리려는 의도로 둘을 구분했다. 의도는 정반대였다고 하더라도 결론은 일치하므로 「동시란 무엇인가」(『창작과 비평』, 1974 겨울)에서 이오덕은 일찍이 『아동문학』 9집에 실린 동시 합평회에서 박경용이 동시와 어린이시의 구분을 주장한 것을 두고 "훌륭한 탁견"이라며 옹호한 바 있다.[5]

이오덕이 동시에서 어린이시를 분리해 어린이시를 독자적인 영역으로 만들고자 한 까닭은 어린이 시 교육이 문학 교육의 관점에서가 아니라 어른 작가의 동시 창작과 같은 문학 창작의 관점으로 행해지고 있고 이것이 교육적 폐해를 불러일으키고 있다고 판단했기 때문이다. 그는 "진정한 '어린이시'는 그 싹이 트지 못한 채 일부 문인들에 의해 성인들이 쓰고 있는 문학 장르의 하나인 동요, 동시와 같은 범주의 운문 창작이 지도되어 왔고, 교사들은 동시인들의 어설픈 시작(詩作) 방법을 교실에서 적용하려고 부심(腐心)하여 왔"다며 비판했다.[6]

다음으로 이오덕은 『아동시론』에서 어린이시에 부정적 영향을 끼치는 동시의 문제점을 '동요적 발상'과 '기교' 두 가지로 본다. 이오덕 평론의 기본은 '아동 없는 아동문학' 비판으로 이는 곧 아동을 도구로 삼는 시인, 작가의 '유아 취향' 비판, 말의 빈 껍질에 매달리는 '감각적 기교주의' 비판으로 나타나는데[7] 이러한 아동문학론이 바로 시 교

5 이오덕이 「동시란 무엇인가」에서 박경용의 견해를 인용한 부분은 다음과 같다. "박경용씨는 「동시를 이렇게 본다」(『아동문학』 9집, 동시 합평 기록)에서 다음과 같이 말하고 있다. -원칙적으로 어린이들이 쓰는 동시는 어른들이 쓰지 않아야 하며 어른들이 쓰는 동시는 어린이들이 사실상 흉내도 내지 못해야 하는 것입니다. 그렇지 않다면 왜 동시인(아동문학가)이라는 거추장스런 존재를 어른 작가 가운데다가 따로 두어야 하는 것입니까?(중략) 엄밀히 따져서 성인작가는 어린이의 입장에 설 수도 없으며 또 이런 점에 집착한다는 것은 오히려 위험한 일입니다. 어른인 작가는 어린이 세계와 접촉되고 상통할 수 있는 감정의 테두리에서 차라리 자유분방해 버리는 것이 현명합니다-"(이오덕, 『시 정신과 유희 정신』, 창비, 2003, 212쪽.)

6 이오덕, 『아동시론』, 굴렁쇠, 2006, 14쪽.

7 원종찬, 「배반의 동심, 동심의 배반」, 『동화와 어린이』, 창비, 2004, 47쪽.

육론인 『아동시론』에서 이미 구성된 것임을 알 수 있다. 그는 동시의 '유아 취향'과 '동요적 발상'이 어린이시를 관습적인 모방의 언어나 기발한 재치로 창작하게 만들었다고 비판했다. 한편 '기교주의'의 경우 어른 작가들에게는 필요할지 몰라도 어린이들은 현실 생활의 감동을 있는 그대로 솔직하게 표현하면 되는데 불필요하게 이를 강요한다고 비판했다. 보다 구체적으로 '동요적 발상'은 윤석중의 동요와 그 아류들의 창작 경향이, '기교주의'는 박목월 『동시교실』의 시 교육과 1960년대의 난해동시가 불러일으킨 문제라고 보았다. 이처럼 그의 동시론은 시 교육론과 일관된 시각과 내용을 지니며 '동시'에 앞서 '어린이시' 교육을 우선하는 입장에서 발생했음을 알 수 있다. '어린이시' 교육에 입각한 입장에서 그의 동시론은 종래의 동시 경향과 동시론에 대한 대항 담론의 성격을 지니고 있다.

(2) '동심주의'에 대한 대항 담론

이오덕의 대표적인 동시 평론인 「시정신과 유희정신」(『창작과 비평』 1974 가을), 「否定의 동시」(『동시, 그 시론과 문제성』, 1975.7.), 「진실과 허상」(『한국문학』 1975.5.)은 기존 동시를 비판하는 가운데 새로운 동시론을 제시한다.

「시정신과 유희정신」은 방정환부터 윤석중, 박목월, 이원수, 김영일, 그리고 당대의 동시인에 이르기까지 주요 작가들의 작품을 평가하며 방정환과 이원수의 작품을 제외하고는 '시정신'을 지니지 못한 '유희정신'의 산물이라고 비판한다. 또 「부정의 동시」는 60년대를 대표하는 박경용, 신현득 등 '본격동시운동' 시인들의 창작 행태가 어린이의 생활 감정을 도외시하고 기교에만 치우쳤다고 비판하며 이를 '부정(否定)'해야 새로운 동시가 출현할 수 있다고 전망한다. 『아동시론』

에서 지적한 동시의 두 가지 문제점 중 '동요적 발상'에 대한 비판은 「시정신과 유희정신」이, '기교주의'에 대한 비판은 「부정의 동시」가 주로 다루고 있는 것이다. 한편 「진실과 허상」은 "외래적인 도시 문화에 깊이 오염되어" 있는 동시인들이 농촌 아이들의 생활감정이라는 '진실'에 충실하지 못한 '허상'을 노래한다고 비판한다. 이처럼 이오덕의 동시 평론은 시정신/유희정신, 생활감정/기교, 진실/허상, 농촌/도시의 이분법적 시각으로 기존의 동시를 부정하는 대항 담론의 성격을 지닌다.

이오덕이 기존의 동요와 동시를 비판하는 핵심적인 이유는 대개의 작품들이 소위 '동심주의' 시각으로 창작됐다고 보기 때문이다. 이오덕은 동시가 "시인으로서의 자각과 특질, 곧 높은 지성을 밑받침으로 한 시정신"[8]으로 창작돼야 하는데 지금껏 거의 대부분 동시가 "아이들을 인형으로 위안물로 여기는 어른 중심의 개인주의적이고 향락주의적인 유희정신"[9]으로 창작되고 있다고 밝힌다. 이오덕이 비판하는 '유희정신'이란 현실의 어린이를 소외시키고 어른 작가의 자기 만족적인 유희로 동시를 창작하는 행태이다. 그리고 이는 곧 어린이의 현실과 어린이의 생활감정을 도외시하는 '동심주의'에서 비롯된다고 지적한다. 이처럼 이오덕의 동시 비평은 동심주의 비판과 그에 대한 대항을 바탕으로 한다.

이오덕의 동심주의 비판은 1930년대 전후 동요와 동시의 내용 · 형식 논쟁, 동심의 계급성 논쟁과 연관시켜 생각해 볼 수 있다. 프롤레타리아 아동문학가인 신고송, 송완순 등은 1920년대의 동심주의와 감상주의 동요를 비판하고 동심의 계급성을 강조했다.[10] 이들은 동심을 순

8 이오덕, 「시정신과 유희정신」, 『시정신과 유희정신』, 창작과비평사, 2003, 177쪽.
9 같은 글, 191쪽.
10 심명숙, 「한국근대아동문학론 연구」, 인하대 석사논문, 2002, 41~50쪽.

진무구한 것으로, 어린이를 천진난만하고 신성한 천사로 여기는 것이 과거 부르주아적 아동관이라고 비판하면서 동심에도 계급성이 있다고 주장하고 동요를 부르주아 동요와 계급주의 동요로 나누었다. 이오덕은 분단 후 정치 상황 속에서 표면적으로 계급성을 강조하지는 않았지만 동시가 농촌 아이들의 삶과 감정에 바탕해야 한다고 생각하며 도시적이고 유아적인 동심주의를 비판한다는 점에서 비슷한 견해를 지닌다고 할 수 있다.

하지만 이오덕의 동심주의 비판은 1930년대 동요, 동시 논쟁을 염두에 둔 문학사적 이해와 시각에서 비롯됐다기보다는 일본 생활작문운동에서 영향받은 것으로 생각된다. '동심주의'라는 단어가 처음으로 사용된 것은 1937~8년 일본의 프롤레타리아 동화, 동요 작가이자 평론가였던 마키모토 쿠스로오(槇本楠郎)에 의해서였다.[11] 그런데 이 시기는 일본 생활작문운동이 가장 활발했던 때로 '동심주의'라는 단어가 글쓰기 교육계에서 비판적인 용어로 널리 쓰이며 정착한다. 모모타 소오지(百田宗治)가 주재한 글쓰기 잡지 『공정(工程)』은 1938년 11월호에 '동심주의 글쓰기 비판'을 마련하여 많은 글쓰기 교사들이 '동심주의' '동심주의 글쓰기' '동심지상주의'에 대해 비판했다. 또 여타 글쓰기 잡지들도 이와 유사한 논평을 발표하며 현실의 살아 있는 어린이를 보아야 한다고 주장했다.

이오덕이 글쓰기 교육에 참조했다는 『새 동시의 이론과 지도 실천 연구(新童詩の理論と指導實踐工作)』는 이보다 이른 1934년에 발간됐지만 이오덕은 이후에도 요시다 미즈호가 지도한 일본 어린이시집 『어린이 시: 어떻게 보고 어떻게 쓰게 할까』(온누리, 1984)를 번역, 출간하는 등

11 이하 요꼬스까 카오루, 박숙경 역, 「동심주의와 아동문학」, 『창비어린이』 2004 여름, 184~186쪽 참조.

꾸준히 일본 생활작문운동의 사상과 실천 방법에 관심을 가져왔다. 이오덕의 동심주의 비판은 동요, 동시의 내용과 형식에 대한 장르적 고민이나 1930년대 계급주의 아동문학 논쟁의 영향에서 비롯됐다기보다는 글쓰기 교육의 입장에서 현실의 어린이에 중점을 두며 발생했다. 즉, 일본 생활작문운동의 동심주의 비판에 영향받았다고 보는 것이 더 타당하다고 여겨진다.

이오덕은 동심주의를 배격하는 시각을 토대로 윤석중의 동요와 1960년대 동시를 비판한다. 윤석중의 동요는 유년의 아기들을 귀엽게 바라보는 어른의 유희로 창작됐으며 이것은 어린이들의 의식을 과거의 유년 시절에 매어 두어 지적 발달과 전인적 성장을 방해한다는 설명이다. 그는 "윤석중 동요의 동심세계는 우리 동요문학의 주류를 형성해 왔으니, 박목월의 환상적인 꿈의 세계가 그렇고, 강소천의 명랑한 표정을 조립해 보인 소년시가 그렇고, 서민적인 생활을 표현할 듯하다가 결국 감각적인 것에서 더 나아가지 못하고 만 김영일의 단시(短詩)가 그러하다. 그리고 이런 동심의 망령은 오늘날 대부분의 아동작가들의 작품세계를 완고하게 지배하고 있는 것"[12]이라며 윤석중 동요의 동심주의가 이후 동시에 부정적인 영향을 미쳤다고 평가한다.

이오덕의 윤석중 동요 비판과 관련해 주목할 만한 점은 동요라는 장르 형식 자체가 동심주의에서 벗어나 시정신을 충족할 수 없다고 여기는 것이다. 이오덕은 윤석중의 『초생달』(박문출판사, 1946)에 실린 대다수 동요를 제외한 몇 편의 자유시에 대해 "유아적인 것에서 벗어나려는 진정 귀한 노력"이라며 상찬한다. 유년을 대상으로 하는 동요는 유희정신의 산물이며 소년을 대상으로 하는 자유시는 최소한 형식면에서 유희정신을 벗어나 시정신의 가능성을 지닌다고 보는 것이다. 내용

12 이오덕, 「시정신과 유희정신」, 『시정신과 유희정신』, 창작과비평사, 2003, 182쪽.

또한 동심주의에서 벗어났는지 살펴보아야 하겠지만 우선 자유시 형식일 때 동심주의에서 탈피할 여지가 있다고 여긴다. 이오덕이 비판한 유아 취향의 '동요적 발상'은 동심주의에 대한 비판임과 아울러 동요의 형식과 내용을 전면 부정하는 것으로도 볼 수 있다.[13]

한편 그는 「부정의 동시」에서 1960년대의 동시를 '동심주의'와 '기교주의'로 비판했다. 이 동시들이 동요적 형식에서 탈피해 "형식상의 변화를 시도하려고 했다"고 인정하면서도 이전의 "동심천사주의적 유희세계의 아동관"이 그대로 이어진다고 보았다. 그는 박경용에 대해 "사물을 신선한 감각으로 파악해 보여주려고 했지만 그러한 진지한 노력이 아동 세계의 진실을 보여주는 방향으로 발전하지 못하고 말았다"고 평가한다. "감각에 집착하는 작시 태도가 객관 세계를 인식하는 방향으로 심화되지 못하고 엉뚱한 주관 속으로 자기를 폐쇄시켜 버렸"다는 것이다. 이리하여 "아동세계와의 통로는 차단되고, 소재와 표현 내용은 낡은 동심주의를 벗어나지 못했다"고 평가했다.[14] 또 농촌을 다룬 신현득의 동시에 대해서는 "농민들과 아동 생활의 문제성, 그들의 마음 속 괴로움과 기쁨 같은 것이 참되게 파악되는 데에서만 창조될 수 있는 감동적인 시의 리듬이 없다."[15]고 보았다. 이어 이들을 비롯한 김사림, 유경환, 이석현, 조유로 등 본격동시운동과 관련된 시인들이 "감각적 기교와 생활의 천박한 화장술로 하여 동시를 잘못된 길로 이끌어 놓았다"며 "이제 우리 동시에는 아동이 읽지 않고 읽어도 알 수 없는 동시가 범람하고 있고, 그런 동시들이 잘된 것으로 찬양되고 있다. 동시 작품 속에 아동의 세계가 담겨 있는 대신에 병든 어른

---

13 이오덕 평론에서 종종 '동요적 발상'은 '동심주의'와 동일한 의미를 지닌 것으로 언급된다. 일례로 「아동문학과 서민성」에서 그는 동시의 동심주의를 비판한 뒤 "이제 동요적 발상의 세계가 동화에 나타나고 있는 모습을 알아볼 차례다"라고 말한다.

14 이오덕, 「부정의 동시」, 『시정신과 유희정신』, 창작과비평사, 2003, 240쪽.

15 같은 글, 248쪽.

이 도사리고 앉아 있을 뿐"[16]이라고 비판했다. 그리고 이러한 현상의 원인을 동심천사주의적 아동관으로 보고 이를 청산하고 부정해야 한다고 강조했다.

이처럼 이오덕은 동심주의에 대한 비판의식을 토대로 「시정신과 유희정신」에서는 윤석중으로 대표되는 기존 동요의 형식과 내용을, 「부정의 동시」에서는 1960년대 동시의 기교주의를 강력하게 비판한다. 그의 동시론은 이렇듯 기존의 동요와 동시를 동심주의라는 이유로 비판하는 대항 담론의 성격을 지닌다.

이오덕의 비평은 분단 이후 이원수가 일으켜 세운 리얼리즘 아동문학 비평의 계보를 계승했다고 평가받는다.[17] 그런데 이오덕은 자신의 문학관과 대립되는 구체적인 작품들을 매우 직설적이고 적극적으로 비판한다는 점에서 이원수의 비평과는 차이를 지닌다. 그는 '동심주의'에 대한 대항을 비평의 원리이자 원칙으로 두고 방정환, 이원수를 제외한 이전 동시의 전통 거의 대부분을 비판하고 있다.

(3) 아동문학론과 민중문학론의 결합

이오덕의 아동문학 평론 중 가장 먼저 발표된 글은 「아동문학과 서민성」(『아동문학의 전통성과 서민성』, 1974.7.)이다. 이 평론은 1973년 겨울 한국아동문학가협회가 같은 주제로 개최한 세미나의 후속 논의이므로 먼저 논의의 맥락을 살펴볼 필요가 있다. 이 글에서는 이오덕 동시론의 근간 중 하나인 '서민성'의 요체를 확인할 수 있다.

한국아동문학가협회는 당시 일반 문학의 주요 과제였던 '민족문학'

16 같은 글, 263쪽.
17 원종찬, 「이원수와 70년대 아동문학의 전환」, 『한국 아동문학의 쟁점』, 창비, 2010, 159쪽.

을 아동문학에서도 논의하기 위해 '아동문학의 전통성과 서민성'을 주제로 세미나를 개최했다. 당시 일반 문단은 보수와 진보를 가리지 않고 '민족문학'을 화두로 삼고 있었는데 보수 쪽이 주로 초역사적 향토성을 내세우고 있었다면 진보 쪽은 역사적 현실성을 내세우면서 뚜렷하게 입장이 나뉘었다. 아동문단 역시 마찬가지여서 한국아동문학회가 '전원문학과 아동문학의 과제'를 주제로 개최한 세미나에서 김요섭이 '민족적'인 것을 '향토애'와 연결시킨 반면 한국아동문학가협회가 '아동문학의 전통성과 서민성'이라는 주제로 개최한 세미나에서 이영호는 '서민의식'과 '역사의식'을 강조했다.[18] 이영호는 당대 아동문학이 "서민의식과 서민의 생활감정을 완전히 외면하고 특수층과 그 어린이들의 생활을 부지런히 작품화하고 있다"[19]고 비판했다.

한편 이원수는 1974년 5월 1일 한국문인협회 주최로 개최된 '민족문학의 제문제'라는 주제의 세미나에서 「민족문학과 아동문학」을 발표하며 아동문학에서의 민족문학 논의를 계속한다. 그는 "서민성이 없는 민족문학은 하나의 속품(俗品)"이라며 이영호와 마찬가지로 민족문학에 '서민성'을 연결시킨다. 이어 "권위주의, 배금주의, 관료주의, 사대사상 등 우리 민족의 병폐를 내몰고 서민아동을 주인으로 보는 현대적 관점에서 씌어지는 문학이 민족문학이라 할 것"[20]이라며 아동문학에서의 민족문학은 서민 아동을 주인으로 해야 한다고 강조했다.

이처럼 이영호와 이원수는 아동문학에서의 민족문학 담론을 논의하는 과정에서 '서민성'을 핵심으로 내세웠다. 이오덕은 「아동문학과 서민성」에서 이러한 관점을 그대로 이어받으며 논의를 더욱 발전시킨다.

---

18 이영호, 「아동문학의 전통성과 서민성」, 한국아동문학가협회 편, 『아동문학의 전통성과 서민성』, 세종문화사, 1974, 153쪽.
19 같은 글, 21쪽.
20 이원수, 「민족문학과 아동문학」, 위의 책, 75쪽.

그는 첫머리에서 글의 목적에 대해 "서민성이란 시점에서 아동문학의 관념적 동심주의와 탐미적 독선 세계를 비판하고, 우리 아동문학에 나타난 서민성을 살펴봄으로써 민족문학의 수립이란 과제에 이어진 아동문학 건설이 서민성을 구현함으로써 이뤄질 수 있다는 것을 밝히는 것이 목적이다"라고 명시하고 '서민성'을 다음과 같이 정리했다.

> 서민이란 말은 우리말 사전에 나온 대로 '자기의 손발로 벌어서 가족의 생활을 이끌어가는' '뭇백성'이다. 요즘 우리 문단에서 '시민문학'이니 '농민문학'이니 하는 말을 쓰고 있는데, 서민이란 말은 '시민'이나 '농민'을 다 포함한 글자 그대로 뭇백성이 되는 것이다. 그러니 '서민적'이란 말을 '민족적'이란 말로 대치시킬 수도 있으리라.[21]

이어 '서민성'을 기준으로 아동문학 작품을 평가한다. 이오덕은 먼저 동심주의 동요들이 서민의 아이들 대신 귀족적인 아이들의 모습을 그려 그들에게 봉사한다고 비판했다. 또 강소천의 동화는 사회의 명랑하고 긍정적인 면만을 돋보이게 해 주는 미담가화(美談佳話)이며 김요섭 동화의 주인공들 또한 사치한 생활을 누리므로 서민성을 지니지 못한다고 보았다. 이와 반대로 마해송, 이주홍, 이원수, 이현주, 권정생은 서민 아동의 현실을 충실히 그려내며 어린이들에게 제대로 된 현실과 역사를 보여주고 있다고 평가했다. 마지막으로 당대의 공상동화와 생활동화의 문제점을 지적하고 특히 동시의 난해성을 조목조목 반박한다.

이처럼 「아동문학과 서민성」은 이영호와 이원수의 민족문학 논의를 이어받아 '서민성'을 주요 개념으로 내세운 뒤 '서민성'과 동심주의

---

21 이오덕, 「아동문학과 서민성」, 『시정신과 유희정신』, 창작과 비평사, 2003, 105쪽.

를 대립시키며 아동문학에서의 민족문학 담론을 정립하고자 한다. 그런데 위 인용문에서 나타나듯 '서민성'은 별다른 설명이나 논리적 전개가 없이 민족문학과 곧장 연결되고 '서민성'과 대립되는 개념으로 동심주의가 제시되면서 동심주의는 곧 민족문학에 반하는 것이 된다. 즉, 이오덕이 비판한 윤석중, 박목월, 강소천, 김요섭, 그리고 1960년대 동시인들이 동심주의와 아울러 민족문학의 측면에서까지 비판되는 것이다.

아동문단에서 '서민성'이란 기표가 문제적으로 대두하게 된 것은 아동문단의 특수 상황 때문이었다. 양반문화 · 문학과 대비되는 서민문화 · 서민문학은 1960, 70년대에 역사학계의 내재적 발전론에 근거해 적극적으로 평가되었는데 '서민' 혹은 '서민문학'의 특징이 '서민성'으로 추상화되어 문학 비평의 장에 진입할 때는 그 내포가 명료하지만은 않았다.[22] '서민성'에 해당하는 기의들은 '민족성' '민중의식' '시민의식' 등 새로운 기표를 얻어 리얼리즘 문학론이나 민족주의 문학 담론에 출현하기 때문이다. 이원수가 "권위주의, 배금주의, 관료주의, 사대사상 등 우리 민족의 병폐를 내몰고 서민아동을 주인으로 보는 현대적 관점에서 씌어지는 문학이 민족문학"[23]이라고 말했듯 '서민성'은 온갖 병폐들의 대타항의 성격을 지닌 개념으로 사용되기도 했다. 이렇듯 불명료하고 불특정한 개념임에도 불구하고 유독 아동문학에서 '서민성'이란 기표를 사용했던 까닭은 아동을 '성인 민중'과 동등한 주체로 볼 수 없기에 '아동 민중'만의 별도의 표지를 필요로 했기 때문으로 여겨진다. 아울러 '서민'이 보증하는 도덕성이 아동의 순

22 이하 김나현, 「〈창작과 비평〉의 담론 통합 전략—1970년대 아동문학 수용을 중심으로」, 『현대문학의 연구』 50집, 2013, 340~341쪽.
23 이원수, 「민족문학과 아동문학」, 한국아동문학가협회 편, 『아동문학의 전통성과 서민성』, 세종문화사, 1974, 75쪽.

수성과 만나 일종의 순환논법처럼 서로의 도덕적 순수성을 강화시켜 주었기 때문으로도 볼 수 있다.

이오덕의 '서민 아동'은 농촌에서 '일하는 아이들'을 지칭한다는 점에서 이원수의 '서민 아동'보다는 좀 더 명료한 의미를 지닌다. 이는 일본 생활작문운동의 주요 대상이 빈농의 자제들이었다는 사실과도 관련이 있다. 이오덕은 교육 사상에 근거해 아동문학에서도 '일하는 어린이'들의 현실에 주목했고 이들을 '서민 아동'으로 지칭했으며 '서민성'을 민족문학론으로까지 연결시켰다.

하지만 핵심 개념인 '서민성'은 정작 민족문학과의 연결 고리가 불충분하다. 또 '서민성'의 대타항으로 동심주의를 상정해 이전의 동요, 동시, 동화가 민족문학에 어긋난다고 비판한 점은 과도한 해석으로 보인다. 이것은 기존의 동시를 그 양상에 관계없이 일제히 동심주의라고 비판하는 그의 동시론이 지닌 한계와도 관련된다. 그럼에도 불구하고 이오덕이 '서민' '서민성'이란 기표를 이후 평론에 적극 강조한 점은 이오덕 평론의 근간으로 주목되어야 할 것이다.

(4) 이오덕 동시론의 특징

이오덕의 동시론은 무엇보다 동시의 주 독자인 어린이에 중점을 두고 동시가 어린이에게 소용되는 실질적인 측면에서 논의를 정립했다는 점에서 의의가 있다. 이러한 관점에 따르면 어린이를 무조건 귀엽고 착하게 재현한 동심주의 동요 · 동시와 어린이 독자가 고려되지 않은 1960년대 동시는 부정되고 새로워져야 하는 부분이 있는 것이 사실이다. 이러한 관점 아래 이오덕의 동시론은 1960년대 동시인 동인회 시인들이 '동시도 시'라는 명제 아래 어린이를 도외시한 것에 대한 반명제의 성격을 지닌다고 볼 수 있다. 이는 동시 장르에 대한 근본적인 논의를 촉발시켰으며 바로 이 점이 1970년대 동시 논쟁의 핵심이라고 할 수 있다.

이오덕의 동시론은 글쓰기 교육론에서 배태되고, 동심주의에 대한 대항 담론으로 기능했으며, 당시 시대와 사회상 속에서 민중문학론의 영향을 일부 받았다는 특수성을 현재적 관점에서 좀 더 재구해야 할 필요가 있어 보인다.

먼저 시교육론과 관련해 살펴보면, 이오덕은 아동시 교육과 동시 창작의 관련성에 있어 "어린이의 동시를 논의하면 성인의 문학 작품인 동시에 대해 언급해야 하고, 성인의 동시를 논란할 때 필경은 어린이의 동시 문제로 되어 버리는, 우리의 특이한 문학과 교육과의 관계, 어린이의 작품과 성인의 동시가 구별되지 않았던 역사는 정말 이제부터 우리가 단절해야 할 과제다"[24]라고 말한 바 있다. 그는 이렇듯 당시의 과제를 적절히 지적했지만 그의 동시론 역시 당시 교육과 아동문학 제도가 분리, 독립되지 않았던 한계상에 있던 것이 사실이다. 그는 실용주의 운동의 성격을 지닌 일본 생활작문운동에 영향받아 시교육론을 정립했고 이를 동시론에 그대로 대입한 감이 없지 않다.

앞서 살펴보았듯 이오덕은 아동시 교육 문제의 원인을 동요적 발상과 기교주의 동시의 병폐에서 찾았고 이를 해결하기 위한 토대로 동시론을 정립했다. 아동시 교육론을 바탕으로 동시 비평을 하고 동시론을 구성한 것이다. 문학사의 대다수 동시를 일괄적으로 동심주의로 몰아 비판한 데 따른 과도함은 바로 여기서 비롯된 것이다. 생활 체험을 글쓰기의 근간으로 하는 일본 생활작문운동의 실용주의 성격에 따라 농촌 어린이의 생활 감정을 동시 창작과 평가의 절대적인 기준으로 삼았다. 이는 문학 형식과 언어에 대한 탐구를 도외시하고 현실 재현

---

24 이오덕, 『아동시론』, 굴렁쇠, 2006, 33쪽.

논쟁을 야기하는 결과를 불러왔다. 아울러 문단 내외에 큰 논란을 불러일으킨 모작, 표절 동시론 논쟁에 있어서도 작가의 창작 태도를 존중하며 동시를 섬세하게 분석하지 못한 채 어린이시의 동시 모작과 동일하게 취급해버린 까닭에 문학 논의로 제대로 조명하지 못하고 불필요한 파장을 불러일으켰다고 생각된다.

두 번째로, 동심주의에 대한 대항 담론의 성격은 앞서 말한 바와 같이 농촌 어린이의 현실에 기반하지 않은 동시들을 모두 동심주의로 규정해버리는 이분법적 비평 논리를 구사하기도 했다. 하지만 윤석중의 동요와 1960년대의 동시를 모두 동심주의라는 하나의 틀로 비판하는 것은 각 시대의 문학 현실을 도외시하고 작품을 입체적으로 평가하지 못한 한계를 지닌다. 예를 들어 윤석중의 문학은 이미 일제 강점기에 신고송, 해방기에 정지용, 윤복진에 의해 "어린이다운 충동과 정서의 약동", "약고 재빠르고 쾌활한 서울 아이들의 특수한 비애", "도시 감각", "유년의 시"로 평가되며 그 특성이 단일한 관점으로 옹호되거나 비판되지 않았다.[25] 그러나 1950년대 이후 비판과 옹호의 양극단으로 규정됐는데 그 비판의 극단에 이오덕의 평론이 자리하고 있는 것이다. 동심주의를 비판하며 발생한 '시정신'과 '유희정신'의 대비 또한 '시정신'이 지극히 원론적이며 '유희정신'이 작품에 대해 편협한 해석과 평가를 불러일으킬 수 있다는 점에서 문제적이다.

세 번째로 '서민성'과 관련해서 이오덕의 동시론은 무엇보다 동심에 대한 이오덕의 특수한 관점에서 비롯된 것으로 이는 민중을 순수하고 도덕적이며 고결한 존재로 바라보는 민중문학론으로 더욱 강화된 듯 보인다. 이러한 면모로 인해 이오덕은 '동심주의자'[26] '동심본성

---

25 김제곤, 「윤석중 연구」, 인하대 박사논문, 2013, 147~148쪽.

26 "동심을 지고지순의 이념으로 끌어올린 이오덕 선생의 논리는 어린이를 지고지순의 존재로 보는 아동관에서 비롯된 것이다. 그렇다면 타락한 동심주의와 평생 맞서온 이오덕 선생이야

주의'[27] '동심예수주의자'[28]로 평가되기도 했다.

이오덕이 어린이문학의 핵심으로 삼고 있는 동심의 실제는 다름 아닌 농촌의 '일하는 어린이'들의 생활 감정이다. 그러나 이오덕의 '동심'은 실재의 어린이가 아니라 역설적으로 이오덕의 관념, 신념, 이상의 어린이기도 하다. 도시의 어린이, 놀이하는 어린이, 유아의 동심은 제외되고 오직 농촌 어린이의 생활 감정만이 동심으로 규정되기 때문이다.

이러한 동심 관념은 물론 당시의 역사, 사회, 문학적 상황에 대한 치열하고 진지한 응답이었다. 이오덕의 동시론은 엄밀히 말해 관념적 시론이라기보다는 실천적 비평이며, 비평은 "역사적 맥락 속에 개입해 온 구체적 실천이며, 그 맥락 안에서의 의미는 핵심 범주의 관념론적 계기만으로 재단하기 힘든 역동성을 지니고 있"[29]는 것이 사실이다. 그러나 '동심'의 잣대를 모든 실제 비평에 일률적으로 대입하고 적용한 데 따른 무리와 한계는 현재의 시각에서 새롭게 평가되어야 할 것이다.

2) 이오덕과 이상현·박경용의 동시 논쟁 고찰

기존의 동시와 동시론을 직설적으로 비판하는 이오덕의 평론은 아

말로 일관된 사상체계를 지닌 본래적 의미에서의 동심주의자라 할 수 있지 않을까"(원종찬, 「배반의 동심, 동심의 배반」, 『동화와 어린이』, 창비, 2004, 66쪽.)

27 "동심본성주의는 적어도 동심을 어린이문학의 핵심으로 파악하고 있다는 점에서 동심천사주의와 명백하게 구분되지 않는다. 동심이란, 그것이 참된 동심이든 거짓으로 얼룩진 관념적 동심이든, 근본적으로 추상적이며 관념적이란 점에서는 조금도 다를 바가 없기 때문이다."(김상욱, 「민족문학으로서의 어린이문학—이오덕론」, 『숲에서 어린이에게 길을 묻다』, 창작과비평사, 2002, 191쪽.)

28 이주영, 『이오덕, 아이들을 살려야 한다』, 보리, 2011, 203쪽.

29 김상욱, 「어린이와 역사를 건사하는 동심—이오덕 작가론」, 『어린이문학의 재발견』, 창비, 2006, 312~313쪽.

동 문단에 큰 논란이 됐고 동시인 동인회의 이상현, 박경용과의 논쟁을 불러 일으켰다. 『시정신과 유희정신』에 실린 이오덕의 일부 평론은 이상현, 박경용과의 논쟁 과정에서 발표된 반론이므로 이오덕의 동시론은 비평 텍스트뿐 아니라 당시 논쟁의 과정과 맥락을 함께 살펴봄으로써 비로소 드러난다. 아울러 '본격동시' 담론은 이오덕의 동시론과의 논쟁을 통해 담론의 특성을 더욱 드러내며 담론을 확장하고 수정해 나갔다고 볼 수 있다.

이오덕이 1974년 「아동문학과 서민성」을 발표한 후 2년여간 이어진 일련의 논쟁은 한국아동문학가협회와 한국아동문학회의 두 아동문학 단체의 대립(이오덕과 이상현의 논쟁), 한국아동문학가협회 내에서의 분열(이오덕과 박경용의 논쟁)이라는 문단 상황과 긴밀한 관련을 지닌다.[30] 따라서 이 두 논쟁은 논의 자체에 집중하지 못한 채 감정적 대립으로 치달은 성격이 있다. 그러한 이유로 유경환은 1976년 이오덕과 박경용의 논쟁에 대해 아동문학 평론의 존재 의의를 인정하면서도 "문학적 관점의 차이만을 주 대상으로 삼지 않고 그 이상으로 확대되어 인간적인 문제까지 삽입하는 허점을 노출"[31]시켰다며 실망감을 역력히 드러내기도 했다.

그러나 1970년대 동시 논쟁은 1960년대 정립된 본격동시운동의 동시론과 이에 대항하는 이오덕 동시론의 바탕 위에서 좀 더 시론적으로 면밀히 고찰되어야 할 중요성이 따른다. 이상현, 박경용의 동시론과 이오덕 동시론의 대립이 단지 문학 단체 내외의 이념 논쟁으로 해소해서는 안 된다. 이전에 박목월과 이원수에게서 각각 독자와 작가를 중시하는 입장차가 있던 것처럼[32] 이상현, 박경용과 이오덕의 동시론

30 원종찬, 「이원수와 70년대 아동문학의 전환」, 『한국 아동문학의 쟁점』, 창비, 2010, 참조.
31 유경환, 『한국현대동시론』, 배영사, 1979, 85쪽.
32 김유진, 「이원수와 박목월의 동시론 비교 연구」, 『아동청소년문학연구』 2011, 165~189쪽.

도 이러한 구도에서 바라볼 수 있다. 그러므로 이 장에서는 논쟁상의 감정적 대립으로 인한 오해, 억지, 자기 방어, 변명, 인신 공격 등은 배제하고 현대 동시론을 구성하는 데 의미 있는 논점만을 집중적으로 정리하고 분석해 보도록 하겠다.

(1) 이오덕과 이상현의 논쟁

이오덕과 이상현의 동시 논쟁은 크게 두 가지 논점으로 진행됐다. 먼저 이상현의 「동시의 기능분화(技能分化)」(『문학사상』, 1975.6.)와 그에 대한 이오덕의 반론은 동시의 난해성과 관련한 논쟁이다.

이상현은 「동시의 기능분화」에서 1960년대 동시가 난해하다는 평가에 대해 반박한다. 난해성과 관련한 그의 주장은 세 가지로 요약된다. 첫째, 동시가 기본적으로는 어린이를 위하는 기능을 지니지만 어린이뿐 아니라 성인을 위해서도 "동심의 시적 치환" "동심의 시적 교감 또는 감동"과 같은 기능을 지닌다는 것이다. 즉 성인을 대상으로 하는 동시가 존재할 수 있다고 보며 이를 일컬어 "동시의 기능 분화"라고 한다. 성인을 위하는 기능을 지닌 동시일 때 난해성은 문제되지 않는다는 설명이다. 둘째, 어린이를 대상으로 하는 동시에서 난해성 문제는 아동문학 작가들이 "전국의 모든 어린이들"을 "곧 완전한 자기 독자로" 여기는 "과욕"을 지니기 때문에 발생한다고 본다. 어린이 독자의 연령, 인지 수준, 문학적 감수성 등 개인차를 고려하지 않고 모든 어린이 독자들의 감동과 이해를 바란다면 난해성 문제가 제기될 수밖에 없다는 것이다. 마지막은 난해성과 관련 없는 내용으로 "동시의 본질이 '정치사상적 강연장'에 있지 않다"[33]고 주장하는데 이는 이

33 이상현, 「현대동시의 기능 분화」, 『한국아동문학론』, 동화출판공사, 1976, 220~234쪽.

오덕 동시론을 염두해 둔 것이다.

이에 이오덕은 「아동문학 작가의 아동 기피(1)」(『매일신문』, 1975.8.)를 발표해 이상현의 논의를 반박한다. 제목에서 나타나듯 이오덕은 동시의 난해성을 옹호하는 이상현의 동시론을 아동문학 작가가 아동을 기피하는 현상으로 규정한다. 이오덕은 성인들을 위한 "동심의 시적 교감 또는 감동"이 왜 어린이들에게는 해당하지 않는지 반문한다. 어린이들이 감동할 수 있는 동시는 성인들까지 감동할 수 있고 그것이 동시의 본질이지 따로 성인만을 위한 동시가 존재할 필요가 없다는 것이다. 이상현이 주장한 '동시의 기능 분화'란 실상 난해성을 옹호하기 위한 근거로 제시됐다는 점에서 이오덕의 지적은 적절하다.

이 논쟁에서 보다 의미 있게 주목해야 할 지점은 이상현이 난해성 문제를 어린이 독자의 측면에서 살펴본 견해이다. 모든 어린이 독자를 대상으로 할 경우 동시의 난해성이 문제될 수밖에 없다는 이상현의 논의에 대해 이오덕은 반론한다. 그것은 첫째, 어린이 독자의 감상 능력보다는 동시를 접할 수 있는 사회, 경제적 제반 여건과 교육 환경의 문제가 더 우선적이라는 것. 둘째, 보다 많은 아동이 읽을 수 있는 작품을 쓰겠다는 동시인의 창작 태도를 동시집 판매, 아동 독자 확보 여부로 혼동하고 있다는 것. 셋째, 글짓기 교육에 관한 예시가 부적절하다는 것이다.

이오덕의 첫 번째 반론은 그 자체로는 타당한 지적이고 산간 벽지 초등학교에서 교사 생활을 해온 그에게 있어 분명 절실한 실감으로 다가오는 부분이었을 것이다. 하지만 이는 어린이 개개인의 동시 이해와 수용, 감상 능력에 차이가 있다는 이상현의 논점에서 빗나가는 지적이다. 두 번째 반론 역시 이상현은 작가의 창작 태도를 논하고 있으므로 논점을 벗어나고 있다. 세 번째 반론은 글쓰기 교육과 문학 창작 교육에 대한 용어와 견해 차이로 발생한 것으로 생각되며 이 논쟁에서는 지엽적인 부분이다.

이상현 논점의 핵심은 성인과 마찬가지로 어린이들 역시 문학 감상 능력이 각자 다른데도 불구하고 동시는 모든 어린이들이 이해할 수 있게끔 창작돼야 한다고 하는 인식을 문제 삼은 것이었다. 감상 능력이 우수한 어린이들에게는 이해될 수 있는 동시가 감상 능력이 부족한 어린이들에게는 난해하다고 여겨질 수 있다. 따라서 감상 능력이 부족한 어린이들까지 포함한 모든 어린이들을 동시의 독자로 삼을 경우 난해성이 대두될 수밖에 없지 않느냐는 견해이다. 동시가 모든 어린이들의 이해와 감상을 구하려고 한다면 연령이 낮거나 감상 능력이 부족한 어린이들도 이해할 수 있을 정도로 평이하게 써야 하는데 이는 동시 창작의 다양성을 현격하게 제한한다고 생각하는 것이다.

이러한 견해는 물론 동시의 난해성을 변호하려는 의도로 인한 것이지만 동시 장르에서 어린이 독자와 '동심'을 어떻게 규정할 수 있는지 등 동시 장르의 근본 성격과 관련된 주요 논제임에도 불구하고 이오덕은 그 의도와 견해를 전면 부정한다. 모든 아동을 감동시킬 수 없는 작품은 아무리 특수한 아동이라 해도 감동시킬 수 없으며 그 특수한 아동은 이상현의 관념상 아동일 뿐이라고 한다. 또 시인의 온 정신으로, 즉 시정신으로 동시를 창작한다면 모든 어린이와 어른까지 감동시킬 수 있다고 한다. 그러나 이상현이 "(어린이 독자—필자 주) 대상이 얼마마한 양이든 그 양에 관계 없이 '아동 자체를 위한 시'의 정확한 개념 설정이 중요하다"[34]고 한 것에 대해 이오덕이 '아동 자체'가 대체 무엇인지 의문했듯이 실재하는 어린이 독자와 '동심', 동시의 관계에 대한 진전된 논의가 필요했던 것으로 보인다.

한편 이상현과 이오덕의 두 번째 논쟁은 이오덕이 농촌 어린이의 실

34 이오덕, 「아동문학 작가의 아동 기피(1)」, 『시정신과 유희정신』, 창작과비평사, 2003, 334쪽.

제 생활과 감정을 동시의 평가 기준으로 삼은 것을 이상현이 비판하면서 전개됐다. 이상현은 이오덕의 「진실과 허상」(『한국문학』 1975.5.)에 대한 반론으로 1975년 8월 8일 제5회 한국아동문학회 세미나에서 「네가티브적 시론을 추방한다」(『한국일보』 1975.8.12 요약 게재, 『한국문학』 1975.10.)를 발표한다. 그는 "시는 상상의 극적인 언어미학"임에도 불구하고 이오덕이 실감과 리얼리티라는 이유로 "물리적, 현상적 아동 생활만을 강요"하고 있다고 비판한다. 예를 들어 「진실과 허상」에서 이오덕은 어린이들이 구부러진 노송의 가지 끝에서 하모니카를 부는 것이 물리적으로 가능하냐고 지적하는데 이는 시 이전의 문제이고 작품의 본질과는 무관한 문제라는 것이다.[35] 이상현은 이오덕이 동시의 "물리적 활자"에 집착해 시인이 말하고자 하는 바는 외면한다고 말한다.

이에 대해 이오덕은 「아동문학 작가의 아동 기피(2)」(『매일신문』 1975.9.)를 발표하며 재반론을 편다. 「진실과 허상」에서 말한 대로 이른 봄에 뻐꾸기가 울고 여름 저녁에 오리온이 나오는, 있을 수 없는 일을 그럴 듯하게 아름답게만 창작하는 것은 부정직한 일이며 시 이전의 인간 문제라고 반박한다. 이오덕의 지적처럼 사물 현상에 대한 작가의 무지로 인해 객관적 사실에 어긋나게 창작된 작품을 단지 문학이라는 이유로 허용할 수는 없다. 객관적 사실과 지식을 왜곡하는 특별하고 필연적인 의도나 장치가 없을 경우 그러하다.

그러나 이는 실상 지엽적인 것이고 이오덕이 「진실과 허상」에서 제시한 동시론의 핵심은 농촌 어린이들이 실제 경험하고 느끼는 것 외에는 모두 허상이라고 비판한 데 있다. 예를 들어 박경용의 「익은 감 따서」[36]를 두고 이오덕은 아이들이 좋아하는 과일을 하늘에 던지려는

35 이상현, 「네가티브적 시론을 추방한다」, 『한국아동문학론』, 동화출판공사, 1976, 251~257쪽.

36 익은 감 따서는/하늘에 던지자.//잔잔한 호수에/물결이 퍼지듯//하늘 하나 가득히/맴을 돌

느낌이 과연 들겠는가, "감꽃을 고이 주워 목걸이를 만들던 아이들이 어떻게 곱게 익은 감을 따서 하늘에 던져 버릴 마음이 나겠는가?"라고 반문한다. 즉 그가 동시를 평가하는 기준, 진실과 허상을 분별하는 기준은 어린이의 실제 생각과 감정에 있다. 게다가 이는 '농촌=어린이들의 생활감정=진실' 대 '도시=어른의 상상=허상'이라는 이분법적 대립으로까지 확장된다.

이에 대해 이상현은 동시 역시 문학 작품으로 상상의 산물이고 현실과 다른 상상이 인정돼야 한다고 주장했다. 이오덕의 동시론에 대한 이상현의 반론은 여기에서 그쳤지만 더 진전된 논의로 나아갈 여지가 있어 보인다. 과연 농촌 어린이의 생활감정만으로 동시를 규정하고 이를 동시의 절대적인 평가 기준으로 삼을 수 있는지, 그럴 경우 동시가 문학으로서의 자율성을 제한받지는 않는지, 농촌 어린이의 생활감정으로 창작될 경우 모든 어린이와 어른을 감동시킬 수 있다고 보는 건 현실과 유리된 신념에 불과하지는 않은지에 대한 질문이 제기될 수 있을 것으로 생각된다.

(2) 이오덕과 박경용의 논쟁

이오덕과 이상현의 논쟁이 일단락 된 후 박경용은 이오덕의 동시 평론들에 대한 반론으로 「비리, 부정, 섬어(譫語) 기타」(『아동문학평론』, 1976. 가을)를 발표한다. 이에 이오덕은 「수공문학의 말로」(『아동문학평론』, 1976. 겨울)를 발표하며 재반론을 이어간다. 박경용의 반론은 이상현의 반론에 비해 이오덕의 모든 동시 평론을 다루며 보다 체계적이고 조직적인 구성으로 핵심 논점을 거론하고 있어서 이 논쟁은 현대 동시

면서//풀밭에 누워 있는/내가 어지러웁게//익은 감 따서는/하늘에 던지자.(박경용, 「익은 감 따서」 전문)

론에 시사하는 바가 크다.

그러나 이오덕과 박경용의 논쟁은 "전개 과정의 종반전에 이르러 실망에 가까운 혐오감을 자아내도록 빗나"[37]갔다고 평가될 정도로 이오덕과 이상현의 논쟁에 비해 더욱 감정적인 대립이 격화됐다. 특히 이오덕은 박경용에 대해 "머리가 돈 사람", "정신병자의 헛소리가 아니면 역사에 남을 범죄적 언론", "그가 다시 아동문학자로 살아날 길은 종교적 의미의 중생(重生)이 있어야 가능할 것이다" 등 인격 모독적인 언사들까지 서슴치 않는다. 이러한 감정 대립은 이오덕과 박경용이 소속됐던 한국아동문학가협회가 내홍 상태였을 뿐 아니라 이오덕이 협회지 『동시, 그 시론과 문제성』(1975)에 게재한 「표절동시론」이 법적 분쟁으로까지 이를 뻔한 상황에서 재차 「모작동시론」(1976년 3월부터 『영남일보』에 총 7회 게재)을 발표하면서 협회의 입장이 난처해진 일련의 사건과 관련된다. 이러한 사건들은 문단 내외의 이목을 끌었지만 정작 이오덕과 박경용이 논쟁한 동시론의 내용은 면밀히 고찰되지 못했다. 여기서는 논쟁 과정의 감정 대립은 배제하고 동시론의 핵심 논점을 중심으로 동시론을 분석하고 구성해 보도록 하겠다.

박경용의 「비리, 부정, 섬어(譫語) 기타」는 緖, 1. 감정(情實)에 치우친 비리 2. 「발견」 아닌 「추인」 3. 코뚜레 없는 소 4. 부정적 안목 5. 이념의 노예 6. 획일적 도식주의, 結의 총 여덟 장으로 구성되어 있다. 1-4장은 이오덕이 동시 평론을 발표한 순서에 따라 평론을 하나씩 비판하는데 각각 1장-「시정신과 유희정신」, 2장-「동시란 무엇인가」, 3장-「진실과 허상」, 4장-「부정의 동시」를 비판하고 있으며 5장은 「아동문학의 전통성과 서민성」에 대한 반론이다. 이후 이오덕 역시 박경용의 글의 구조와 똑같은 형식으로 재반론을 제시한다.

37 유경환, 『한국현대동시론』, 배영사, 1979, 85쪽.

1장은 동시의 문학적 평가와 관련된 것이다. 박경용은 이오덕이 윤석중과 같은 뛰어난 동시인을 평가 절하하고 오직 이원수만이 유일한 동시인인 양 고평하고 있다고 말한다. 이에 대해 이오덕은 이원수의 동시가 "민족과 아동의 현실에 밀접해 있는 감동의 문학"임에도 제대로 평가받은 적이 없기에 그 가치를 강조한 것뿐이라고 대응한다. 또 "동시에서 감동보다 「영롱한 말」에 더 관심이 가 있는 것이 바로 동시의 수용자인 아동을 떠난 성인(시인) 중심의 오락적 동시관이요, 형식치중의 기교주의 동시관"[38]이라며 윤석중의 동시를 동심주의 시각에서 재차 비판한다.

2장은 동시와 아동시를 구분하는 개념과 '아동시'라는 용어를 서로 먼저 사용했다고 주장하는 시초 논쟁이나 이는 동시론에 있어 특별한 시사점을 갖지 못한다고 생각된다.

3장은 이상현이 「네가티브적 시론을 추방한다」에서 이미 언급한 바 있는 동시의 현실 재현 문제다. 박경용은 "모든 문학은 시인, 작가의 상상의 소산"임에도 불구하고 이오덕이 이러한 상상을 모두 허상으로 규정한다고 비판한다. 그는 동시가 아동의 생활감정에 뿌리내려야 하고 사실적이어야 한다는 이오덕의 주장이 "그 밖에 모든 문학적 요소, 속성, 향기는 무가치한 것이며, 아동의 미적 충동과 예술의 심미적 본질 따위는 허영과 사치, 작가의 자기만족쯤으로 치부하려 드는 것"[39]이라고 본다. 그러나 이오덕은 "동시가 아동의 생활감정에 뿌리를 내려야 한다'고 말한 것은 물론"이지만 "'사실적(寫實的)이어야 한다'고 말한 일은 없다"[40]고 밝힌다.

4장은 박경용을 포함해 1960년대 동시를 비판하는 이오덕의 「부정

38 이오덕, 「수공문학의 말로」, 『아동문학평론』, 1976 겨울, 53쪽.
39 박경용, 「비리, 부정, 섬어(譫語) 기타」, 『아동문학평론』, 1976 가을, 81쪽.
40 이오덕, 위의 글, 60쪽.

의 동시」에 대한 반론이므로 좀 더 상세한 의견이 제시된다. 그는 먼저 60년대 동시가 "'동시를 시로 승화시키기 위한 자각적 노력', 또는 '동시를 시의 차원에 접근시키기 위한 의도적 작업'"으로서의 성과를 지녔다고 강조한다. 이 과정에서 동시의 효용적 측면에 대해서는 소홀할 수밖에 없었고 난해성의 문제점을 수반하지 않을 도리가 없었다는 것이다. 이것은 "국부적 시행착오"와 "시기적 특수성"인데 이오덕은 60년대 동시의 시사적 성과를 전면 부정한다고 주장한다. 이의 반론으로 이오덕은 60년대 동시가 "감각의 말재주"에 불과하며 "아동에게 읽히지 않는 동시, 아무 감동도 없는 동시"이고 "'시로 끌어올려 세우'기 이전의 동요보다 후퇴했으면 했지 전진이라고 볼 수 없다"[41]고 재확인한다.

5장에서 박경용은 이오덕이 정의하는 서민성이란 "소비생활을 주로 하는 사람들이 아니라 생산활동에 종사하는 사람으로서 생각하고 느끼고 행동하는 세계"[42]이므로 이오덕의 서민문학은 곧 프롤레타리아 문학이라고 규정한다. 반면 이오덕은 노동자, 농민뿐 아니라 상인, 은행원, 교원, 기자, 공무원도 모두 '일하는 사람'이라며 프롤레타리아 문학으로 규정하는 것이 부당하다고 항변한다.

6장은 이오덕의 평론 전반의 특성을 규정하고 이를 비판한다. 박경용은 이오덕 평론의 특성에 대해 "서민문학을 주축으로 한 아동지상주의로 요약된다. 이를테면 서민문학은 그의 문학적 목적이요, 아동지상주의는 그 목적을 실현하기 위한 수단이다"[43]라고 보았다. 아래의 인용은 이오덕 평론에 대한 그의 견해가 집약되어 있다.

41 이오덕, 위의 글, 61쪽.
42 박경용, 위의 글, 84쪽.
43 같은 글, 84쪽.

문학은 예술이 아니어도 좋다고 그는 생각한다. 생활하는 아동—이 경우의 '생활'은 '서민아동'의 '일하는 생활'이다—이 그려져 있기만 하면 되고, 불행한 아동이 노래되기만 하면 그만이라는 것이다. 그렇게 되어 있지 않은 동시, 동화는 모두 천사주의적, 동심주의적 발상에서 얻어진 귀족적인 안일과 사치인 것이며, 나아가서는 유희적 정신에 바탕을 둔 말장난이요, 귀족 아동이나 즐길 허황한 얘기라는 것이다. 아무 쓸모가 없는 문학이라는 것이다.

이 지나친 그의 문학적 프레그마티즘 사상도 '목적문학'(프롤레타리아 문학)을 추구하는 그의 서민의식에 관련시켜 구명되어야 할 성질의 것이지만, 문제는 그것을 도식화하여 작품 평가의 척도로 삼는다는데 있다.[44]

이오덕과 이상현, 박경용의 논쟁을 살펴본바, 이들은 논쟁 과정에서 상대 의견에 대한 부정과 대립, 자기 변호에 급급했고 발전된 논의를 이어가지 못한 것으로 생각된다. 특히 논쟁을 유발시킨 이상현과 박경용의 평론은 이오덕의 평론에 대한 적절한 반론이었으므로 이 논쟁을 보다 진전시키기 위해서는 이오덕의 적실한 재반론이 요구됐는데 여기까지 나아가지 못했다.

논쟁에서 재확인되듯 '본격동시' 담론과 이오덕 동시론에서 가장 중요한 지점은 동시를 규정하는 '어린이'가 실제의 어린이인지, 어린이의 '동심'인지, 이러한 차이에 입각해 실제 작품을 어떻게 평가할 것인지에 대한 문제였다.

따라서 박경용이 이오덕의 동심주의 비판과 관련해 "회고적, 감상적, 유아적—한마디로 퇴영적인 동심주의가 지탄 받아야 마땅할 따름이지, 어째서 건전한 동심주의마저 지탄받아야 하는 것일까"[45]라고 반문한 것에 대해 더 심도 있는 논의가 있어야 했던 것으로 보인다. 이오덕은 "동

---

44 같은 글, 85쪽.
45 같은 글, 86쪽.

심이란 것을 작가나 시인마다 얼마만큼씩 다르게 알고 있고, 또 동심이 무엇인가라는 문제는 우리가 앞으로 탐구해야 할 과제"[46]라고 말하기는 했지만 논의를 더 진전시키지는 못했다. 현실의 어린이를 아동문학의 규범으로 삼고 동심주의에 대항하는 데 치중하면서 동심에 대한 근본적인 논의로 나아가지 못했다. 이오덕이 비판했듯 1960년대 동시의 창작 실험은 성공적이라고 보기 힘들지만 그들이 주창한 동시론만큼은 충분히 논의할 가치가 있었고 새로운 동시론을 모색하는 가운데 창작을 견인할 수 있었음에도 그러했다.

이오덕이 '동심'에서 유아의 동심을 제외시킨 것은 박경용이 박목월을 비판하며 동심에 대한 문제 제기를 했던 것과도 연관된다. 이오덕은 윤석중 동요와 그 아류들의 유아적 발상과 형식으로 어린이시가 창작되지 않아야 한다는 의도에서 유아적인 동심, 즉 동심천사주의를 비판했다. 박경용 또한 윤석중에 대해 "초현실적 작가"[47]라고 하며 현실과 유리된 어린이를 노래한 것을 지적한 바 있다. 박경용이 박목월의 '어린이 마음'을 비판한 것[48] 또한 실제 어린이에 매여 창작이 제한받지 않아야 한다는 의도였으므로 동심에 대한 문제의식을 지닌다는 점에서는 동일하다고 할 수 있다. 즉, 둘 다 기존의 동요, 동시가 지나치게 유아적인 동심에 갇혀 창작됐다고 비판하는 점에서는 같다. 이오덕이 어린 연령의 동심을 동심천사주의라고 비판하며 극복하려고 했다면 박경용은 그보다 좀 더 높은 연령의 동심까지도 그 한계를 벗어

46 이오덕, 「수공문학의 말로」, 『아동문학평론』, 1976 겨울, 66쪽.

47 "석중은 한 마디로 초현실적 작가다. 그의 작가로서의 자세가 확립되던 초기와 중기의 전반이 민족적 비운에 빠져 있던 때인 만큼 그런 상황에서 얻어진 현실도피의식에 기인한 것은 아닐까? 아니면, 그런 기상도(氣象圖)에서 어린이만은 정신적으로나마 해방시켜야 하겠다는 하나의 열망에서 빚어진 의식적 몸부림이었을까? 어쨌든 그의 작품들은 한결같이 현실과는 거리가 먼 꿈 같은 세계가 지배적이다."(박경용, 「윤석중론」, 『아동문학』 15집, 61쪽.) 김제곤, 「윤석중 연구」, 인하대 박사논문, 2013, 165쪽에서 재인용.

48 박경용, 「童詩적 童詩와 非童詩的 童詩—박목월씨께 묻는다」, 『문학춘추』, 1966.7.

나고자 했던 것으로 볼 수 있다. 이오덕이 자신이 비판하는 동심천사주의와 자신의 '동심주의'를 보다 객관적인 시각으로 바라보고, 본격동시운동의 동시론이 어린이 존재를 소외시키지 않았다면 새로운 동시론의 모색이 가능했을 것으로 생각된다.

작품 평가에 있어서도 이오덕은 박경용의 지적처럼 윤석중의 동시나 1960년대 동시의 문학적 의의와 한계를 균형 있게 파악하지 않고 그에 대항하는 시각으로 일관한 것이 사실이다. 또 현실 재현 문제와 관련해 박경용이 비판한바, 동시가 어린이 독자의 경험과 생활 감정을 과연 있는 그대로 재현해야만 하는지, 그렇지 않으면 동심주의에 기반한 성인 작가의 유희일 뿐인지에 대해 적절한 대답이 있어야 했던 것으로 보인다.

더구나 이오덕이 문학 형식이나 언어 탐구를 모두 '기교주의'로 비판한 점은 이전 동요와 동시의 병폐에 대한 대항이었다는 점을 충분히 감안한다고 하더라도 자신의 동시론에 입각한 동시의 문학성에 대한 탐구가 더욱 필요했던 부분으로 여겨진다. 이오덕 또한 "동시는 먼저 시가 되어야 하고, 그 위에 다시 동시로 되어야 한다"[49]고 언급한 바 있다. 그러나 이는 일반적인 차원을 단편적으로 언급한 문장에 불과할 뿐 동시의 시적 자질에 대한 진전된 탐구는 전개되지 않았다.

3) '본격동시' 담론과 이오덕의 동시론 비교

이상현, 박경용의 '본격동시' 담론과 이오덕의 동시론은 논쟁에서 드러난 것처럼 문학관, 동시관에 상당한 차이를 지니고 있다. 이 차이는 지금까지 규정되어 온 것처럼 단지 순수주의 대 현실주의 문학론

49 이오덕, 「동시란 무엇인가」, 『시정신과 유희정신』, 창작과비평사, 2003, 230쪽.

으로 수렴될 수만은 없다. 두 동시론은 보다 근본적으로 아동문학의 장르 규범과 관련된 작가와 독자, 문학과 교육, 시창작론과 시교육론의 대립으로 볼 수 있다.

동시의 '난해성' 논쟁은 이를 가장 첨예하게 드러내는 논점이다. 이상현과 박경용은 작가를 우선하는 입장에서 설령 어린이 독자의 이해와 감상을 얻지 못한다고 하더라도 자유로운 창작이 제한되거나 구속받지 않아야 한다고 보았다. 반면 이오덕은 이러한 의견을 "아동의 마음을 조금도 움직일 수 없는 작품을 문학과 예술의 이름으로 옹호하고 있는데다가, 공공연하게 아동이란 존재를 멸시 혐오하고 기피하는 이론"[50]으로 보고 자신은 "아이들 편에 설 것"이라는 입장을 재확인한다. 독자인 어린이들이 이해하고 감동할 수 없는 동시는 아무런 소용이 없다는 생각이다.

동시의 현실 재현 문제에 있어서도 이상현과 박경용은 동시가 어른 작가의 상상을 기반으로 창작되는 문학이라고 보고 문학적 허용의 범주를 더 넓게 두었다. 그러나 이오덕은 실재하는 어린이 독자를 동시의 규범으로 삼고 농촌 아동의 생활 현실이나 감정에 조금이라도 어긋나는 동시는 진실하지 못하며 어른 작가가 꾸며낸 허상일 뿐이라고 한다.

각각 작가와 독자를 우선시하는 데서 발생한 이러한 시각 차이는 작품에 대한 실제 비평에서 더욱 격렬하게 대립됐다. 윤석중의 동시와 1960년대 동시에 대한 평가의 차이는 각 작품의 완성도에 앞서 작가의 언어 형식 탐구와 어린이 독자의 감상과 이해 중 무엇을 우선시하고 중시할 것인지에 대한 근본적인 문학관의 차이에서 비롯됐다고 볼 수 있다.

---

50 이오덕, 「아동문학 작가의 아동 기피(2)」, 『시정신과 유희정신』, 창작과비평사, 2003, 347쪽.

이렇듯 두 동시론은 서로 선불리 타협될 수 없는 문학관과 아동관의 차이를 지니고 있다. 이는 일찍이 박목월이 작가 중심의 동시론을, 이원수가 독자 중심의 동시론을 주창한 바가[51] 박경용 등의 '본격동시' 담론과 이오덕의 동시론으로 이어진 것으로 볼 수 있다. 그러나 작가 중심과 독자 중심으로 대립되는 이러한 구도는 박경용과 이오덕에 와서 더욱 그 간극이 벌어진 것으로 여겨진다.

박경용의 경우 동시인 동인회의 누구보다도 시인으로서의 자의식이 확고했고 이오덕이나 교단 작가에 대한 반감 또한 컸다. 이오덕의 논의를 두고 "아동지상주의를 내걸고 아동문학 작품을 문학 이전의 '글짓기 작품'으로 저울질하려는 그 무지"라고 비판했으며 교단 작가들에 대해서도 "작가는 천부적이어야 한다는 전제 아래 작가와 교직은 엄연히 구별되어야 하고 그들이 교사이기 전에 작가여야 한다는 점에서 그들의 안일한 작가적 자세만은 아동문학의 장래를 위해 하루속히 시정되어야"[52]한다고 강조했다.

한편 이오덕 역시 어린이 독자의 생활 감정을 작품의 절대적 평가 기준으로 삼으며 독자 중심의 동시론으로 치닫는다. 이는 교사였던 이오덕이 일본 생활작문운동의 직접적인 영향 아래 아동시론과 동시론을 전개했기 때문으로 보인다. 박경용은 이오덕의 평론에 대해 "서민문학을 주축으로 한 아동지상주의"며 "서민문학은 그의 문학적 목적이요, 아동지상주의는 그 목적을 실현하기 위한 수단"이라고 규정한 바 있지만 사실 그 반대로 보는 게 타당하다. 즉, 어린이 독자가 문학의 목적이며 서민문학론은 그 방법인 것이다.

이렇듯 각각 작가와 독자를 중시하는 문학관에 기초해 이들은 서로

51 졸고, 「이원수와 박목월의 동시론 비교 연구」, 『아동청소년문학연구』 2011, 165~189쪽.
52 박경용, 「오늘의 아동문학」, 『한국일보』, 1976.5.1.

다른 동시론을 전개하며 대립했다. 그런데 작가를 중시한 박목월이 1960년대 동시에 대해 "동시가 버려지고 있다"[53]며 동시의 난해성을 비판한 데 반해 오히려 독자를 중시한 이원수가 본격동시운동의 문학적 시도를 의미있게 평가한 바 있듯 이들 역시 서로 다른 시각에도 불구하고 서로 논의를 더욱 진전시킬 여지가 있던 것으로 보인다.

두 동시론이 논의 자체에 집중하고 논의를 심화시키지 못한 까닭은 아동문학 단체의 분열 등 당시 아동문단 장의 환경과 아울러 일반 문학의 순수주의와 현실주의 대립 관계 또한 영향을 미쳤기 때문으로 생각된다. 이오덕의 동시론에 대해 이상현은 "동시의 본질이 '정치사상적 강연장'에 있지 않다"고 우회적으로 비판했으며 박경용 또한 "'목적문학'(프롤레타리아 문학)을 추구하는 그의 서민의식에 관련시켜 구명되어야 할 성질의 것"[54]이라고 평가했다. 이러한 평가에 대해 이오덕은 자신의 동시론에서 사실성(寫實性)을 강조한 바 없으며 프롤레타리아 문학론으로 보는 것 또한 부당하다고 적극 항변하고 있다. 동시 장르 규범으로서의 어린이, 동심, 언어 형식, 난해성 등을 논하는 저변에는 상대를 순수 혹은 현실주의 문학론으로 바라보는 시각이 자리했던 것이다.

즉 이들 동시론은 각각 작자와 독자를 중시하는 시각과 아울러 당시 문학을 규정하던 순수주의와 현실주의의 구도와 그로 파생된 문단의 상황 또한 중첩됐다고 할 수 있다. 그러나 순수주의 대 현실주의의 구도는 피상적이고 도식적인 차원이었을 뿐 두 동시론을 구성하고 구분하는 핵심은 작가 대 독자, 문학 대 교육, 시창작론 대 시교육론의 구

53 유경환은 박목월이 "길에서나 다방에선 늘 '동시가 버려지고 있다'고 걱정을 하였다"고 전한다.(유경환, 「내가 아는 박목월」, 『순한 눈망울을 스쳐간 인연들의 회상록』, 목월문학포럼 엮음, 국학자료원, 2008, 112~113쪽.)
54 같은 글, 85쪽.

도라고 생각된다.

이는 동시를 포함한 아동문학 장르 규범의 특수성으로 생각해 볼 수도 있다. 프랑크푸르크 대학 독어독문학부 아동청소년문학 담당 교수인 한스 하이노 에버스(Hans-Hieno Ewers)는 아동청소년문학의 기본 규범들을 교훈문학인 아동청소년문학, 아동청소년에게 적합한 아동청소년문학, 문학의 완벽한 표현 형태인 아동청소년문학, 민중시문학의 재탄생인 아동청소년문학으로 분류했다.

이러한 이론에 따르면 '본격동시'의 담론은 '문학의 완벽한 표현 형태인 아동청소년문학'의 규범에 속한다. "이 규범은 아동청소년문학이 그 문학이 속하는 시대의 시대적 문체 형식과 창작 방식을 사용하리라는 기대, 즉 가능한 한 당대의 지배적인 미학적 원칙과 (고급)문학의 관계를 폭넓게 존중할 것이라는 기대를 담고 있다. 말하자면 아동청소년문학은 (고급)문학의 각 개념에 상응해야 하고 이런 의미에서 완벽한 문학임이 입증되어야 한다. 이는 기호 이론적으로 말해서 아동청소년문학의 의사소통이 전달 내용을 코드화시키기 위해 독자적인 문학 상징체계를 쓸 것이 아니라 당대의 (고급)문학의 상징체계를 써야 한다는 것이다"[55] '본격동시' 담론이 작가의식을 기반으로 '동시도 시'라는 주장을 핵심 명제로 내세운 것은 바로 이러한 규범과 상통한다.

한편 이오덕의 동시론은 '아동청소년에게 적합한 아동청소년문학'의 규범을 강조했다고 여겨진다. "이 규범에 따르면 아동청소년문학이 전달하는 내용은 아동청소년 수용자에게 적합해야 한다. (……) 전달 내용을 만들 때 아동청소년 수용자 각각의 언어구사능력, 지적능력, 이해력, 일반 상식의 수준, 풍부한 경험 그리고 마지막으로 그들의

55 한스 하이노 에버스, 김정회 외 역, 『아동청소년문학의 서』, 유로, 2008, 253쪽.

문학 해석 능력이 고려될 수 있다. 특히 아동청소년의 특별한 관심거리와 마찬가지로 그들이 선호하는 것들도 고려될 수 있다."[56] 이오덕의 농촌 어린이의 생활 감정이란 기준으로 어린이 독자의 경험과 인식에 따른 작품 이해와 수용을 중시한 것은 바로 이러한 규범에 속한다고 볼 수 있다. 즉, 두 동시론은 순수주의 대 현실주의의 구도 외에도 작가 대 독자의 구도 그리고 더 나아가 아동청소년문학의 장르 규범 등 보다 다양한 시각으로 해석될 수 있다.

2. '본격동시' 담론의 문학사적 의의

본격동시운동을 뒷받침한 시론의 가장 핵심적인 명제는 "동시도 시다"라는 것이었다. 동시인 동인회 시인들은 시인이라는 명확한 자의식으로 이러한 명제 아래 동시의 문학성을 강조했다. 그들은 동시가 일반 시와 별개의 것이 아니라 시와 동일한 문학적 특성을 갖는다는 점을 적극 알렸다. 이러한 의도 아래 그들은 동시를 '어린이를 위한 시'로 명명하고 '동시'와 '아동시'의 개념을 분리해서 사용했다. 또 동요와 동시를 엄밀히 구별하고 이미지를 비롯한 자유로운 표현 기법을 사용할 것을 강조했다. 그들은 동시가 어린이의 생활이나 동심을 있는 그대로 반영할 것이 아니라 어린이가 스스로 인식하지 못했던 내면 세계를 일깨워 감동을 주어야 한다고 생각했다.

"동시도 시다"라는 명제는 이들의 동시론에서 처음으로 명확하게 규정됐다. 동시는 어른 전문 작가가 창작하는 시 장르의 성격을 지닌다고 규정됨으로써 비로소 아마추어 작가들의 가요 가사나 아동시와

56 같은 책, 251쪽.

는 분리되어 독립된 문학 제도로서의 성격을 부여받게 됐다. 박목월의 동시론은 동시의 작가를 실제의 어린이에서 성인의 동심으로 규정하며 그러한 전환의 계기를 마련해 놓았지만 동시에서 어린이 창작을 완전히 분리해내지는 못했다. 이들의 동시론은 동시가 문학 제도로서 성립될 수 있는 기반을 마련했다는 점에서 문학사적 의의를 평가할 수 있다.

다음으로 이들의 동시론은 동심주의를 타파할 여지를 모색했으며 동시의 다양한 형식 실험을 권장했다는 점 또한 의미가 있다. 종래의 동요와 동시는 그들의 비판처럼 어린이의 생활과 감정의 틀에서 제한된 형식으로 창작됐던 것이 일정 정도 부인할 수 없는 사실이다. 그리고 이는 한국 아동문학을 지배하는 통념인 동심주의로 나타나기도 했다. 어린이의 현실을 도외시하고 어린이의 동심을 순수하고 무구하게만 파악해 결국 작가의 자기만족적, 자기도취적 경향으로 창작되는 작품이 많았던 것이다.[57] 이오덕이 지적한 대로 본격동시운동과 관련된 1960년대의 작품들은 일정 정도 동심주의의 한계를 지닌 것이 사실이다. 그러나 창작 경향과는 달리 그들의 동시론만큼은 어린이의 동심에서 탈피하고자 한 점에서 동심주의 극복의 가능성을 열어놓은 것이었다.

이원수가 본격동시운동을 호평한 것은 이들이 이렇듯 다양한 창작 실천으로 동시의 문학성을 추구했으며 이것이 기존 동심주의 동시의 한계에서 벗어나고자 하는 새로운 모색이 될 수 있다고 보았기 때문이었다. 이원수는 『해방문학 20년』(정음사, 1966)의 「아동문학」 장에서 1960년부터 당시에 이르는 상황을 다음과 같이 정리한다.

> 이 시기에 있어 가장 반가운 것은 우수한 신인들의 활동이었다. 각 신문의

57 원종찬, 「한국 아동문학의 어제와 오늘」, 『아동문학과 비평정신』, 창비, 2001, 16~17쪽.

신춘문예 당선작가들을 주로 한 신인들이 과거의 침체된 아동문학에서의 실망감을 차 던지고, 진지한 태도로 활동하기 시작한 것이다.

그 가장 중요한 목표로는 아동문학이 곧잘 빠져 들어가기 쉬운 구멍이라고 할 수 있는 문학성이 희박한 교훈적 독물로서의 동화소설이나, 창가가사로서의 시를 용감히 무시하고, 문학 본연의 궤도에 서는 일이었다.

이러한 현상은 특히 시인들의 편에서 뚜렷이 나타났으니, 동요의 부패상-상업적인 유행가사나 유희적인 노래, 진부한 무내용의 영탄 등을 물리치고 깊은 사색이나 절실한 감정의 시를 쓰는 것으로 그 자세를 바로잡기 시작했다.

동시가 유아의 완구적인 재미로운 것으로 머물거나 창가 목적의 가사나 어린이들의 재롱을 보는 취미에서의 소묘에 그치거나 하는 것으로서는 시의 구실을 할 수 없는 것인데도 불구하고, 동시인들 중에 그러한 질곡에서 오래 벗어나지 못하고, 도리어 그것이 동시의 본질인 듯이 생각하는 이조차 있었던 것이다.

여기서 몸부림친 젊은 동시인들은 아동의 내면세계를 더듬어 심오한 것을 찾으려 하고, 혹은 형식상의 변화를 가지며, 혹은 난해한 동시를 쓰는 등으로 동시계의 이색적인 경향을 농후하게 하였다.[58]

이원수는 동시의 난해성을 주제로 한 합평회에서도 동시를 아동의 입장에서 평가해야 한다며 난해성을 무조건 반박하는 주장을 비판했다.[59] 또 박경용의 첫 시집 『어른에겐 어려운 시』를 매우 긍정적으로

---

58 이원수, 「아동문학」, 『해방문학 20년』, 정음사, 1966.

59 "누구나 동시를 쓸 때에는 아동의 심정에서 쓰거나, 아동을 위해서 쓰거나, 때묻지 않은 천진한 심경에서 느꼈을 때 쓰거나, 아무튼 아동과 연결될 수 있는 마음에서 쓰는 것입니다. 그것을 다시 아동의 입장에서 재평가한다는 것은 시인이 할 일이 아닙니다. 독자인 아동은 그들대로의 평가를 하는 것이요, 그들의 평가를 시인이 대신하지 않아도 시인은 시인대로의 입장에서 쓰는 것으로 족하다고 봅니다. '아동의 입장에서'라는 것이 만일 문학성보다 교육성(?)을 중시해야 한다는 의미라면 교훈적인 독물과 문학을 혼동하는 것이 되겠고 따라서

평가한 바 있다.[60] 이오덕과 달리 이원수는 '본격동시'와 '본격동시' 담론을 전면적으로 비판한 바 없으며 오히려 새로운 시도로 그 의의를 인정했다.

또한 '본격동시' 담론은 해방 후 아동문학을 문학 제도화하는데 이바지한 담론으로 종래의 아동문학 장르 규범과는 다른 규범을 제시했다는 점에서 의의를 지닌다. 한국 아동문학은 1910년대 태동기부터 여러 양상을 지녔음에도 불구하고 교훈을 목적으로 하는 문학이라는 점에서는 크게 다르지 않았다. 아동문학의 중심 과제는 아동들에게 지식과 가치를 전달하는 것이었고 아동문학은 독서 교육과 문학 교육을 위해 이용됐다. 아동들에게 전달하려는 지식과 가치가 아동관과 세계관에 따라 각기 다르고 작품의 양태 또한 달랐다고 하더라도 교훈을 목적으로 한다는 점에서는 동일했다. 이에 반해 '본격동시' 담론은 어린이 독자에게 교훈을 주려는 의도를 배제한 채 일반 문학과 동일한 예술로서의 아동문학을 성취하는 것을 목적으로 했다.

그러나 '본격동시' 담론은 "동시도 시다"라는 명제에 함몰되어 일반 시와 구분되는 동시만의 미학적 자질이나 장르적 특성에 대한 논의까지 나아가지는 못했다. 이는 이론과 창작 성과의 괴리로까지 이어

시나 소설과는 딴 이야기일 것입니다"(이원수, 「동시를 말함」, 『아동문학』 9집, 1964.7. 71쪽.)

60 "우리나라 동시단은 과거에도 많은 시집을 보게 해 주었지만 이 시집만큼 문제를 제기해주는 것은 드물었다. 그것은 한국 동시의 짧은 성장기를 대부분 아동의 가요를 위한 정형시·동요로 보낸 과거를 생각할 때, 또 아동에게 쉬운 노래를 들려주는 철저한 노파심 때문에 깊이 있는 마음의 시를 쓰지 않는 동시인이 많은 이 땅에서의 작품을 생각할 때 박경용씨의 동시집은 누구에게도 거리낌 없이 동시라는 것의 본질적 세계에 자리잡고 있음이 확실하다. 미처 표현하지는 못한다고 하더라도 이해나 감득에 있어서는 어른에게 질 바 없는 아동들을 위해 진정한 시는 동요·노래하는 시에 그쳐서는 안됨은 두말할 나위도 없다. 박경용씨의 시가 그 넓고 맑은 시심을 구슬처럼 담고 있음은 반갑기 그지없는 일이요, 한편 한편에서 느껴져 오는 시의 세계가 귀하기 이를 데 없다."(이원수, 「박경용 동시집 〈어른에겐 어려운 시〉」, 『경향신문』, 1970.11.19, 5면.)

진다. '본격동시' 담론을 주창한 이들은 자신들의 작품에 대해 "얻은 건 시요, 잃은 건 독자"라며 문학성을 높게 평가하고 이러한 창작 경향을 후대에까지 양산시켰지만 이들의 동시는 동시로서도 시로서도 문학적 성취를 거두었다고 보기 힘들다. 이론과 창작 성취가 괴리되는 가운데 '본격동시' 담론은 문학적 성취를 이루지 못한 작품들을 줄곧 인정하고 양산하는 기능을 담당하는 이론으로 전락했다.

한편 '본격동시' 담론이 종래의 창작 경향에 반발하며 오직 일반 시의 문학성만을 발견하고자 하는 과정에서 한국 아동문학사의 전통인 동요 운동과 동요의 미학이 모조리 부정되고 폐기되어 버린 점도 문제적이다. 그러나 동요는 율격, 대구, 대조 등의 언어 형식이 이루어내는 아동문학 운문장르로서의 독자적인 미학을 지니고 있으며 1920년대 소년운동에 의해 형성, 발전됐던 만큼 단지 동심주의로 폄하해서는 안 되고 한국 아동문학의 특성으로 문학적 계승이 필요한 부분이 있었다.

'본격동시' 담론이 "동시도 시가 되어야 한다"는 인식의 전환을 이루어내어 기계적이고 타성에 젖은 당시 동시의 창작 행태에 경종을 울리고 갱신을 모색한 점은 의미 있게 평가돼야 할 것이다. 그러나 이후 '본격동시' 담론이 이론과 창작 실천 양쪽 모두에서 진전을 이루어내지 못했음에도 불구하고 순수주의 아동문학론으로 담론화, 제도화되며 기존의 이론과 창작의 한계를 오랜 기간 반복한 점은 비판적으로 고찰해야 할 지점이다.

제5장

결론

이 논문에서는 1960-70년대에 '본격동시'와 관련한 담론들이 생성되고 순수주의 아동문학론으로 안착되는 과정을 살펴봄으로써 한국현대 동시론이 순수주의 대 참여주의의 이분법적 구도에서 벗어나 새로운 동시론을 모색할 수 있는 토대를 마련해 보고자 했다.

이를 위해 먼저 이 논문에서는 '본격동시운동'을 일으켰다고 평가받는 '동시인' 동인회의 실제를 인적 구성, 지향, 활동 등의 면에서 밝혀 보았다. 그 결과 '동시인' 동인회는 집단적, 운동적, 이념적 차원으로 '본격동시운동'을 주창한 바 없으며 단지 공식적인 문학 제도를 통해 등단한 시인이라는 자의식으로 동시의 문학성을 중시했음을 알 수 있었다.

이어 '동시인' 동인인 박경용, 유경환의 동시 비평을 묶어 하나의 일관된 동시론으로 구성하면서 이들의 동시론이 기존 동시론과 변별되는 지점을 살펴보았다. 이들은 '동시도 시다'라는 명제 아래 동시에서의 문학성을 추구하면서 어린이의 '동심'에 얽매일 필요 없이 어른 작가가 자유롭게 실험적으로 동시를 창작하면 된다고 주장했다. 이러한 동시론은 시인이라는 강한 자의식을 바탕으로 창작 주체인 작가를 우선시하는 시각에서 발생했다. 또한 이는 교육 제도와 분리된, 독립적인 문학 제도로서의 아동문학을 추구했던 당시 상황과도 관련된다.

문학 제도에 대한 열망 속에서 작가를 중시했던 이들의 동시론은 이후 이재철의 '본격동시' 규정으로 인해 순수문학의 동시론으로 자리잡게 된다. 이재철은 조연현의 문학사와 문학이론의 영향 아래 '본격문학'론을 펼치며 아동문학에서의 순수문학론을 이론화했고 '본격동시'는 이의 일환이었다. 이재철의 연구뿐 아니라 비평 등 문단 장에서 역시 이들의 동시와 동시론은 순수문학의 자장 안으로 포섭되었다.

1970년대 박경용, 이상현과 이오덕의 동시 논쟁은 바로 그러한 과정 속에서 일어났다. 하지만 이 논쟁을 면밀히 분석해 본 결과 이들의 동시론은 여전히 순수주의 대 참여주의로 수렴될 수만은 없는 지점이 있었다. 두 동시론은 각각 어른 작가와 어린이 독자를 중시하는 문학론의 차이를 지녔다. 이는 각각 아동문학 규범의 다양한 유형의 하나로 해석할 수 있으며 아동문학 장르 고유의 특성을 기반으로 한다고 볼 수 있다.

박경용, 유경환의 동시론이 아동문학의 문학 제도화를 열망하는 작가 중심의 동시론이라는 사실은 당시 문단과 담론 상황, '동시인' 동인회의 성격과 지향, 시론의 분석 등으로 논구할 수 있었다. 이들의 동시론은 앞으로 순수주의 아동문학론의 자장에서 벗어나 이오덕의 동시론과 현재적으로 대화하는 가운데 새로운 동시론을 모색할 수 있는 토대가 되어야 할 것이다.

이 논문에서는 '본격동시' 담론이라는 연구 주제를 중심으로 논의했지만 실제 서술 과정에서 때로 주제를 향한 초점이 흐트러지기도 했다. 박목월, 이오덕의 동시론을 '본격동시' 담론과의 관련 속에서 초점화해야 했지만 이들 동시론에 관한 부분만으로도 최대한 독립성을 지니게끔 서술했다. 이러한 서술상의 문제는 부득이한 선택으로,

그 까닭을 해명하자면 한국 아동문학 연구에서 '동시론'이 제대로 구성되고 논구된 적이 없기 때문이다. 특히 이오덕 동시론의 분석과 평가가 서술의 통일성을 해칠 정도로 과도한 점은 바로 그런 이유에서다. 이오덕의 동시론은 여전히 진영 논리에 따라 무조건적 비판 혹은 추앙되고 있는 것이 사실이다. 현장 비평 분야에서는 1990년대 말부터 진행된 '일하는 아이들' 논쟁 이후 이오덕 비평의 의의가 비판적으로 모색되어 왔지만 문학사적 연구와 창작 현실에서 여전히 이오덕의 동시론이 현실주의 동시론의 전부로 받아들여지고 있다.

1960년대 '본격동시' 작품을 분석하지 못한 점은 이 논문의 한계이자 앞으로의 연구 과제이다. '동시인' 동인들의 동시를 이들의 비평을 분석하는 가운데 극히 부분적으로만 다룬 것은 연구 범위상의 한계인 한편 시론과 작품을 별개로 살펴보려는 의도이기도 했다. 물론 이들의 시론을 구성한 개별 평론에서의 작품 평가가 과연 타당한지 살펴보아야 하겠지만 작가의 시론과 작품이 서로의 독자성을 침범하고 불필요한 인과관계로 규정되는 오류를 피하고자 했다고 변명해 본다. 향후 이들의 작품론이 연구되어 시론과 작품론이 서로의 논의를 풍성하게 하고 이 시기 동시의 전체적인 면모를 보다 면밀하게 밝힐 수 있게 되길 기대해 본다.

이 논문에서는 가능한 한 당대 일반 문학의 지평을 염두에 두고 연구를 수행하고자 했으나 이 또한 역부족이었다. 같은 시기 한국 현대시의 시론과 작품 경향, 시론사를 함께 살펴보고자 했으나 대강의 흐름을 아는데 그쳤을 뿐 연구에 직접 적용하지는 못했다. 일반 문학의 문학이론, 작품 비평, 문학사를 조망하며 아동문학과의 관련성과 아동문학만의 특수성을 고찰하는 일은 향후 긴 과제로 남겨 둔다.

참고문헌

1. 자료

『동아일보』, 『경향신문』, 『한국일보』, 『매일신문』, 『서울신문』, 『아동문학』, 『횃불』, 『교육평론』, 『교육자료』, 『현대문학』, 『자유문학』, 『문학춘추』, 『사상계』, 『아동문학평론』

2. 국내논저

고형진 외, 『한국현대시사』, 민음사, 2007.

권영민, 『한국근대문인대사전』, 아세아문화사, 1990.

김나현, 「〈창작과 비평〉의 담론 통합 전략-1970년대 아동문학 수용을 중심으로」, 『현대문학의 연구』 50집, 2013.

김동리, 「강소천, 그의 인간과 문학」, 『강소천 아동문학전집 제5권—대답 없는 메아리』, 문음사, 1981.

김명인, 『조연현, 비극적 세계관과 파시즘 사이』, 소명출판, 2004.

______, 「조연현의 문학사 방법론 비판」, 『한국학연구』 10집, 1999.3.

김상욱, 『숲에서 어린이에게 길을 묻다』, 창작과비평사, 2002.

______, 『어린이문학의 재발견』, 창비, 2006.

김양선, 『한국 근현대 여성문학 장의 형성』, 소명출판, 2012.

김영순, 『한일 아동문학 수용사 연구』, 채륜, 2013.

김영일, 「아동문학의 과제—어린이날을 즈음하여」, 『자유문학』 5권 5호, 1960.5.

김요섭, 「어두운 세계를 위한 아동문학」, 『동광』 6집, 1962.

김유진, 「〈소학생〉의 성격 연구」, 『아동청소년문학연구』 8호, 2011.

______, 「이원수와 박목월의 동시론 비교 연구」, 『아동청소년문학연구』 9호, 2011.

김이구, 『어린이문학을 보는 시각』, 창비, 2005.

김제곤, 「해방 후 아동문학 '운문 장르' 명칭에 대한 사적 고찰」, 『아동청소년문학연구』 5호, 2009.
______, 「1920,30년대 번역 동요 동시 앤솔로지에 대한 고찰」, 『아동청소년문학연구』 13호, 2013.
______, 「윤석중 연구」, 인하대 박사논문, 2013.
______, 『아동문학의 현실과 꿈』, 창작과비평사, 2003.
김종헌, 『동심의 발견과 해방기 동시문학』, 청동거울, 2009.
김준현, 「전후 문학 장의 형성과 문예지」, 고려대 박사논문, 2008.
목월문학포럼 편, 『박목월, 순한 눈망울을 스쳐간 인연들의 회상록』, 국학자료원, 2008.
문혜원, 『한국근현대시론사』, 역락, 2007.
______, 『한국 현대시와 시론의 구조』, 역락, 2012.
박경용, 「'동시'와 '아동시'의 문제—'논의의 발단'에 대한 증언」, 『아침햇살』, 2000 가을.
박목월, 『동시교실』, 아데네사, 1957.
______, 『동시의 세계』, 배영사, 1963.
______, 『보랏빛 소묘』, 삼중당, 1974.
______, 「해설」, 『강소천 아동문학독본』, 을유문화사, 1961.
박슬기, 「1960년대 동인지의 성격과 〈현대시〉 동인의 이념」, 『한국시학연구』 17집, 2007.
박영기, 「박경용의 아동문학 비평논쟁과 그 의미—박목월, 박주평, 권용철, 이오덕과의 논쟁을 중심으로」, 『아동문학담론』 9호, 2009.
백운복, 『한국현대시론』, 새문사, 2009.
석용원, 『아동문학개설』, 예문관, 1974.
선안나, 『아동문학과 반공 이데올로기』, 청동거울, 2009.
심명숙, 「한국 근대 아동문학론 연구—1920년대에서 해방까지」, 인하대 석사논문, 2002.
원종찬, 『아동문학과 비평정신』, 창작과 비평사, 2001.
______, 『동화와 어린이』, 창비, 2004.
______, 『한국아동문학의 쟁점』, 창비, 2010.

______, 「일제강점기의 동요 · 동시론 연구 : 한국적 특성에 관한 고찰」, 『한국아동문학연구』 20집, 2011.
유경환, 『한국현대동시론』, 배영사, 1979.
윤여탁 외, 『국어교육 100년사』, 서울대학교 출판문화원, 2013.
이미정, 「1950년대 '순수문학'의 제도화 과정 연구」, 서강대 박사논문, 2010.
이봉범, 「1950년대 등단제도 연구」, 『한국문학연구』 36집, 2009.6.
______, 「잡지 〈문예〉의 성격과 위상」, 상허학보 17집, 2006.
이상현, 「현대동시의 기능 분화」, 『한국아동문학론』, 동화출판공사, 1976.
이오덕, 『시 정신과 유희 정신』, 창비, 2003.
______, 『아동시론』, 굴렁쇠, 2006.
이원수, 『이원수 아동문학 전집 29—동시 동화 작법』, 웅진, 1984.
이승훈, 『한국현대시론사』, 고려원, 1993.
이승하 외, 『한국현대시문학사』, 소명출판, 2005.
이재복, 『우리 동요 동시 이야기』, 우리교육, 2004.
이재철, 『아동문학개론』, 문운당, 1967.
______, 『아동문학개론』, 서문당, 1983.
______, 『한국현대아동문학사』, 일지사, 1978.
______, 『한국아동문학작가론』, 개문사, 1983.
이재철 편, 『한국아동문학작가작품론』, 서문당, 1991.
________, 『한국현대아동문학작가작품론』, 집문당, 1997.
________, 『한국현대아동문학작가작품론 Ⅱ』, 청동거울, 2001.
이재철 인터뷰, 『창비어린이』 24호, 2009 봄.
「사계 이재철 선생 연보」, 『국문학논집』 15집, 1997.
이주영, 「이오덕 어린이문학론 연구 : 어린이문학에 대한 논쟁을 중심으로」, 백석대 박사논문, 2010.
______, 『이오덕, 아이들을 살려야 한다』, 보리, 2012.
______, 『어린이 문화 운동사』, 보리, 2014.
이　찬, 『한국현대시론의 담론과 계보학』, 한국연구원, 2011.
이충일, 「1950~1960년대 아동문학장의 형성과정 연구」, 단국대 박사논문,

2014.
임헌영, 『분단 시대의 문학』, 태학사, 1992.
장수경, 「1950년대 소년잡지에 나타난 문학창작교육과 의의」, 『한민족문화연구』 40집, 2012.
장영미, 「1960년대 아동문학의 분화와 위상 연구—아동소설을 중심으로」, 성신여대 박사논문, 2011.
정종진, 『한국현대시론사』, 태학사, 1991.
정한모, 『한국현대시문학사』, 일지사, 1988.
조은정, 「1950년대 '작가론'의 제도화 과정—조연현과 『현대문학』지를 중심으로」, 한국현대문학회 학술발표회 자료집, 2009.10.
조연현, 「본격소설론—소설의 정도와 그 구경」, 『문학과 사상』, 세계문학사, 1949.
______, 『한국현대문학사』, 인간사, 1961.
최덕교, 『한국잡지백년』, 현암사, 2004.
최은경, 「한국 동요 · 동시 정전화 연구」, 인하대 박사논문, 2015.
______, 「초등 교과서에 수록된 동요, 동시의 현황과 특징」, 『아동청소년문학연구』 13호, 2013.
최지훈, 「한국아동문학비평사 시고(試攷)」, 『한국아동문학연구』 18집, 2010.
______, 「박경용론」, 이재철 편, 『한국현대아동문학작가작품론』, 집문당, 1997.
______, 『어린이를 위한 문학』, 비룡소, 2001.
최태호, 「나의 문학 나의 인생」, 『아동문학평론』 10권 4호, 한국아동문학연구원, 1985.
______, 「나의 편수국 시절」, 한국교육과정 · 교과서연구회 편 『편수의 뒤안길』 _2집, 대한교과서주식회사, 1995.
한계전, 『한국현대시론연구』, 일지사, 1983.
______, 『한국현대시론사연구』, 문학과 지성사, 1998.
한국문인협회 편, 『해방문학 20년』, 정음사, 1966.
한국아동문학가협회 편, 『아동문학의 전통성과 서민성』, 세종문화사, 1974.

3. 국외논저
가라타니 고진, 박유하 역, 『일본 근대문학의 기원』, 민음사, 1997.
가와하라 카즈에, 양미화 역, 『어린이관의 근대』, 소명출판, 2007.
구노 오사무, 쓰루미 슌스케, 심원섭 역, 『일본근대사상사』, 문학과지성사, 1994.
마리아 니콜라예바, 김서정 역 『용의 아이들』, 문학과 지성사, 1998.
미셸 푸코, 이정우 역, 『담론의 질서』, 중원문화, 2012.
________, 이정우 역, 『지식의 고고학』, 민음사, 2000.
사라 밀즈, 김부용 역, 『담론』, 인간사랑, 2001.
요꼬스까 카오루, 박숙경 역, 「동심주의와 아동문학」, 『창비어린이』 2004 여름.
존 로 타운젠드, 강무홍 역, 『어린이책의 역사 1 · 2』, 시공주니어, 2006.
테리 이글턴, 김명환 외 역, 『문학이론입문』, 창비, 2000.
페리 노들만, 김서정 역, 『어린이문학의 즐거움 1 · 2』, 시공주니어, 2001.
피에르 부르디외, 하태환 역, 『예술의 규칙』, 동문선, 1999.
필립 아리에스, 문지영 역, 『아동의 탄생』, 새물결, 2003.
한스 하이노 에버스, 김정회 외 역, 『아동청소년문학의 서』, 유로, 2008.
혼다 마스코, 구수진 역, 『20세기는 어린이를 어떻게 보았는가』, 한림토이북, 2002.
L.R.Furst, 이상옥 역, 『낭만주의』, 서울대출판부, 1978.
M.H,Abrams, *The mirror and the lamp*, Oxford University Press, 1971.

제2부

현대 동시의 담론과 창작 지향

1960년대 동시의 형식 실험

1. 서론

이 연구는 1960년대 동시의 형식 실험을 분석하고, 이러한 형식 실험이 추구한 동시의 현대성과 미학성의 성격을 고찰하고자 한다.

1960년대 동시는 '본격동시'란 명명 아래 현대 동시의 시작이자 근간으로 규정되어 왔다. 이재철은 『한국현대아동문학사』(일지사, 1978)와 『아동문학개론』(서문당, 1983)에서 1960년대를 '본격문학' 시대로 규정한 후 '동시인' 동인회가 일으킨 '본격동시운동'으로 '본격동시'가 발생했다고 했다. 1966년 7월 『童詩人』 1집을 출간하며 발족한 '동시인' 동인회의 구성원은 동시 분야뿐 아니라 시와 시조 분야에서 신춘문예 당선과 문예지 추천으로 등단한 시인들이었다. 박경용, 유경환으로 대표되는 이들 구성원은 1960년대 현대시의 변화와 모색을 숙지하고 있었으며 이를 동시 창작에 실천하려고 했다. 이재철은 이러한 '본격동시운동'이 '본격동시'를 완성했고 이것이 '본격문학', 곧 현대 아동문학을 형성했다고 말한다.

1960년대 동시가 다양한 형식을 실험하며 이전 동요 형식과는 전혀 다른 현대 동시의 새로운 형식을 지향한 점은 분명하다. 이 과정에서 동시 장르를 넘어 아동문학 전반으로 확장할 수 있는 비평적 논의가 진행되어, 창작과 비평 담론이 긍정적인 영향 관계에 있기도 했다. 그러나 이재철의 연구가 말하듯 이를 단지 '동시인' 동인회 구성원의 집단적 창작 실천의 결과로 한정지을 수는 없다. '동시인' 동인회 발족 이전인 1960년대 초반부터 이러한 형식 실험은 이미 모색됐으며, 발족 이후에도 동인회 구성원을 포함한 1960년대 동시단 전체가 이러한 창작 지향을 공유했다. 이재철의 연구는 '본격문학'론을 문학사적으로 규정하기 위해 '동시인' → '본격동시운동' → '본격동시' → '본격문학'을 맥락화한 것으로 보인다. 이는 나아가 아동문학에서 순수문학론과 순수문학 장을 정립하려는 의도였다.[1]

1960년대 동시의 형식 실험에 대한 연구는 지금까지 두 가지 방향에서 이루어지면서 소외된 지점이 있다. 앞서 말했듯 이재철의 연구는 문학사를 정립하려는 시각으로 1960년대 동시의 창작 실제보다는 담론에 우선해 형식 실험 전반을 평가했기에 철저한 작품 분석에 기반하지 않고 있다. 반면 이재철 연구를 토대로 한 이후 비평과 연구는 그가 주요 작가로 규정한 유경환, 신현득 등 '동시인' 동인회 일부 시인의 작품 분석에 반복적으로 집중해 왔다. 또한 이 연구들에서는 문학사의 맥락이 삭제된 채 이들 시인의 개별 작가론이나 작품론 연구로 한정되어 접근됐다.

이 연구에서는 1960년대 동시의 형식 실험을 '동시인' 동인회 구성원의 창작 실천으로 규정하는 데서 벗어나, 당대 동시단 전반의 창작 실제와 담론을 분석하고, 이를 문학사적으로 재평가한다. 이를 위해 주목하는 대상은 조유로와 이석현 두 시인의 작품과 작품론이다. 조유

1 김유진, 「'본격동시' 담론 연구」, 인하대 대학원 박사학위 논문, 2015. 참조.

로는 '동시인' 동인회 구성원은 아니었으나 1960년대 출간한 6권의 동시집에서 선구적으로 당대 동시가 모색한 형식 실험들을 거의 모두 선보였다. 한편 '동시인' 구성원이기도 한 이석현은 동시의 형식 실험에 대한 뚜렷한 지향을 바탕으로 '동화시집'을 출간했다. 이들의 작품과 작품론은 지금까지 거의 연구되지 않았지만 당대 문예지를 살펴보면 1960년대의 동시 창작에 큰 영향을 미친 것으로 확인된다. 가장 전위적인 형식 실험을 선보인 이들의 작품과 작품론을 재평가하며 문학사적으로 위치 지을 필요가 있다.

한국 동시사를 통틀어 독보적이고 다양한 창작 실험을 단행한 1960년대 동시의 연구는, 문학사를 온전히 복원할 뿐만 아니라 오늘날 동시 창작의 전망까지 제시할 것으로 본다. 1960년대 동시의 형식 실험 양상이 2000년대 후반부터 현재까지 재연되고 있다고 평가하기 때문이다. 말놀이 동시, 단시, 형태시, 이야기시 등 최근 십여 년간 진행된 동시의 형식 실험은 1960년대에 이미 시도된 바 있다. 하지만 동시 비평과 연구가 척박한 현실에서 이러한 모색은 문학사적으로 계승되거나 조망되지 못한 채 최초의 시도로 각광받았다. 최승호 '말놀이 동시'와 유강희 '손바닥 동시' 등으로 대표되는 오늘날 형식 실험의 문학적 평가는 1960년대 동시의 형식 실험이 지닌 문학사적 의미에 비추어 비로소 밝혀질 수 있을 것이다.

2. 본론

1) 조유로 동시의 형식 실험

(1) 1960년대 출간 동시집들의 창작 변화

조유로(1930~2004)는 1960년대에 현대 동시의 형식을 모색한 시인 중 가장 독보적이고 진취적으로 시적 모험을 단행한 시인이다. 그는 1957년 『자유신문』 신춘문예에 시 「굴뚝의 윤리」가 수석 입선, 1958년 『동아일보』 신춘문예에 시조 「한연(寒戀)」이 수석 입선, 『자유신문』 신춘문예에 동화 「어머니의 꽃밭」이 당선되는 등 여러 장르에서 등단하며 작품 활동을 시작했다. 그는 첫 작품집으로 시집 『부동항』(청우출판사, 1958)을 낸 다음, 동시집 『하아얀 칠판』(청우출판사, 1961)을 출간했고 이후에는 줄곧 동시집을 냈다. 1960년대에 그가 출간한 동시집은 『산 넘어온 편지』(향문사, 1963) 『제목이 없는 동시』(향문사, 1964) 『씨씨한 시집』(향문사, 1965) 『노리개 실은 화물선』(향문사, 1966) 『고만큼 조만큼』(향문사, 1968) 총 6권으로 당시 출간 양상에 비해 많은 작품집을 출간한 편이다.

그의 창작은 단지 다작에서 끝나지 않았고, 출간하는 동시집마다 새로운 형식 실험을 선보이며 뚜렷이 변화해 가는 창작 지향을 담았다. 그는 매번 동시집 서문에서 여느 창작집의 서문과는 달리 해당 시집의 창작의도를 매우 객관적인 언어로 간명하게 밝혔다. 특히 조유로는 훗날 자기 작품들의 형식을 일일이 새로운 명칭으로 명명한 바 있다. 1982년 12월호 『아동문학평론』의 '조유로 특집' 중 「조유로 동시선—시의 흐름(실험시)을 중심으로 한 자선시」(이하 「자선시」)에는 그가 선정한 대표작 목록과 각 대표작마다 그가 새롭게 명명한 작품 형식이 정리되어 있다. 이를 인용하자면 "최초의 산문시형, 시동화형, 무의식(동심)모더니즘형, 아이들을 위한 최초의 시조형, 단시형, 脈韻을 살려서 쓴 시형, 현실참여의 시형, 편지시형, 현실시, 아이들의 말에서 되는 시형, 속담인용형, 아이 어른 각각 함께 보아도 좋은 시형, 어른 시에의 접근을 위한 시형, 낡은 주제도 쓰기에 따라 좋은 시가 되는 시형, 상징시형, 새형식형, 아이들을 위한 민요시형, 비유로 되는 시형, 마음의 눈으로 되는 시형"이다. 이러한 명명은 체계화, 구조화된 형식 분류 기준이라기보다는 개별 작품의 창작 지향이나 기존 동시와의 차별점을 형식이라는 시의 요소를 빌려와 서술했다고 보는 편이 타당하다. 따라서 시인 자신이 명명한 형식 명칭은 시인의 창작론으로 파악하고, 작품은 그와 별개로 새롭게 분석한 후, 작품과 창작론을 구분하며 종합하는 시각이 필요하다.

그의 첫 동시집 『하아얀 칠판』을 먼저 살펴보면 이 시집은 총 3부로 구성되어 있는데, 조유로는 시집 서문에서 이 구성을 아래와 같이 설명한다.

> 여기에 실린 시들은 (중략) 어린이에게, 중·고등학생에게, 그리고 어른들도 함께 읽을 수 있는 것만 추려 모은 것입니다. 차례 1, 차례 2, 차례 3으로 나누어 본 것도 그 까닭입니다.[2]

비문이어서 정확한 의미를 알기 힘든 점이 있긴 하나, 여기서 주목할 부분은 그가 동시 창작에 있어 1차 독자인 어린이와 2차 독자인 어른을 모두 염두에 두고 있는 사실이다. 당시 동시 담론에서 이러한 이중독자에 대한 견해는 찾아보기 힘들다. 1960년대 중반부터 1970년

2 조유로, 『하아얀 칠판』 서문, 청우출판사, 1962.

대까지 줄곧 확장된 동시 담론에서도 어린이 독자에 집중할 뿐 이중독자 담론이 전면에 부각되지는 않았다. 이러한 이중독자 인식은 책 서문에서 이어지는 그의 동시관과 연결 지어 볼 수 있다. 그는 자신의 동시가 깊은 인식을 담아내고, 문학적 성취를 이뤄내길 원했다.

> 나는 지금까지에 나온 동시집을 보고 여러 가지 나대로의 생각을 가져 보았습니다. 동시가 말재주나 머리의 장난으로 꾸며지진 것에는 마음을 줄 수가 없던 것입니다. 한 번 읽고 나면 그만인 그러한 동시에서, 언제까지나 물리지 않는 밥이나 물같이 아쉬워지는, 끼니의 구실로 동시는 나아가야 할 것이라 믿었습니다. 말하자면 얄팍한 손재줄랑 말고, 생각에의 깊이를 다루어야 하겠다는 거예요.[3]

그가 창작 의도와 편집 구성 원칙을 밝힌 대로, 『하아얀 칠판』의 세 개 부는 통상 한 권의 동시집으로 묶기엔 형식, 소재, 주제 면에서 작품의 편차가 크다. 1부는 대구와 반복 형식으로 자연이나 사물을 의인화한 작품이, 2부와 3부는 보다 파격적인 자유율로 세계에 대한 다양한 인식을 담은 작품이 수록되어 있다. 특히 3부의 「고목」은 훗날 그가 「자선시」 목록에서 '무의식(동심)모더니즘형'이라고 명명한 바 있듯 모더니즘의 형태시[4] 성격을 부분적으로 활용한 작품이다.

> 바람이 부는 날은/피리 처럼/소리가 난다//아름답고 슬픈/마을 이야기,/가지 가지 꼭 꼭/감아 뒀다가//바람이 부는 날은/한 가닥//목을 놓고/피리를 분다.//······려 앗통ㅠ첬꿩래울······/······ㅈ칭ㅂ무울리믐쿠······//나무는/여태

---

3 조유로, 앞의 글.

4 훗날 『제목이 없는 동시』의 수록작 「눈송이」는 눈이 내리는 모양처럼 글자를 배열하며 본격적인 형태시의 시형을 보여준다.

/보고 왔단다//그래서 누구든/누구도//톱질은/못하였오라. (「고목」 전문)

「고목」 5연에서 의미가 해체된 문자의 배열을 두고 조유로는 모더니즘이라 명명했으나 이 작품은 그 이상으로, '임금님 귀는 당나귀 귀' 설화를 연상시키며 정치적으로 억압된 언어를 폭로하는 시로 짐작된다.[5] 즉 이 작품에는 동시의 내용와 형식 모두를 확장시키려는 창작의도가 반영되어 있다. 한편 1부의 「일학년 교실처럼」과 2부의 「젖인 벼개」에서는 당시 동시에서 거의 시도되지 않은 산문시와 시조 형식을 새롭게 선보인다. 이렇듯 그의 첫 동시집은 동시대에 규정된 동시 장르의 규범과 장르 형식을 확장하려는 분명한 지향 아래 창작됐다. 그는 두 번째 동시집 『산 넘어 온 편지』에서 형식 실험을 더욱 확장하면서 통상적인 연과 행의 배열 규칙까지 파괴한다.

천정은
네모
진

우리
집
하늘.

5 그러나 이러한 해석은, 나란히 배열되거나 두 번 반복되는 음절을 두고 (국)무총리, 쿠(테타), (대)통(령) 등으로 짐작해 보는데 그칠 뿐이다. 조유로는 「자선시」 연보에 1955~57년 반자유당운동, 1960년 12월 경상남도지사 입후보 이력을 밝혔으며, 이후 마산시장 상임자문위원을 역임하는 등(『마산일보』 1961년 8월 3일자 「시장자문위원 조유로씨 사임」 기사 참조) 당시 정치 활동을 한 이력이 있다. 한편 「자선시」 연보에서 1963년 "故 박정희대통령 『국가와 혁명과 나』에 관여"했다고 밝히는데, 이러한 정치 활동의 향방을 소거하려는 의도로 이 작품을 '무의식(동심)모더니즘형'으로 명명했다고 볼 수 있을 듯하다.

아가
야
어서

잠에
들거
라.

오늘 밤
고운
꿈이

천정에서
잠
들라.

—「자장가」 전문

대 숲
에는

대 이파리
만큼

참새가
많고,

강 물
에는

강 여울
만큼

붕어도
많고,

원두막
에는

외 수박
만큼

할아버지
손주도 많다.

—「대 숲에는」 전문

조유로는 「자장가」를 두고 이러한 시행 배열을 한 이유를 "① 형태적 미를 위하여 ② 암시의 강조를 위하여 ③ 시각적 여백을 확보하기 위하여 ④ 리듬을 살리기 위함"[6]이라고 밝혔다. 시조로도 등단한 그는 단시(短詩) 형식을 극단으로 실험하며 형태적 또는 시각적 미학을 추구

6 신현득, 「조유로 시인의 생애와 작품세계」, 『아동문학평론』 2004년 여름호, 50쪽에서 재인용.

했던 것으로 보인다. 하지만 어미나 조사를 다른 행으로 분리하는 이러한 실험이 새로운 형식 미학을 성취했다고 보기는 힘들다. 「자장가」 3, 4연의 어미 '야' '라'를 한 행으로 분리해 표기한 경우, 그렇게 표기하지 않은 경우에 비해 반복되는 음운이 강조되고 리듬이 살아나는 효과가 더 발생한다고 보이지 않는다. 「대 숲에는」에서도 각 연 첫 행의 명사인 '대 숲, 대 이파리, 참새, 강 물, 강 여울, 붕어, 원두막, 외 수박, 할아버지'는 두드러지지만, 조사나 서술어가 다음 행으로 분행되면서 오히려 가독성이 떨어져 시 전체 의미를 파악하는 데 용이하지 않다.

조유로의 창작 실험 중 좀 더 주목할 만한 작품은 그가 「자선시」에서 '현실참여의 시형' '현실시'로 명명한 작품들이다. 『제목이 없는 동시』의 「싸전에서」, 『노리개 실은 화물선』의 「사이소 소리」의 형식을 각각 그렇게 규정했는데, 인용하자면 다음과 같다.

싸전에는/하루를/노을이/핀다.//좁쌀은/좁쌀 끼리/콩은/콩대로//저 마다/글성 글성/노을이/핀다.//우는 아기/돌날을/업은/엄마가//좁쌀 한 번/콩 한 번/만져 보다/돌아 서면//싸전에는/아침에도/피는/저녁 놀!//싸전에는/한밤도/노을만/피나//빈 지게/무겁다/늙은/아저씨,//보리 한 번/가루 한 번/만지다간/돌아 서면//보리는/보리대로/가루는/가루 끼리//일렁 일렁/노을 보다/진한/눈 노을!

—「싸전에는」 전문

감자 사이소/미역 사이소.//감자나/미역 뿐일까//옥수수도/〈아이스 · 케키〉도/종일 하루를//골목길에 넘치는//사이소/소리.//아침은 아침대로/잠이 설어서/낮은 낮대로/시장이 끼고/저녁은 그 만큼/가난도 하여//외는것이 아니라/우는 소리다.//-사이소/-사이소/밤도/깊은데//사도 사도/모자라는/저는/어쩌고//하마 달도/돌아 선//어둔/골목길,//골목길을/안직도//사이소/소리!

—「사이소 소리」 전문

두 작품은 가난한 사람들의 고단한 삶을 재현하고 있으며, 가난한 사람들을 향한 화자의 정서를 드러내면서 가난이라는 현실을 어린이 독자에게 단지 알리고 전하는 것에서 한 걸음 더 나아간다. 「싸전에는」에 대해 일찍이 박경용은 "현실적 상황의 수용에서 보인 탁월한 시적 기량"[7]을 지녔다고 상찬한 바 있다. 박경용은 "동시의 일차적 독자인 어린이들에게 '가난의 현실'을 말한다는 것은 동심천사주의적 입장에서는 분명 금기적 사항이다. 그런가 하면 만일 반동심주의적 입장에서 그와 같은 소재를 다루었다면 그 '가난의 현실'이 지나치게 표출됨으로써 非詩的 차원에서 머물렀을 것"[8]이라며 조유로의 독자적인 동시관이 작품의 성취를 이루어냈다고 본다. 그의 해석처럼, 이 작품의 성취는 순수문학과 참여문학의 관점이 아동문학 장에서 생성하고 대립하기 이전의 일로, 그러한 문학 이데올로기에 비추어 의미를 평가해서는 안 된다. 「사이소 소리」에서 사투리로 표기하며 강력한 음성언어로 생생한 현실을 재현해 낸 방식에서 짐작할 수 있듯, 이 작품들은 동시가 재현하는 현실 세계를 어린이 독자라는 이유로 한정하지 않으려하는 동시관으로 가능했다고 본다.

조유로는 이후에도 짧은 연과 행의 형식을 기본으로, 시의 시각적 형태를 창안하고(「눈송이」, 「가을 2」, 「아빠 보고 다 모두 다아 탕탕 말을 놓더라」,

---

7 박경용, 「독보적 스타일리스트—〈조유로론〉 서설」, 『아동문학평론』 1982년 겨울호, 36~37쪽.
8 같은 글. 박경용은 이 글에서 '반동심주의'를 두고 "나중에 '서민아동문학'으로 변질되었다"고 설명할 뿐 '반동심주의'가 정확히 무엇인지 정의하지는 않았다. '동심'을 '어린이마음'이라기보다 '어린이다운 마음'으로 규정한 그의 동시 비평을 미루어 볼 때 어린이 독자의 인식을 기준으로 두며 동시 창작의 범주를 제한하는 태도에 반대하는 것을 의미한다고 본다.

「등대불」), 동시조를 창작하고(「타작 시조」), 민요의 리듬을 도입하는(「개야 개야」) 등 다양한 형식 실험을 단행했다. 1950년대에 김영일의 작품이 일찍이 "단시적 간소성과 감각적 참신성"[9]으로 평가받은 바 있으나 조유로는 이를 더 극한적, 전위적으로 광범위하게 모색했다. 이는 2000년대 후반 최승호의 말놀이 동시집 발간 이후 지금까지 활발히 시도되는 동시 장르의 형식 실험을 상당 부분 찾아볼 수 있을 정도로 방대하고 전위적이다. 조유로의 극도로 짧은 시형은 유강희의 『손바닥 동시』와 비교할 만하며, 연과 행의 파격적인 배열이나 형태시 역시 이제 거의 모든 동시집에서 확인할 수 있다. 1960년대 동시 장르의 여러 창작 시도 중에서 가장 독보적이었던 조유로의 창작 실험은 현재적 의미로 재평가되어야 할 시점에 놓여 있다.

(2) 조유로의 동시론과 창작 지향

조유로 동시에 대한 연구로는 1982년 12월호 『아동문학평론』 '조유로 특집'에 실린 박경용의 평론 「독보적 스타일리스트—〈조유로론〉 서설」과, 작가 사망시 2004년 여름호 『아동문학평론』에 발표된 신현득의 소략한 작가론 「조유로 시인의 생애와 작품세계」가 있다. 1982년 당시 『아동문학평론』의 발행·편집인 겸 주간이었던 이재철은 '조유로 특집을 마련하면서'에서 "조유로 시인만큼 자기 독특한 스타일을 가지고 있는 동시인은 아마 우리 아동문학계에서는 그 유례를 찾아보기 힘들 것"이라며 "50년대 후반기부터 전개된 그의 詩作 활동은 年條로 보아도 60년대 본격동시운동의 양상을 보아 가히 선구적인 작업이 아닌가 생각된다"고 밝힌다. 이어 "50년대의 최계락·이종택·

9 이재철, 『한국현대아동문학사』, 일지사, 1978, 251쪽.

이종기 등 三家童詩人의 뒤를 이은 동시인으로서 그의 존재는 동시사에서 한번은 짚고 넘어가야 할 위치에 있는 것이다. 이렇게 볼 때 박경용 · 유경환 · 신현득 · 김종상 그룹의 선두주자로서 그는 너무나 문단에서 소외된 느낌이다"라고 말한다. 여기서 '박경용 · 유경환 · 신현득 · 김종상 그룹'이라고 지칭한 게 바로 '동시인' 동인회이며[10], 이는 곧 그의 연구가 누락했던 지점을 스스로 재평가하는 것으로 해석할 수 있다.

일찍이 박경용은 평론 「플라스크 속의 형성」(『아동문학』 16집, 1968.3.19.)에서 거의 처음으로 조유로 동시에 주목했으며, 이후 평론에서도 조유로 작품의 성취를 빼놓지 않고 언급했다.[11] 박경용과 조유로는 1958년 『동아일보』 신춘문예 시조 부문에 공동 수석 입선하면서부터 문학적 교류를 시작했던 것으로 보이며, 1972년 발간된 조유로의 동시집 『부산 부두에 오면』의 모든 작품에 박경용이 해설을 붙이기도 했다. 박경용의 평론 「독보적인 스타일리스트—조유로론 서설」은 조유로 연구의 시작으로, 조유로 동시의 형식 실험 양상을 밝힌다. 앞으로 연구에서는 이러한 형식 실험 양상이 창작 지향에 따라 지속되며 변화한 과정과 현대 동시의 창작 모색에 지니는 의미가 논구돼야 할 것이다. 특히 박경용은 조유로를 "참여의 시인"으로 지칭했지만 이는 작가 생애나 일부 작품 소재와 주제에 따른 분석이다. 그 역시 참여의 성격이 "복잡하고 미묘"하다고 말했듯 순수문학과 대립되는 의미의 현실 참여 문학은 아니므로 현재의 의미에서 재규정되는 작업이 필요하다. 앞서 말했듯 조유로의 작품이 현실 재현에 주목한 이유는 현실 참여라는 문학 이데올로기 때문이 아니라 어린이의 안온한 세계만을 제한적으

10 '동시인' 창립 멤버인 박경용, 유경환은 동인지 『동시인』 1집(1966년)부터 참여했으며 신현득, 김종상은 『동시인』 4집(1971년)부터 작품을 실었다.

11 박경용, 『무풍지대의 돌개바람』, 아동문학평론, 2015. 참조.

로 그려온 기존 동시의 장르 규범을 확장하려는 모색에 기인한 것으로 평가하기 때문이다.

조유로는 매번 동시집 서문에서 해당 동시집의 창작 지향을 명확히 밝히고 있기에 그의 동시론과 창작 지향, 창작 실험이 긴밀하게 조응하는 지점을 더욱 면밀히 살펴볼 필요가 있다. 그는 1965년 발간한 『씨씨한 시집』 서문에서 "이제, 실험은 일단 끝났다"며 이전 시집들의 창작 지향을 다음과 같이 정리한다.

> 제2시집(『하아얀 칠판』—필자 주)에서는, 갖가지 형태면과 내용면을 대담하게 시도하여 보았고, 제3시집(『산 넘어 온 편지』—필자 주)에서는 동시의 문학적 시도를, 제4시집(『제목이 없는 동시』—필자 주)에서는 시의 사회적 관심, 어른들이 읽으면 어른들대로, 아이들이 읽으면 아기들의 시집이 될 수 있는, 그대로 〈시〉로서의 시를 (중략) 펼쳐보았고 (중략) 시인들의 제3자적 〈대서〉의 기능에서 벗어나 (중략) 「시인 자신의 생활이 담긴」 시를 쓸 수 있었다는 것은, 나에게 커다란 소득 있는 발견이 되었고, (후략)[12]

윗글에서 대서(代書)란 당시 동시 담론에서 종종 사용되던 용어로 어른 시인이 어린이의 마음과 생각을 대신 써 주는 것, 대신 옮겨주는 것을 아동문학의 기능으로 볼 것인지의 여부와 관련된다. 즉, 조유로는 창작 초기에는 형식 실험에 집중했으나, 종래에는 여기서 나아가 어른 시인의 자기 표현과 반영으로서 동시를 창작하는 태도를 확신하는 데 이르렀음을 알 수 있다. 근대 동요의 전통에서 현대 동시의 장르 규범을 새롭게 구성해야 했던 1960년대에, 문학 예술로서의 동시는 당연히 강조돼야 할 지점이었다. 하지만 그의 동시관은 어린이 독

---

12 조유로, 『씨씨한 시집』 서문, 향문사, 1965.

자에 대한 고려가 미흡하다는 한계를 지니며 이것이 창작 실천에도 영향을 미친 것으로 보인다.

결국 그는 동시가 하나의 분리된 문학 장르가 아니라 "시의 한 갈래(波)"라는 의미로, 동시를 "동심파(童心波) 시"라고 명명하기까지 한다.[13] 이는 첫 시집에서 밝힌 이중독자 논의를 고수하는 입장이기도 하다. 동시가 "전천후 시"이며 "「아이는 아이대로의 시」로서 받아들여지고, 또 한편으론 「어른은 어른대로 읽히는 시」"[14]라고 주장하고 있기 때문이다. 대개 아동문학에서 이중독자를 강조하는 논의는 언뜻 '어린이 독자'와 '문학성'을 양 극단의 딜레마로 두고, 이를 모두 충족시키는 해결책으로 제시된다. '어린이 독자'가 읽는 아동문학이면서 '어른 독자' 역시 만족시키는 '문학성'을 겸비하고 있다고 설명된다. 조유로의 동시관과 그의 창작은 그러나, 아동문학의 '문학성'의 기준을 '어린이 독자'가 아닌 '어른 독자'의 감상에 두거나 문학적 형식 자체에서 추구할 때 아동문학의 장르 정체성과 '어린이 독자'의 자리가 실제 작품에서 위태로워지거나 사라질 수 있다는 사실을 반성적으로 고찰하게 한다.

2) 이석현 동시의 형식 실험

(1) 동화시집의 출간

이석현(1925~2009)은 1950년 『상공』 『가톨릭문화』에 시를 발표하면서 창작 활동을 시작했다. 그는 출생지인 함경북도 회령에서 천주교

13 조유로, 『그 달이 방금』 서문, 금정, 1989.
14 같은 글.

세례를 받은 독실한 신자였고, 줄곧 가톨릭 교회가 운영하는『매일신문』『가톨릭시보』(현 가톨릭신문)『가톨릭 청년』『가톨릭 소년』에서 기자와 편집장으로 일했다. 이중 1960년 1월 창간 때부터 월간『가톨릭소년』편집장으로 재직한 일은 시기면에서나 실제 활동면에서 그의 아동문학 창작과 매우 긴밀한 관련이 있다.『가톨릭소년』에 대해 이재철은 "'아동문학을 주로 한 순수 어린이 잡지'를 표방한 대로 60년대로부터 줄곧 아동문학의 신장을 위해 많은 지면을 할애해 주는 등 본격문학의 전개에 크게 이바지했다"[15]고 평가하는데, 아동문학 전문 잡지가 아닌 아동교양지였던『가톨릭소년』이 이렇듯 아동문학 작품 발표의 주요 장이 된 데에는 이석현의 역할이 지대했다.『가톨릭소년』에 관한 최근 연구 역시 "이석현은『가톨릭소년』의 1960년대뿐 아니라 1970년대까지 매체 성격을 형성하는 데 가장 영향을 미친 인물"[16]이라고 평가한다. 다시 말해 그의 아동문학 창작 실천과 창작론을 연구하는 데에는『가톨릭소년』의 기획, 편집, 집필 활동을 살펴보는 일이 필수적이다.

이석현은 동극(성극) 창작, 동화 번역 작업도 했으나 동시 창작이 작품 활동의 중심이었다.『가톨릭소년』에서 이석현의 편집 역량과 역할이 두드러지는 지면 역시 아동문학 중에서도 동시 지면이었다. 당대를 대표하는 동시인들의 가장 실험적인 작품을 게재하던『가톨릭소년』동시 지면은 아동문학 문예지였던『아동문학』과 동일한 문학적 수준을 지녔다. 이는 아동교양지『새벗』『소년세계』『소년중앙』이나 아동문학 문예지『횃불』『아동문학사상』과도 차별된다. 동시 지면은 특히 그가 '동시인' 동인회 창립 멤버로 활동하기 시작한 1966년 전후로

15 이재철,『한국현대아동문학사』, 일지사, 1978, 539쪽.

16 장수경,「1960년대『가톨릭소년』과 어린이 교양」,『동화와 번역』, 2018 제35집, 동화와 번역연구소, 275쪽.

확연한 변화를 보인다. 그는 동시의 여러 형식 중에서도 동화시 창작에 집중했고, 동화시를 『가톨릭소년』의 지면에 적극 반영했다. 본인의 동화시를 여러 편 게재했으며 동화시 특집 지면을 마련해 당대 유명 동시인의 동화시를 실었다.[17]

이석현은 1960년부터 『가톨릭소년』 『경향신문』 『새벗』 『동광』 등에 발표한 동화시 19편을 묶어 1966년 동화시집 『메아리의 집』(성바오로출판사)을 출간한다. 이 책은 "이석현 동화시집 메아리의 집"이라는 제목으로, '동화시집'이라는 세부 장르명을 전면에 내세웠다. 이석현은 작가의 말 성격인 '남은 말'에서 "아마도 처음 나오는 〈동화시집〉이라해서 자랑될 것은 조금치도 없고" "앞으로 〈동화시〉를 살뜰히 아끼고 위하는 어린이와 어른이 부쩍 많이 늘어 [···중략···] 〈동화시〉의 숲을 곳곳마다 우거지게 해 주었으면"[18]이라며 동화시 형식을 표방했음을 강조했다.

『메아리의 집』의 수록작이 가장 많이 발표된 지면은 『가톨릭소년』으로 총 4편이 발표됐는데 시집이 출간된 성바오로출판사 역시 가톨릭 교회에서 운영하는 출판사로, 이석현의 창작 활동이 그의 이력과 긴밀했다는 점이 여기서도 확인된다. 특기할 만한 점은 수록작 중 『가

---

17 1960년대 『가톨릭소년』에 게재된 동화시의 대표적인 목록은 다음과 같다. ①1963년 10월호—이석현, 장미꽃 송이 송이 ②1964년 2월호—이석현, 네 잎 클로버 ③ 1964년 9월호 동화시 특집—박홍근, 회전의자에서의 꿈. 이석현, 꿈, 조갑지. 정상묵, 책상들의 속삭임. 송명호, 재판받는 싼타클로스 할아버지. 이상현, 〈햇네〉와 무지개. ④1964년 10월호—이석현, 아옹다옹(그림동화) ⑤1965년 1월호—이석현, 창구멍(그림동화) ⑥1965년 3월호—이석현, 봄이 오면(그림동화) ⑦1965년 4~5월호—이석현, 신비산에 종칠 때 ⑧1967년 2월호—이원수, 싸움놀이. ⑨1967년 11월호—김신철, 숙제 조사 시간. 박종현, 눈이 내리는데. ⑩1969년 11월호 동화시 특집—이석현, 별들의 그림. 신현득, 부화기에서 통조림 이야기. 이상현, 휴전선 스케치. 오규원, 산속의 합창. 위 목록을 보면 몇 년간 꾸준히 동화시 특집 지면을 마련하고, 이원수, 신현득, 이상현 등 당대 유명 시인의 동화시 작품을 싣는 등 동화시 부흥에 애썼음을 알 수 있다.

18 이석현, 『메아리의 집』, 성바오로출판사, 1966.

톨릭소년』에 발표된 4편 외에도 2편이 '그림동화'라는 제목으로 삽화와 함께 게재된 사실이다. 『새벗』에 발표된 「창구멍」(1963년 1월호)과 「봄이 오면」(1964년 3월호)이 각각 『가톨릭소년』 1965년 1월호와 1965년 3월호에 '그림동화'로 다시 게재됐다. 한편 『가톨릭소년』 발표작 4편 중에서도 '그림동화'로 발표된 작품이 있다. 『가톨릭소년』의 '그림동화'와 『메아리의 집』의 동화시를 비교하면 텍스트상 변화는 크지 않다. 그럼에도 '그림동화' 형식의 게재는 동화시를 이미지와 텍스트가 결합된 형태로 제시하며 동화시의 서사성을 더욱 극대화시키고 어린이 독자에게 가깝게 다가가려는 시도라는 점에서 의의를 찾을 수 있다.

『메아리의 집』에 수록된 19편의 동화시는 1950년대 이전 동화시라 불리던 형식의 작품들과 분명한 차이를 지닌다. 1920~30년대 『어린이』나 1950년대 『소년세계』에 동화시라는 장르명으로 발표된 작품[19]들은 혹부리 영감, 백설공주 등 옛이야기를 시로 전달하는 형식이었다. 즉 옛이야기나 소설 등 기존 서사가 있고, 이를 시라는 운문 장르로 변환시킨 것이었다. 이에 비해 이석현의 동화시는 시라는 장르 정체성을 기반으로 서사의 요소를 확충한 양식이다. 『메아리의 집』 수록작은 모두 그가 창작한 이야기를 담고 있으며, 열두 띠의 유래담인 「신비산에 종칠 때」조차 기존 이야기와 전혀 다른 이야기로 전개된다.[20]

『메아리의 집』의 동화시는 형식적으로는 대개 20연에서 120연까지 다양한 길이며, 내용적으로도 다양하다. 시집은 총 4부로 구성되어 있

19 진선희, 「1950년대 『소년세계』지 수록 동시 연구」, 『한국아동문학연구』 29호, 한국아동문학학회, 2015 참조.

20 열 두 띠 유래담 중 가장 널리 알려진 이야기는 동물들의 달리기 경주에서 쥐가 소 등에 타고 있다가 뛰어내려 일등이 됐고, 십이지의 가장 앞에 있다는 내용이다. 이 작품에서는 쥐가 고양이를 속여 경주에 참가하지 못하게 하는 이야기가 중요한 모티프로 전개된다.

는데 1부와 2부는 소위 생활동화와 유사한 서사, 3부는 판타지 요소가 가미된 서사, 4부는 종교적 색채가 강한 신앙시로 구분된다. 어린이의 소소한 일상을 담고 있는 1, 2부의 서사는 감기에 걸린 아이가 집밖으로 나가지 못해 답답해하다 일어나는 일들(「창구멍」, 「엄마 이마에 갈매기」), 앙숙이던 남매가 아픈 엄마를 위해 저금통을 깨고 약을 사 드리는 이야기(「아옹다옹」), 친구가 붙잡은 새를 풀어주는 이야기(「아가야 새들」) 장사하는 엄마를 친구들 앞에서 모른 척 하는 이야기(「"울 엄마다!"」) 등이다. 3부는 그물로 낚은 보석이 쓰레기로 변해버린 꿈 이야기(「소년의 꿈」) 열두 띠 유래담(「신비산에 종칠 때」) 등이고, 4부는 성탄절의 자선(「빈손의 싼타클로스」) 성모 신심(「네 잎 클로버」, 「장미꽃 송이 송이」) 동방박사 이야기(「커단 별이 뜨는 밤」)이다. 이중 1,2부의 몇몇 작품에서는 '웅이'라는 어린이로 인물을 통일하며 연작시와 같은 효과로 서사성을 더욱 확장시키고 있다. '웅이'의 가정 형편이 각 작품마다 달라 동일 인물의 이야기로 볼 수 없음에도 인물의 이름을 통일함으로써 시집 전체의 서사성을 보다 풍부하게 드러내고자 했던 것으로 해석된다.

수록작 중 「봄이 오면」은 동화시로서의 이야기 재미가 가장 뛰어난 작품이다. 프랑스로 그림 공부하러 가신 아버지가 봄에 돌아온다던 약속을 날마다 기다리던 웅이 앞에 어느 날 갑자기 아버지가 빨간 자동차를 타고 등장한다.

> 자동차 문이 확 열리더니/웃음이 가득 핀/환한 아빠 얼굴!//웅이 눈이 더 커지며/몇 걸음/뒤로 물러섭니다.//어쩐 일인지/빨간 자동차에서 내린 아빠는/아래 위/양복 모두가 빨간 색이고/빨간 나비 넥타이에/빨간 베레모까지…/그전 아빠와는 달랐읍니다. [… 중략 …] 그런데 웬 일일까요?/……………………//차에 올라 보니/그 빨간 차가, 그렇게 곱던 차가/안에는 온통 까만 빛 투성이./어찌도 어둡고 침침한지/가슴이 탑탑해서/앞 자리 운전대에 앉은/

아빠 어깨를 흔들었읍니다./"아빠, 문 열어 봐./햇빛이 들게…"//앞에서 돌아보는 건/아까 빨간 옷의 아빠가 아니라,/시커먼 옷에 얼굴도 거무죽죽한/낯선 아저씨였읍니다.//"너는 누구냐?/어디로 가려는 거지!"

—「봄이 오면」 중

이는 웅이가 꿈을 꾼 이야기였고, 기다리던 아빠는 곧 내일 모레 오신다는 반가운 전보를 받는다. 앞서 1, 2부 수록작의 줄거리를 간략히 보아도 알 수 있듯 『메아리의 집』의 동화시는 대개 일상의 에피소드를 담고 있어 서사성의 재미가 그리 돋보이지는 않는다. 하지만 「봄이 오면」은 꿈 이야기라는 익숙한 장치와 강렬한 색채 이미지를 동원해 아버지에 대한 간절한 기다림과 아버지 부재의 불안감을 매우 극적으로 나타낸다.

다른 수록작에서도 발단–전개–절정–결말의 서사 구조가 잘 갖추어져 있고 서사의 전복이 군더더기 없이 극적으로 제시되는 경우에 동화시로서의 성취가 두드러지는 편이다. 「"울 엄마다!"」는 행색이 부끄러운 엄마를 친구들 앞에서 모른 척 하는 평범한 이야기지만 "홱 돌아서 뛰쳐오며/"엄마아!"//엄마와 딸은 꼬옥/껴안았다."로 인물의 심리와 행동이 극적으로 전환되는 부분과 이를 바라보는 친구들에 대한 묘사가 압축적인 시의 형식으로 표현되어 감동을 불러일으킨다.

1960년 5월 11일 『경향신문』에 발표된 「흰나비」는 시집 수록작 중 가장 먼저 발표된 작품인데, 길이가 23연으로 짧은 편이며 동화시로서의 문학적 성취가 단지 서사성으로 이루어지지 않는다는 점을 보여준다. 4·19혁명 직후 발표된 이 시는 현실 비판적인 주제의식을 '흰나비'라는 죽음의 상징을 통해 드러낸다. 휴전선에서 복무중인 강 병장의 철모에 흰 나비 한 마리가 날아와 앉는다. 흰 나비를 본 강 병장은 사직공원에서 '욱이'와 나비 잡던 생각이 나고 욱이에게 전할 편지에 넣어 보낼 생각에 나비를 잡으려 뛰어다닌다. 동료 병사들이 "유치원생 봐라" "코찡찡이 모양 나비잡기냐"고 놀리는 와중에 서울서 온 전보는 욱이의 죽음을 알린다. "-4월 19일,/참된 민주주의를 위해/〈데모〉하다/욱이가 희생되었다는 소식- [⋯중략⋯] 어디서 왔는지/흰 나비가/강 병장 둘레를/빙빙 돌다/철모 끝에 앉습니다.//멀리서 모임 나팔이/요란히 울려 옵니다./강 병장은 눈물을 주먹으로 닦고/일어섰습니다."

『메아리의 집』에 수록된 동화시 19편은 다양한 길이와 내용으로 동화시라는 형식을 탐색했으며, 이 시집을 통해 동화시의 문학적 성취가 발생하는 지점을 가늠해볼 수 있다. 이석현은 『메아리의 집』 출간 이듬해에 동화시집 『원숭이의 꿈』(교육자료, 1967)을 발간하며 동화시를 1960년대 동시 장르의 새로운 형식으로 정착시키려고 했다. 조유로가 단시 형식을 기본으로 한 데 비해 이석현의 동화시는 그 반대의 자리에서 동시의 새로운 형식을 탐색한 시도다. 조유로가 운문 장르의 핵심에 집중하는 방식으로 동시의 새로운 형식을 탐색했다면, 이석현은 운문 장르를 확장하는 방식에서 동시 장르 형식의 새로운 가능성을 모색했다고 볼 수 있다.

(2) 이석현의 동화시론과 창작 지향

이석현은 1960년대 동화시를 창작하는 가장 대표적인 시인이었으며 동화시에 대한 창작 지향 또한 명확했다. 박경용은 "동화시라면 이석현 씨가 연상될 정도로 동화시에서 차지하는 이 씨의 비중은 크다. 그는 창작동화를 통해서만이 아니라 여러 차례 동화시 운동까지 벌여 그것의 발전에 공헌해왔다"[21]라고 밝힌 바 있다. 이석현은 동화시 논의에 적극 참여하고 다른 시인에게 동화시 창작을 독려하는 등 동화시를 동시의 형식 실험에서 매우 중요하게 여겼다. 따라서 그의 동화시는 1960년대 동화시 담론과 아울러 분석될 필요가 있다.

앞서 말했듯 『가톨릭소년』은 이석현의 동화시 창작과 담론 생산의 토대 역할을 했다. 아래 편집후기는 그러한 활동과 지향을 보여준다.

> 이 달에는 〈동화시〉와 〈동시조〉의 두 가지 특집을 엮었습니다. 이 두 가지는 〈가톨릭소년〉만이 해마다 특집을 엮어 활발하게 벌이고 있는 문예운동입니다. (중략) 지금은 〈동화시〉·〈동시조〉가 미지근한 메아리밖에 얻지 못하고 있지만, 앞으로 10년, 20년 뒤에는 큰 운동으로 번져, 이 땅 문학계에 큰 자국을 남길 것을 스스로 다짐합니다.[22]

또한 『가톨릭소년』 1965년 6월호의 "문학소식" 난에는 "〈동시〉 원탁토의—동시인들이 모여서"란 제목 아래 "김요섭, 방극룡, 유경환, 이석현, 임인수, 차보현의 여섯 동시인이 합평회를 겸하며 〈동시의 난해성〉, 〈음악성과 회화성〉, 〈시어의 문제〉"[23] 등을 논의했다고 전한다. 이 논의가 지면에 게재된 바는 찾을 수 없지만, 한국문인협회 아동문학분과위원회 주최로 열리고 『아동문학』에 게재된 '원탁좌담회'와 함께 당대에 동화시를 논의한 주요 자리였던 것으로 기록되어 있다.

이석현은 「동화시론」[24]에 그가 생각하는 동화시의 정의, 요소, 형태, 역사 등을 일목요연하게 정리했다. 그는 먼저 동화시란 "〈서사적 아동시〉—곧 〈동화적 내용(줄거리)을 지닌 시"이며 "〈장동시(長童詩)〉와는 구별되어야 한다"고 정의하며 "동화의 〈플럿〉(짜임새)과 〈픽션〉(꾸밈성)이

---

21 박경용, 「'동화시'라는 것—이석현 동화시집 『메아리의 집』」, 『교육자료』 1967년 4월호, 교육자료사.

22 「꾸미고 나서」, 『가톨릭소년』, 1969년 11월호, 110쪽.

23 「문학소식」, 『가톨릭소년』, 1965년 5월호, 22쪽.

24 이석현, 「동화시론」, 『교육자료』, 1967년 4월호, 230~233쪽.

곁들여 있는 점이 〈장동시〉와 다르다"고 말한다. 그가 언급한 '장동시'는 '산문시'로 해석되며, 〈서사적 아동시〉라는 용어와 정의는 "동화시를 서사시의 일종"으로 파악한다고 한 박경용의 비판[25]과 배치되는 부분이기도 하다.

「동화시론」이 말하는 동화시의 '요소'를 보면 동화시의 '정의'가 좀 더 분명해진다. 이석현의 동화시의 요소를 ①동화다운 줄거리와 사건이 있어야 한다 ②시적 예술성—동화를 보다 시적인 경지로 끌어올리는 격조 높은 것이 되고, 〈이미지〉 역시 시적이어야 한다 ③한 작품 자체가 〈시〉일 것, 시로서의 향취와 요소를 지니고, 형식 또한 〈시〉여야 한다고 말한다. 즉 동화의 서사적 요소를 갖춘 시라는 설명이다.

이석현의 「동화시론」에서 특기할 만 한 점은 그가 동화시를 강조한 이유가 단지 동시 장르의 형식 모색 때문만은 아니라는 사실이다. 그는 "동화시 운동이 활발히 전개되었으면 싶다"며 그 이유를 다음과 같이 말한다.

> 요즈음의 동화들이 본령인 시세계를 벗어나, 〈리얼리티〉를 잘못 받아들여 〈생활동화〉랍시고 어린이들의 일상 생활을 스케치하는 데 그치거나, 사건과 줄거리만 일삼는 산문화(소년소설화) 되어 가고 있음에 비추어, 동화를 좀 더 따스하고 〈나이브〉한 서정미 감도는 시와 꿈과 정서의 세계로 끌어 올리기 위함이 그 하나요,

---

25 박경용은 동화시를 서사시와 구분하며 다음과 같이 말한다. "서사시는 사실을 서술한 장시이다. 그 소재는 옛적에 있었다고 생각되는 이야기, 곧 신화와 전설이다. 그 사실은 막연한 사실이 아니라, 일정한 인물의 행동을 주로 한 것이며, 그 인물은 대개 역사상의 영웅이다. 서사시는 객관적인 시로서 담시(譚詩)의 특질에 기초를 두는 것이다."(「교육자료」, 1967년 4월호.) 이석현이 「동화시론」 발표 이전 동화시를 서사시로 규정한 자료는 찾아볼 수 없다. 그러나 박경용의 비판은 당시 동화시 관련 용어와 개념이 통일되지 않은 상황에서의 혼란, 각 시인마다 판이한 동화시 창작 양상에서 나온 것으로 보인다.

어린들에게 자칫 경원시 당하기 쉬운 〈동시〉에게 재미있고 푸짐한 내용과 줄거리를 곁들여 친숙하게 꾀하자는 것이 그 둘째요,

또 짧고 감각화한 동시나, 〈테크닉〉에 치우친 동요, 동시에 〈동화시〉가 영향을 주어, 길고 무게 있는 동시를 낳게 하는 1거3득을 노리기 위하여서도 [⋯후략⋯][26]

즉, 이석현은 동화의 핵심이 판타지적 성격에 있다고 보고 이를 시의 장르적 특성과 유사하게 여기며 동화시가 동화 장르에도 긍정적인 영향을 미칠 것으로 생각한다. 이는 현대의 아동문학 장르 인식으로 볼 때 공감하기 힘든 지점이다. 그러나 동화시 운동을 제창하는 다른 두 가지 이유는, 오늘날 동시 장르의 형식 모색에도 시사하는 바가 있다. 흔히 동화시라 하면 그가 두 번째 이유로 제시했듯 서사의 재미를 첨가해 어린이 독자에게 친숙하게 다가갈 수 있는 점을 예상한다. 즉 동화시는 형식 실험인 한편 어린이 독자를 배려하는 시도로 받아들여진다. 그런데 세 번째 이유는 동화시의 창작 지향과 창작 실천에 있어 문학적 성취와 관련한 또 다른 문제의식이 있었음을 알려준다. 1960년대 동시가 형식 실험에 집중하며 정작 문학으로서의 깊이와 무게를 고민하는 일에 소홀하지 않았는지를 돌아보게 하는 것이다. "짧고 감각화한 동시"를 비판적으로 언급했듯, 동화시는 당시 모색되던 단시의 형식 실험에 대비되는 지향으로 창작됐음을 확인할 수 있다.

26 이석현, 같은 글, 233쪽.

3. 결론 : 1960년대 형식 실험의 문학사적 의미와 계승

이 글에서는 1960년대 동시의 형식 실험을 대표할 수 있는 조유로와 이상현의 작품을 분석하고, 그들의 창작이 개인의 창작론과 창작 지향에 따른 면밀한 실천임을 살펴보면서, 이것이 오늘날 동시 장르에 여전히 유효한 질문과 모색임을 언급했다. 현재 동시 장르의 새로운 형식에 대한 모색은 '어린이 독자'라는 아동문학 장르의 대명제 아래서 실험과 전위의 범주가 상당 부분 제한적으로 규정되며 되풀이되고 있다. 따라서 동시의 형식 실험이 가장 전위적이고 광범위하게 일어났던 1960년대의 창작 양상과 의미를 밝히는 일은 단지 특정 시대나 특정 작가의 개별 창작 시도를 문학사적으로 복원하는 데 그치지 않고 2000년대 후반부터 다시 활발해진 오늘날 동시의 창작 실험에 대한 모색과 연결되며 확장될 수 있다.

1960년대 동시의 형식 실험은 현재의 창작 실천에 매우 구체적으로 시사하는 바가 많다. 조유로의 다양한 형식 실험이 함유한 문학으로서의 가치에 대한 질문은 오늘날 말놀이 동시와 형태시의 범람, '손바닥 동시'와 같은 단시의 의미와 한계에 대한 질문에도 유효한 고찰이 된다. 또 요즘 동시가 예전보다 길어지고, 최근 출간되는 동시집에 산문시가 상당수 수록되는 현상 역시 동화시 장르 논의를 통해 살펴볼 수 있다. 긍정론과 부정론이 양립하던 1960년대 동화시 논의[27] 중에서도 '문학의 재미가 스토리 위주로써만 성립되는가, 동시를 읽는 어린이는 동시만의 재미로 읽는 것 아닌가, 독자를 얻기 위해 동화시를 창안하는 게 시인으로서 옳은 자세인가' 하는 비판적인 질문은 최근 창작 상황을 살펴보는 데 도움이 된다. 무엇보다 1960년대 동시의 형식 실

27 박경용, 「'동화시'라는 것」, 『교육자료』, 1967년 4월호 참조.

험에서 아동문학으로서의 문학적 성취가 고찰되는 지점과, 실제로 그 작품들이 어린이 독자에게 어떤 문학적 경험을 안겨주었는지에 대한 고려는 현재 동시 창작과 담론에 중요한 의미가 있다.

1960년대 동시의 형식 실험에 비추어 오늘날 동시 담론을 꾸준히 살펴보는 작업 외에도 여전히 남은 과제가 있다. 이 시기 주요한 창작 실험으로 제안된 형식 하나는 '동시조'이고, '동시조 운동'이라 할 만한 창작 작업들이 있었으므로 이에 대한 연구가 필요하다. 특히 이석현과 박경용은 '동시조 운동'의 주역이기도 했으며 박경용은 지금까지 창작에서도 명맥을 유지하고 있다. 한편 1960년대는 한국 현대 시 장르에서도 자유율 확립, 언어 실험과 파괴, 서사성과 전통성의 모색 등이 이루어진 시기인 만큼 시문학사를 아울러 살피는 시야도 요구된다. 해당 시기 현대 시와 현대 동시의 영향 관계를 점검하는 작업은 아동문학사와 한국문학사를 더욱 풍요롭게 완성시켜 줄 것으로 기대한다.

참고자료

1. 기본 자료

—조유로 작품 목록

『부동항』, 청우출판사, 1958.

『하아얀 칠판』, 청우출판사, 1961.

『산 넘어온 편지』, 향문사, 1963.

『제목이 없는 동시』, 향문사, 1964.

『씨씨한 시집』, 향문사, 1965.

『노리개 실은 화물선』, 향문사, 1966.

『고만큼 조만큼』, 향문사, 1968.

『해바라기의 합창』, 해바라기글방, 1971.

『부산 부두에 오면』, 친학사, 1972.

『그래요 그래서』, 시문학사, 1976.

『나달은 없어도 해는 갔더라』, 시문학사, 1981.

『그 달이 방금』, 금정, 1989.

『조유로 동시 선집』, 지만지, 2015.

—이석현 작품 목록

『어머니』, 출판사 미상, 1958.

『메아리의 집』, 성바오로출판사, 1966.

『원숭이의 꿈』, 교육자료, 1967.

『가을 산마을』, 세종문화사, 1975.

—박경용 작품 목록

『어른에겐 어려운 시』, 대한기독교서회, 1969.

『그날 그 아침』, 세종문화사, 1975.

—그 외 작품 목록
신현득, 『아기눈』, 형설출판사, 1961.
유경환, 『내 고향 솔내』, 1979.
이상현, 『스케치』, 현대아동문학사, 1974.
주상현, 『꿈나라의 집』, 한성출판사, 1974.
『동시인 1집』, 배영사, 1966.
『동시인 3집—숲속의 별』, 배영사, 1968.
『한국동시감상』, 이상현 편, 을유문화사, 1979.

2. 논문 및 단행본
김유진, 「'본격동시' 담론 연구」, 인하대 대학원 박사학위 논문, 2015.
박경용 저, 김용희 편, 『무풍지대의 돌개바람』, 아동문학평론, 2015.
신현득, 『한국동요문학의 연구』, 단국대 대학원 석사학위 논문, 1982.
______, 「한국동시사 연구 - 창작동요성장기와 창작동요쇠퇴기를 중심으로」, 『국문학논집』 18집, 단국대 국어국문학과, 2002.
이재철, 『한국현대아동문학사』, 일지사, 1978.
장수경, 「1960년대 『가톨릭소년』와 어린이 교양」, 『동화와 번역』 35집, 동화와 번역연구소, 2018.
진선희, 「1950년대 『소년세계』지 수록 동시 연구」, 『한국아동문학연구』 29호, 한국아동문학학회, 2015.

권정생 동시 연구

—개작 양상을 중심으로

1. 동시집 출간과 재평가의 필요성

권정생의 생애와 사상, 작품에 대한 연구는 한국 현대 아동문학의 대표 작가인 그의 위상에 걸맞게 꾸준히 축적되어 왔다. 그럼에도 한 가지 미흡한 분야가 있으니 바로 그의 동시에 대한 연구이다. 권정생은 생전에 동시집 『어머니 사시는 그 나라에는』(지식산업사, 1988)을 출간했지만 이 작품들은 동화에 비해 아동문학 장에서 큰 주목을 받지 못했으며 연구와 평론에서 소외되어 왔다.

권정생 동시에 대한 학문적 연구로는 김상욱[1]과 장영애[2]의 연구가 눈에 띄는 정도다. 김상욱은 권정생의 동시가 "동화의 현실주의적 정신을 반복하고 변주"하고 있으며 "간결하고 단단한 묘사, 날카롭고 근본적인 현실 비판, 전형으로 상승되는 정서, 인물의 내면과 외양을 긴밀하게 일치시키는 형상화, 이야기를 통한 시적 지평의 확대"[3] 등의

1 김상욱, 「권정생 동시의 세 가지 양상」, 『창비어린이』 2005 겨울호.(김상욱, 『어린이문학의 재발견』(창비, 2006)에 수록.)

2 장영애, 「권정생 동시 연구」, 경인교대 석사논문, 2007.

미덕을 지닌다고 평가한다. 장영애 역시 김상욱과 유사하게 권정생 동시의 시적 형상화 양상과 시사적 의미를 현실주의 동시의 성취로 보았다.

두 연구는 모두 당시 권정생의 유일한 동시집이었던 『어머니 사시는 그 나라에는』에 수록된 동시 80편을 연구 대상으로 삼고 있다. 그런데 2007년 권정생이 사망한 후 동시집 『삼베치마』(문학동네, 2011), 『나만 알래』(문학동네, 2012)가 출간되면서 권정생 동시는 새롭게 해석될 필요가 대두됐다. 특히 『삼베치마』와 『나만 알래』의 특수한 발간 상황은 보다 치밀하게 권정생 동시를 재평가해야 할 이유이자 기반이 된다.

권정생 동시를 연구하기 위해서는 무엇보다 먼저 이 세 동시집의 발간 과정과 편집 구성이 고찰되어야 한다. 세 동시집을 발간순대로 정리하면 『어머니 사시는 그 나라에는』(1988), 『삼베치마』(2011), 『나만 알래』(2012)이다. 다시 강조하건데 권정생이 생전에 출간한 동시집은 『어머니 사시는 그 나라에는』 한 권이고, 나머지 두 권은 작가의 의도와 상관없이 사후 출간된 동시집이다.

흔히 '유고작'이라고 불리는, 작가 사후 출간된 작품집은 작가가 생애 마지막 집필한 작품인 경우가 대부분이다. 그러한 의미라면 『삼베치마』, 『나만 알래』는 '유고작'이라 할 수 없다. 『삼베치마』는 권정생이 1969년 동화로 등단하기 전인 1964년에 손수 책의 형태로 묶어놓은 습작 원고를 마치 복간본처럼 전혀 손대지 않고 그대로 출간한 것으로, 창작된 지 무려 47년 만에 세상에 나온 셈이다. 『나만 알래』는 『삼베치마』의 작품 98편 중 42편을 골라 본문을 교정하고, 목차를 다시 정해 편집한 동시집이다.

일반적인 의미에서 '유고작'이라 할 수 없는 『삼베치마』는 '발굴

---

3 김상욱, 위의 책, 373쪽.

작' 혹은 '미발표작'이라 하기에도 적절치 않다. 『삼베치마』의 동시 중 일부는 이미 『어머니 사시는 그 나라에는』의 3부에 수록된 바 있기 때문이다.

그럼에도 『삼베치마』와 『나만 알래』는 '권정생'이라는 유명세, '동시'라는 장르상 새로움, 작가 사후 출간작에 대한 호기심으로 주목받았다. "권정생 문학의 시원", "찬란하게 낡은 동시집"[4]이라는 해설은 동시집의 성격을 규정했고 우호적인 감상이 이어졌다. 하지만 잠시 살펴보았듯 『삼베치마』의 출간이 합당했는지 여부는 물론이거니와[5] 이를 권정생 문학의 "시원" 내지 "뿌리"로 규정하는 것 역시 문제적이다.

『삼베치마』 출간의 특수한 상황으로 권정생의 동시는 더욱 섬세하게, 다각도로 분석되어야 필요가 생겼다. 좀 더 비판적인 논의와 연구가 이루어져야 한다. 『삼베치마』를 과연 권정생 동시의 텍스트로 삼을 수 있는 것인지, 이 동시들의 시적 세계는 요즘 동시들과 비교해 언뜻 신선해 보이는데 창작 시기인 5, 60년대 동시대 동시들의 시적 성취와 견주어 볼 때 과연 어떠한지, 『삼베치마』에서 『어머니 사시는 그 나라에는』으로의 연속과 단절은 무엇이며 시 세계의 변화는 어떻게 해석될 수 있는지, 지금까지 이뤄진 『어머니 사시는 그 나라에는』에 대한 평가는 조정되어야 하는지, 두 동시집은 권정생 문학에서 어떻게 자리매김 될 수 있을지, 오늘날의 현실주의 동시에 시사하는 바는 과연 무엇인지 등의 문제에 대해 답을 찾아야 할 것이다.

이러한 과제를 해결하기 위해 이 글에서는 우선 초고 성격의 『삼베치마』와 완성본 성격의 『어머니 사시는 그 나라에는』 3부를 비교하는

---

4 안도현, 「『삼베치마』를 가슴에 새로 안은 기쁨」, 『삼베치마』(문학동네, 2011) 해설 중.

5 『삼베치마』 출간 후, 『삼베치마』의 98편 중 42편만을 골라 새로 편집한 『나만 알래』가 '문학동네 동시집' 시리즈로 출간된 것은 『삼베치마』가 동시집으로서의 작품성보다는 자료로서의 가치를 지닌다는 사실을 방증한다.

작업부터 시작해보고자 한다. 권정생이 '삼베치마'[6]의 초고를 어떤 방향으로 수정해 완성본으로 확정했는지 개작 과정을 살펴보는 것이다. 이러한 작업을 통해 권정생 동시의 출발점과, 20여 년 후 현실주의 아동문학 창작 실천의 한가운데서 탄생한 권정생 동시의 종착점을 비교해볼 수 있을 것이다. 권정생의 동시를 보다 엄정하게 분석하고 평가하고자 한다면 작품 경향이 전혀 다른 이 두 동시집 모두를 무조건 호평하는 종래의 관점에서 나아가야 한다. 개작 방향을 면밀히 분석함으로써 두 동시집의 각기 다른 성격과 그 의미를 살펴본다.

2. 권정생 동시의 개작 방향

1) 권정생의 작품 인식

원고 모음집인 '삼베치마'에서 『어머니 사시는 그 나라에는』으로의 개작 과정을 알아보기에 앞서 권정생이 자신의 동시를 어떻게 인식해왔는지를 우선 살펴보고자 한다. 작품에 대한 작가의 인식을 밝힘으로써 개작 과정에서의 작가의 의도나 지향, 방향성을 더욱 깊이 있고, 다각적으로 고찰할 수 있을 것으로 생각되기 때문이다.

이오덕이 『어머니 사시는 그 나라에는』에 쓴 머리말에는 1985년 10월 23일 권정생이 이오덕에게 쓴 편지가 인용되어 있는데 먼저 이 편지를 통해 권정생이 '삼베치마'를 비롯한 자신의 5, 60년대 작품들을 어떻게 평가했는지 알 수 있다.

---

6 이 글에서는 권정생이 1964년 손수 묶은 원고 뭉치는 '삼베치마'로, 이것이 2011년 동시집으로 출간된 것은 『삼베치마』로 구분해 표기한다. 두 원고의 내용이 동일하지만 의미상, 시간 순서상의 혼선을 피하기 위해서다.

선생님,

동시 64편을 모아 보았습니다.

여기 보내는 것 56편과 『어린이를 지키는 문학』에 보낸 8편을 보태어서 64편이 가까스로 된 것입니다. 1,2,3부로 나누었는데 1,2부는 모두 80년대에 씌어진 것이고, 3부는 50년대와 60년대에 쓴 것을 고르고 골랐다는 것이 이렇습니다. 연대를 어림으로 써 두었지만 정확한 것은 아닙니다. 「강냉이」 한 편만이 초등학교 시절에 씌어진 것입니다. 모두 조금씩 손질을 했지만, 작품이 될지 모르겠습니다. 그러고 보니 70년대에는 거의 동시를 쓰지 않았다는 것을 알게 되었습니다. […후략…][7]

권정생은 80년대에 창작한 1, 2부의 작품들에 대해서는 별다른 언급을 하지 않지만 유독 3부의 작품들에 대해서는 "작품이 될지 모르겠"다며 저평가한다. 많은 작품들 가운데 겨우 "고르고 골랐다"고 밝히고 있으며, 겨우 선정한 그 작품들마저도 "모두 조금씩 손질을 했"다고 말한다. 이렇듯 『어머니 사시는 그 나라에는』 발간 준비 당시 권정생은 2, 30년 전에 창작한 '삼베치마'의 시들을 그다지 높이 평가하지 않았던 것으로 보인다. 권정생에게 있어 '삼베치마'는 작품 선정과 퇴고가 필요했던 초고에 불과했을 뿐으로 짐작된다.

권정생이 "고르고 골랐다"고 한 5, 60년대에 창작한 동시는 '삼베치마'의 98편 외에도 더 많은 작품이 있었던 것으로 추정된다. 그는 1967년 형수에게 보낸 편지에서 "지금 제가 쓰고 있는 시는 모두 200편 정도 완성되었습니다"라고 밝힌 바 있다. '삼베치마' 외 백여 편의 동시를 창작한 시기가 1964년 '삼베치마'를 엮기 전인지 후인지는 알 수 없다. 그러나 '삼베치마'를 이미 정리해 놓은 상황에서 언급한 것

7 권정생, 『어머니 사시는 그 나라에는』, 지식산업사, 1988, 머리말 중.

이니 60년대까지 최소 2백여 편을 창작한 것은 분명해 보인다. 『어머니 사시는 그 나라에는』 3부에 실린 22편 중 '삼베치마'의 수록작은 13편이니, 9편은 '삼베치마' 수록작을 제외한 나머지 백여 편에 포함된 작품들이었던 것으로 짐작해 볼 수 있다.

권정생은 형수에게 보내는 이 편지에서 이 정도 분량으로 작품이 모아졌다고 밝힌 후 "죽기 전까지 예쁜 동시집 한 권에 싣고 싶다는 희망을 가지고 책을 읽고 공부하고 있습니다"라고 부언한다. 하지만 이 동시들로 동시집을 발간하고 싶다는 생각은 등단 이전 문청 시절의 바람일 뿐이었다고 보는 게 타당하다.

『어머니 사시는 그 나라에는』 머리말에 실린 편지에서도 그렇지만 권정생은 자신이 5, 60년대에 창작한 동시들을 고평한 적이 없다. 물론 작가가 2, 30년 전 자신이 창작한 작품에 대해 만족해하는 경우는 흔치 않겠지만 권정생은 꾸준하고 분명하게 그러한 견해를 견지한다. 이는 70년대말 이오덕과 권정생이 주고받은 편지를 통해 줄곧 확인할 수 있다.

> 창비에서 동시 선집[8]을 내려고 해서 지금 자료를 모으는 중에 있는데, 7월 중순까지는 일단 원고를 모아서 상경할 예정입니다. 기성 문인이고 신인이고 등단하지 않은 사람이고 일체 묻지 않고 작품 본위로 선정하려 합니다. 좋은 조언을 해주시면 고맙겠습니다. 그리고 권 선생님의 작품, 전에 써 두신 것이 많았는데 그 중에서 몇 편을 골라 보내주십시오. 꼭 부탁합니다.(1977년 7월 1일 이오덕)[9]

8 이오덕이 엮은 동시 선집 『꽃 속에 묻힌 집』(창비, 1979)을 언급하는 것으로 보인다.
9 이오덕 · 권정생, 『살구꽃 봉오리를 보니 눈물이 납니다』, 한길사, 2003, 157~8쪽.

동시를 보내 달라고 하셨는데, 찾아보니 그게 그렇고 그런 것뿐입니다. 읽어 보시고 한두 편 골라 보시든지, 아니면 그만두시기 바랍니다. 동화, 동시, 다 쓸 수 없을 것 같습니다. (1977년 7월 5일 권정생)[10]

동시는 모두 선집에 넣고 싶을 만큼 좋았습니다. 그런 작품이 몇 점이나 되는지, 시집을 낼 수 있었으면 좋겠는데 작품만 있으시면 내는 방도를 생각해 보겠습니다. (1977년 7월 11일 이오덕)[11]

제 동시집은 앞으로 천천히 원고를 찾아 검토해 봐서 의논드리겠습니다. (1977년 7월 18일 권정생)[12]

동시집은 천천히 작품 모으겠습니다. (1977년 8월 25일 권정생)[13]

이오덕은 권정생이 창작한 동시가 꽤 많다는 사실을 알고 있었으며 직접 확인한 몇 작품에 대해 호평한다.[14] 그럼에도 불구하고 권정생은 빠른 시일 내에 동시집을 출간할 의도가 없음을 피력한다. 이는 "동화, 동시, 다 쓸 수 없을 것 같"다고 설명하듯 당시 활발히 동화를 창작했던 권정생으로서는 동화 장르에 좀 더 몰입하고자 했던 창작 의지가 반영된 것으로 생각할 수 있다.

하지만 이는 무엇보다 권정생이 '삼베치마'를 비롯해 5, 60년대 창작한 동시들을 그리 흡족하게 여기지 않았기 때문으로 보인다. 당장

10 같은 책, 160쪽.
11 같은 책, 160쪽.
12 같은 책, 162쪽.
13 같은 책, 163쪽.
14 『꽃 속에 묻힌 집』에 실린 권정생의 동시는 「산딸기」, 「감자떡」, 「싸리비」, 「해바라기」 네 편이다. 이 네 편은 『어머니 사시는 그 나라에는』의 3부에 재수록된다.

동시집 한 권으로 출간이 가능한 작품이 최소한 98편, 혹은 2백여 편 이상 있었음에도 불구하고 "천천히 작품을 모으겠"다고 대답하기 때문이다. 작품에 대한 이러한 평가는 앞서 살펴보았듯 『어머니 사시는 그 나라에는』을 출간할 무렵까지 동일하게 관철된다.

이오덕의 동시집 출간 권유를 오랜 기간 만류하던 권정생은 1983년 11월 4일 편지에서 비로소 "시를 여태까지 써 모은 것 추려 보니 한 60편쯤 되는군요. 이건 책으로 내지 않더라도 한번 정리해 보려고 합니다"[15]라고 말하고 있다. 자신이 창작한 동시에 대해 일정 정도 만족하고 출간을 진행할 가능성을 처음으로 내비친 것이다. 권정생은 70년대에는 거의 동시를 쓰지 않았다고 말한 바 있고[16] 5, 60년대 창작한 동시들에 대해서는 습작 시절 외에는 고평한 바가 없으므로 80년대 초 창작한 동시들에 대해서야 비로소 스스로 만족했던 것으로 생각할 수 있다.

2) 작품 개작 양상

앞서 밝혔듯 『어머니 사시는 그 나라에는』 3부는 권정생이 5,60년대 창작한 작품들로 구성되어 있으며 이중 13편이 '삼베치마' 수록작, 9편이 미수록작이다. 이 장에서는 13편의 '삼베치마' 수록작이 어떠한 방향으로 퇴고 내지는 개작되어 『어머니 사시는 그 나라에는』에 실렸는지 초고와 완성본의 두 텍스트를 면밀히 비교, 분석하고자 한다. 작품 수로는 그리 많지 않지만 권정생 동시가 변화해온 양상과 지향을 살피는데 충분히 유효하다고 본다. 『어머니 사시는 그 나라에는』에 실

15 같은 책, 274쪽.

16 "그러고 보니 70년대에는 거의 동시를 쓰지 않았다는 것을 알게 되었습니다."(권정생, 『어머니 사시는 그 나라에는』, 지식산업사, 1988, 머리말 중.)

린 22편의 작품 목록과 '삼베치마' 수록 여부, 기타 사항은 다음 표와 같다.

『어머니 사시는 그 나라에는』 3부 작품 목록(총 22편)	'삼베치마' 수록 여부(총 13편)	'삼베치마' 수록시 제목	기타 사항
달님			
감자떡	○	(동일)	동시선집 『꽃 속에 묻힌 집』(창비, 1979) 수록
해바라기	동일 제목 있으나 다른 작품		〃
산딸기			〃
싸리비			〃
보리매미			
소낙비			
박			
삼베치마 1	○	「삼베치마」	
삼베치마 2			
삼베치마 3			
장길	○	(동일)	
굴뚝새 혼자	○	「굴뚝새」	
참꽃	○	「패랭이꽃」과 시상 동일	
옥수수	○	(동일)	
우리 집	○	「고향집」	
밀짚 모자	○	「할머니와 맥고모자」	
때때옷 입은 새야	○	「고까옷 입은 새야」	
쑥떡	○	「쑥절편」	
꼬부랑 길	○	(동일)	
우물	○	(동일)	
강냉이	○	(동일)	

이를 보면 『어머니 사시는 그 나라에는』 3부의 구성 방식이 일관되어 있는 점을 알 수 있다. '삼베치마' 미수록작을 먼저 싣고, '삼베치마' 수록작은 「삼베치마 1」 이후로 구성한 것이다. 「감자떡」과 「삼베치마 2」, 「삼베치마 3」이 이례적이기는 하나 「감자떡」은 다른 동시 선집 수록작들과 함께 올라 있고, 「삼베치마 2」, 「삼베치마 3」은 「삼베치마 1」에서 파생된 연작이므로 구성 원칙을 깨는 예외는 아니다.

이러한 구성은 「삼베치마 1」 이후의 목록들을 '삼베치마' 수록작들의 개작으로 봐도 무방하다는 근거가 될 수 있다. 「참꽃」은 「패랭이꽃」과 시상만 동일한 정도이고, 「쑥떡」은 「쑥절편」에서 큰 폭으로 개작됐는데 그럼에도 새로운 창작이거나 서로 다른 작품이 아니라고 볼 수 있는 근거가 된다.

(1) 현실주의 문학 정신의 추구

초고인 '삼베치마'에서 완성본인 『어머니 사시는 그 나라에는』까지, 각 작품의 개작 정도는 다양하다. 시상 정도만 동일한 작품도 있고, 주제와 전개는 그대로이고 문장만 퇴고한 작품도 있다. 그런데 각 작품의 초고와 완성본을 나란히 두고 면밀히 비교해보면 개작의 정도는 다르다 해도 개작의 방향은 일관되게 나타남을 알 수 있다. 시의 주제와 언어 형식의 변화가 작가의 뚜렷한 창작 의도와 지향 아래 이루어진 것이다.

'삼베치마'의 작품들은 대개 『어머니 사시는 그 나라에서』에 와서는 초고의 시상에서 조금 더 나아가는 가운데 시의 내용과 주제가 첨가되는 양상을 보인다. 아래의 동시 「감자떡」은 '삼베치마', 동시 선집 『꽃 속에 묻힌 집』, 『어머니 사시는 그 나라에는』에 모두 실린 유일한 작품으로, 권정생 동시의 대표작이라고 할 만한데 이것 역시 그러하다.

> 숙이 아빠도 감자떡 먹고 컸고/숙이 엄마도 감자떡 먹고 컸고//그래서 숙이 엄마랑/숙이 아빠 얼굴이/감자처럼 둥굴둥굴 닮았어요//숙이랑, 석아랑, 인구도/감자떡을 좋아하지요//그래서 모두 감자처럼/둥굴둥굴 예뻐요. (「감자떡」 전문, 『삼베치마』)

> 점순네 할아버지도/감자떡 먹고 늙으시고/점순네 할머니도/감자떡 먹고 늙으시고//대추나무꽃이 피는/외딴집에/점득이도 점선이도/감자떡 먹고 자라고/멍석 깔고 둘러앉아/모락모락 김나는/감자떡 한 양푼/앞마당 가득히 구수한 냄새//점순네 아버지도/감자처럼 마음 착하고/점순네 어머니도/감자처럼 마음 순하고//아이들 모두가/감자처럼 둥굴둥굴/예뻐요. (「감자떡」 전문, 『어머니 사시는 그 나라에는』)

『삼베치마』의 「감자떡」은 아빠도, 엄마도, 아이들도 모두 감자떡을 먹고 자라서 얼굴이 둥글한 감자처럼 서로 닮고, 예쁘다는 내용이다. 단순한 구조로 반복되는 문장들이 리듬을 자아내며 감자떡을 매개로 소박하고 친밀한 가족의 모습을 그린다.

이에 비해 『어머니 사시는 그 나라에는』의 「감자떡」은 할아버지와 할머니가 감자떡을 먹고 늙으셨다는 서술로 시작한다. 『삼베치마』에서 엄마, 아빠가 감자떡을 먹고 자란 것은 과거 시점의 일이다. 하지만 할아버지와 할머니가 감자떡을 먹고 늙으셨다는 건 감자떡을 먹고 자라난 먼 과거와 현재의 시점까지를 아우르게 된다. 감자떡을 먹으며 성장하고 살아오고 있는 온 가족의 이력으로 확장되는 것이다. 뿐만 아니라 개작 과정에서는 가족 모두 "감자처럼/둥굴둥굴 예뻐요"라고 말하는 데서 나아가 "감자처럼 마음 착하고", "감자처럼 마음 순하고"

라며 윤리적 가치의 영역으로까지 의미를 확대시킨다.

이러한 개작이 어떠한 창작 의도와 지향 아래 이루어졌는지는 다음 두 동시 「밀짚 모자」와 「장길」의 개작 과정을 살필 때 더욱 분명해진다.

> 유월 첫 장날/모르는 할머니가 맥고모자 쓰고 간다/할머니는 맥고모자 샀나 봐/손에 들고 가기 귀찮아서 머리에 얹었지/누구 걸까?/할아버지 드리려고 샀나?/아니야 할아버진 안 계셔/그러길래 할머니가 장에 가셨지/그럼 누구 거야?/아들 거겠지/할머니 커단 아들이 있나 봐/집에서 바쁜 일 하는 모양이지/할머니네 아들은 군대에 갔다 왔을까?/그래그래 군대에도 갔다 왔고/몸도 튼튼하고 일도 잘하고/그러길래 할머니 발걸음이/빨랑빨랑 디뎌지지. (「할머니와 맥고모자」 전문, 『삼베치마』)

> 보리 익는 여름날/장 가는 길에/할머니가 밀짚 모자 쓰고 간다/새 밀짚 모자 사 쓰고 간다//집에 가면/할머니네 아들이 있고/아들은 얼굴이 검고/팔뚝이 굵은 총각//할머니는/할머니네 아들 주려고/하얀 밀짚 모자 하나 샀다/손에 들고 가기 귀찮아서/머리에 쓰고 간다.//할머니네 아들은/힘이 세고 알뜰한 총각//오늘도 들에 나가 일하겠지/씩씩하게 씩씩하게 일하겠지. (「밀짚 모자」 전문, 『어머니 사시는 그 나라에는』)

「할머니와 맥고모자」는 맥고모자를 쓰고 가는 한 할머니를 발견하고는, 맥고모자의 주인이 과연 누구일지 문답체로 혼자 묻고 답하는 추리 과정으로 시가 전개된다. 수수께끼의 해답을 찾아가는 시적 구조이기에 시가 마무리 될 때까지 긴장감이 유지된다. 모자의 주인이 할머니의 아들로 추정되면서 독자들은 해답을 찾게 되고, 아들에게로 향하는 발걸음이 빨라지는 할머니의 모습을 보며 감상을 마친다.

반면 「밀짚 모자」에서는 문답체가 사라지고 밀짚 모자의 주인이 할머니의 아들이라는 사실이 곧장 제시된다. 게다가 "아들은 얼굴이 검고/팔뚝이 굵은 총각"이라는 선명한 이미지로 묘사된다. 이 이미지는 "씩씩하게 씩씩하게 일하겠지"라고 반복하는 마지막 행을 통해 그 의미가 분명해진다. 즉 아들은 몸은 농사일에 단련된 노동하는 몸이며 아들의 이러한 성격이 더욱 강조된 것이다.

두 작품은 한 할머니가 아들을 주려고 산 밀짚 모자를 쓰고 가는 동일한 시적 정황에서 서로 다른 주제를 이끌어낸다. 「할머니와 맥고모자」는 맥고모자의 주인이 누구인지를 궁금해 하고 그 인물을 밝히는데 초점을 둔다. 하지만 「밀짚 모자」는 모자의 주인인 할머니의 아들이 농사일을 열심히 하는 농촌 청년이며 그를 위한 모자라는 점을 주제로 삼는다. 농촌에서 땀 흘려 일하는 모습을 긍정하고자 한 것이다.

「장길」은 시의 구조와 전개는 동일하게 두고 구체적인 시적 정황을 변화시키면서 주제가 달라진 경우다.

비인 가르마 없은/소 세 마리/나란히 가고/아지매 셋이 따라간다//제일 앞서 가는/소 고삐는/빨간 저고리 입은/아지매가 잡고//가운데 소 고삐는/노랑 저고리 입은 아지매가 잡고//(중략)아지매 셋이선/입을 달싹달싹/콩 한 말 팔고/서속 한 말 팔고//그러곤/치마 한 감 샀고/아가 꽃신 샀고//얘기 얘기 하면서 간다. (「장길」 부분, 『삼베치마』)

소 세 마리하고/아저씨 셋하고/나란히 줄지어 간다//제일 앞서 가는/소 고삐는/까만 수염 난 아저씨가 잡고 가고//두 번째 가는/소 고삐는/주먹코 아저씨가 잡고 가고//(중략)등에는 고추부대 싣고/쌀부대기 싣고/꿈뻑꿈뻑 무겁고//둥둥 구름이 흐르는 하늘/장길은 꼬불꼬불 아직도 멀고//앞서 가는 소가/ - 음매애/울었다 (「장길」 부분, 『어머니 사시는 그 나라에는』)

『삼베치마』의 「장길」은 '아지매'들이 흥겹게 이야기를 나누며 장터에서 물건을 사 가지고[17] 돌아오는 장면을 그린다. 이에 반해 『어머니 사시는 그 나라에는』의 「장길」은 장터로 물건을 팔러 먼 길을 떠나는 '아저씨'들이 고단한 삶의 무게를 지고 걸어가는 모습으로 바뀌었다. 시가 말하고자 하는 바가 장날의 흥성거림과 즐거움에서 농촌 현실의 팍팍함과 어려움으로 달라졌다.

「감자떡」, 「밀짚 모자」, 「장길」의 개작 과정을 볼 때 권정생의 개작 의도와 시적 지향은 분명해 보인다. 즉 '삼베치마'의 시들은 2,30년 후 『어머니 사시는 그 나라에는』에 이르러서는 일하면서 소박하게 살아가는 사람들의 성실함과 선함, 동시에 그들이 겪는 삶의 고단함을 강조하는 방향으로 수정됐다.

다음의 동시 「때때옷 입은 새야」의 개작 과정에서는 사회 현실에 대한 보다 극명한 작가의 의식을 살펴볼 수 있다.

> 고까나라에서 온/고까옷 입은 새야/고욤나무 가지 끝에서/왜 자꾸 나를 보니?//난 이렇게/눈이 커다란 말라깽이고/그래도/고까옷 입은 새야/나하고 동무해 줄래?//울 아부진/마구 더러운 것 주물르는/농사꾼인데도//고까옷 입은 새야/나하고/동무해 줄 테니? (「고까옷 입은 새야」 전문, 『삼베치마』)

> 목덜미는 빨갛고/꽁지는 파란/때때옷 입은 새야//우리 집 고욤나무 가지에 왜 왔니?/우리 아버지는/더러운 똥도 만지고/날마다 힘든 일을 하는/농사꾼이란다.//목덜미가 빨간/때때옷 입은 새야//그러니까 넌/나하고도/우리 집하고도/동무가 못 된단다/동무가 아니란다. (「때때옷 입은 새야」 전문, 『어

17 본문에는 "콩 한 말 팔고/서속 한 말 팔고"라고 되어 있는데, "쌀팔다"는 단어가 "쌀을 돈 주고 사다"는 뜻이고, 곡식의 경우 이러한 용례를 따르므로 콩, 기장, 조 등을 사온다는 뜻이다.

머니 사시는 그 나라에는』)

시적 화자인 아이는 화려한 깃털을 지닌 새를 두고 '고까옷' 혹은 '때때옷'을 입었다고 부르며 새와 자신의 처지가 다르다고 여긴다. 그런데 「고까옷 입은 새야」에서는 "나하고 동무해 줄래?" "나하고/동무해 줄 테니?"하며 친구가 되고 싶은 바람을 내비치는데 반해 「때때옷 입은 새야」에서는 "넌/나하고도/우리 집하고도/동무가 못 된단다" "동무가 아니란다"라고까지 강하게 말한다. 화려한 존재에 대한 경원과 그에게 다가가고 싶은 바람이 체념과 외면으로 바뀌었다.

이것이 새와 친구가 되고 싶은 마음의 반어적 표현은 아닌 듯 보인다. 「고까옷 입은 새야」에서 시적 화자는 아버지가 농부인 것 외에도 "눈이 커다란 말라꽹이"인, 보잘 것 없는 자신의 모습에 대한 자의식으로 새에게 선뜻 다가가지 못한다. 하지만 「때때옷 입은 새야」에서는 시적 화자의 개인성은 사라지고 오직 아버지가 "더러운 똥도 만지고/날마다 힘든 일을 하는/농사꾼"이어서 친구가 될 수 없다고 한다. 궂은일을 하는 아버지로 인해 아이와 새의 관계가 규정된다. "나"는 물론이고 "우리 집"하고도 친구가 아니라는 것이다.

두 시에서 시적 화자의 심경이 변화한 까닭은 알 수가 없다. 시적 화자에 작가의 자아가 강하게 대입되었다면 권정생의 자의식 변화로 볼 수도 있을 것이다. 농촌 아이들의 마음을 있는 그대로 대변했을 수도 있다. 의도가 어떠하든 텍스트 자체를 두고 볼 때 하위 계층으로 자리하는 농촌, 계층 간의 위화감 등의 현실의식을 순화하거나 감추지 않고 드러내고 있는 것만은 분명해 보인다.

(2) 언어 형식의 정형화

앞 장에서는 권정생 시의 개작 과정을 주제와 내용면에서 고찰해보았고 이 장에서는 언어와 형식면에서 어떠한 변화의 양상을 보이는지 살펴보겠다. 언어와 형식 부분에 있어서도 일관된 변화가 눈에 띈다.

> 골목길에 우물이/혼자 있다//엄마가 퍼 간다/할매가 퍼 간다//순이가 퍼 간다/돌이가 퍼 간다//우물은 혼자서 물만 만든다//엄마도 모르게/할매도 모르게//순이도 못 보게/돌이도 못 보게//우물은 밤새도록/물만 만든다. (「우물」 전문, 『삼베치마』)

> 골목길에 우물이/혼자 있다.//엄마가 퍼 간다/할매가 퍼 간다//순이가 퍼 간다/돌이가 퍼 간다//우물은 혼자서 물만 만든다//엄마도 모르게/할매도 모르게//우물은 밤새도록/호비작 호비작//혼자서/물만 만든다. (「우물」 전문, 『어머니 사시는 그 나라에는』)

「우물」에서 수정된 부분은 두 곳이다. 먼저 "순이도 못 보게/돌이도 못 보게"가 삭제됐는데 이는 앞의 행 "엄마도 모르게/할매도 모르게"와 이 행의 대구와 반복이 내용과 형식에서 특별한 의미나 미적 기능을 지니지 않기 때문인 것으로 보인다. 앞의 2연과 3연의 4행이 반복되어 있는데 5연과 6연까지 또다시 4행이 반복된다면 지나치게 정형적이고 지루해 보이기도 한다.

시의 미적 자질에 있어 보다 의미 있게 수정된 부분은 "우물은 밤새도록/물만 만든다"라고 한 마지막 연이 "우물은 밤새도록/호비작 호비작//혼자서/물만 만든다"로 수정된 것이다. "호비작 호비작"이라는 의성어 사용이 밤의 고요한 적막 가운에 우물물이 고이는 이미지를 시각적, 청각적으로 상상하도록 하며 시의 문학성을 한 단계 높이고 있다.

그러나 미학적 자질을 획득하기 위한 이러한 섬세한 수정은 개작 과정의 언어와 형식 변화에 있어 가장 중요한 요소는 아니다. 권정생이 초등학생 시절 창작했다고 밝힌[18] 「강냉이」의 개작은 언어와 형식의 변화를 가장 대표적으로 드러내준다.

> 집 모퉁이 토담 밑에/한 페기 두 페기 세 페기//생야는 구덩이 파고/난 강낭알 뗏구고/어맨 흙 덮고//한 치 크면 거름 주고/두 치 크면 오줌 주고/인진 내 키만춤 컸다//"요건 내 강낭"/손가락으로 꼭/점찍어 놓고/열하고 한 밤 자고 나서//우린 봇따리 싸둘업고/창창 길 떠나 피난 갔다/모퉁이 강낭은 저꺼짐 두고//"어여-"/어매캉 아배캉/난데 밤별 쳐다보며/고향 생각 하실 때만//내 혼차/모퉁이 저꺼짐 두고 왔빈/강낭 생각 했다//'인지쯤/샘지 나고 알이 밸 낀데……' (「강냉이」, 『삼베치마』)

> 집 모퉁이 돌담 밑에/한 포기/두 포기/세 포기……//싱야는 구덩이 파고/나는 강냉이 씨앗 놓고/거름 주고 흙 덮고//한 치 크면 오줌 주고/두 치 크면 북을 주고/벌써 내 키만치 컸다.//"요건 싱야 강냉이"/"요건 내 강냉이"/나누어서 하나 하나/점 찍어 놓고//강냉이 잎사귀 너울거리고/뒷집 대추 남ㄱ에 매미 울 때/봉화산 모퉁이로 전쟁이 났다.//우리는 보따리 싸 들고 지고/집 모퉁이 강냉이 그냥 두고 피난 갔다.//아버지랑 어머니랑/낯설은 강변에서/하얀 둥근 달 쳐다보며/고향 생각 하실 때면//나 혼자 우리 집 모퉁이/저희들끼리 버려 두고 온/강냉이 생각했다.//인지쯤 싱야 강냉이는/수염이 나고/

---

18 "「강냉이」 한 편만이 초등학교 시절 씌어진 것입니다"—권정생, 『어머니 사시는 그 나라에는』, 지식산업사, 1988, 머리말 중.

내 강냉이는 알이 통통 배고…… (「강냉이」 전문, 『어머니 사시는 그 나라에는』)

『삼베치마』의 「강냉이」에서는 사투리가 많이 사용되고 있다. '페기' '생야' '어매' '뗏구고' '-만춤' '-꺼짐' '-ㅆ빈' '샘지' 등 경상도 사투리가 마치 문어체를 그대로 옮긴 듯 표현되어 있다. 하지만 『어머니 사시는 그 나라에는』에서 이런 사투리는 모두 표준어로 바뀐다.

이뿐 아니라 시의 구조가 좀 더 조직적인 구성을 갖추도록 수정되기도 했다. 완성본에서는 초고의 "어맨 흙 덮고"란 행을 삭제했으며 형과 둘이서 나란히 옥수수를 심는 과정이 부각되어 있다. 형과 함께 옥수수를 심는 장면을 묘사하는 행을 추가했고("요건 싱야 강냉이"/"요건 내 강냉이") 피난 길에, 집에 심어 놓은 옥수수를 떠올릴 때도 형과 나의 옥수수를 같이 떠올린다.("인지쯤 싱야 강냉이는/수염이 나고/내 강냉이는 알이 통통 배고……") 또 "봉화산 모퉁이"이라는 실제 지명을 언급하면서 현실감을 살리고자 했다.

그런데 이러한 수정 작업이 과연 이 작품의 미학적 자질을 향상시켰는지는 평가가 더 필요한 문제로 보인다. 초고에서는 시적 화자인 아이의 절절한 심정이 사투리에 실려 생생하게 다가왔지만 사투리가 표준어로 바뀌면서 이것이 상당 부분 소거됐다고 여겨지기 때문이다. 형과 나의 옥수수를 병치시켜 보다 체계적인 구성으로 변화시키고 실제 지명을 추가해 현실감을 강조한 것은 어린 시절에 대한 작가의 그리움이 더욱 담겼을지언정 미학적 자질을 살리지는 못한 듯 보인다.

다음 시의 개작 과정은 사투리를 줄이고 구조를 변화시킨 또 다른 예이다.

난/늬 이름을 잊았부렀다/다만 탱자나뭇집/가스난 줄백이 모온다//그라곤

/고것 말있다/한창 보리고갯때/칡뿌리떡 좀 안 준다꼬/쌈한 뒤/상긋 말 안 하고 지난/가스나아야!//보리알이 누우런/단옷날/귀땅머리에 창포꽃 따 꽂고/옥색 저고리/이쁘장하게 꾸미고/그넷줄 느티남ㄱ에/기대 선 내한테/가스나아야!//쑥절편 한 쪼가리/빼죽 내밀맨서/깜빡거리던 두 눈/가스나아야!/고게 정녕/칡뿌리떡 값은/아니었겠지//그새/앵두나무 밑에서/사리사리 엮어 뒀던/가스나아야!//늬 마음/모두를 내민 거지/가스나아야! (「쑥절편」 전문, 『삼베치마』)

기덕이가 쑥떡을 주었다/보리고개 겨우 넘기고//배가 너무 고팠던 그때/칡뿌리 때문에/나하고 싸움했던 기덕이가//창포꽃 피는 단오날/쑥떡을 주었다//기덕이하고 싸운 것/말끔 잊었다//그 단오날이 그립다 (「쑥떡」 전문, 『어머니 사시는 그 나라에는』)

「쑥절편」과 「쑥떡」의 시상은 동일하다. 보리고개 때 칡뿌리떡을 나눠먹으려 하지 않아 싸움을 했던 친구가 단오 때 쑥떡을 나눠주어 화해하게 된 이야기가 담겨 있다. 그 친구는 「쑥절편」에서는 이름이 기억나지 않는 여자아이로, 「쑥떡」에서는 '기덕이'란 이름의 남자아이로 등장한다.

「쑥떡」은 건조하고 서술적인 문체와 단순한 구조로 개작됐다. 사투리, 계속 반복되던 행("가스나아야!"), 친구의 캐릭터, 친구가 쑥떡을 주던 모습과 정황에 대한 묘사가 모두 삭제됐다. 이러한 수정으로 시의 리듬과 이미지는 상당 부분 소거되고 시상과 주제만 강조되는 결과를 낳았다. 또한 싸우과 화해하는 와중에서 친구와의 애틋했던 감정들이 사라지고, 가난했던 현실 속에서 일어난 친구와의 다툼과 화해의 사건만이 남았다. "그 단오날이 그립다"라고 마지막 행을 덧붙여 그리움의 감정을 직설적인 진술로 표현한 까닭은 이렇듯 시에 내재된 정서가 사라진 결과 이를 보완하기 위해서였기 때문으로 보인다.

이 장에서 살펴보았듯 권정생 동시의 개작 과정에서 시의 언어와 형식은 일관된 방향으로 변화했다. 『삼베치마』에서는 사투리 등의 입말을 잘 살리고 독백체, 문답체 등 다양한 문체들을 자유롭게 사용하면서 생기 넘치는 리듬과 정서가 표현됐다. 반면 『어머니 사시는 그 나라에서』에 이르러서는 문체가 정형화되고 대다수 작품의 종결어미가 평서체 "-다"로 통일되다시피 하면서 각 작품의 특성과 정서가 소거된 채 언어와 형식이 획일화, 정형화되는 양상을 보인다.

3. 개작의 문학사적 의미

지금까지 살펴본 바와 같이 권정생의 동시 개작 과정은 두 가지 큰 흐름, 즉 내용면에서는 현실주의 문학 정신을 강조하고 형식면에서는 언어와 구성을 단순화, 정형화하는 경향으로 나아갔다. 주제는 강조되고 형식은 간결해지는 이러한 변화 과정은 습작의 발전적인 진전 단계 혹은 원고 수정 과정에서 발생하는 자연스런 양상 그 이상의 것이었다.

권정생의 동시가 이러한 변화를 시작한 시기는 『어머니 사시는 그 나라에는』이 출간된 1988년 이전인 것으로 여겨진다. 출간을 준비하는 과정에서 작품들의 성격을 전체적으로 통일하기 위해 5, 60년대 창작한 작품들을 80년대에 창작한 다른 동시들의 내용과 형식으로 수렴한 것은 아닌 걸로 생각된다.

그 근거로는 무엇보다 먼저 1979년 출간된 동시 선집 『꽃 속에 묻힌 집』에 실린 「감자떡」이 '삼베치마'에 실린 초고가 아닌 『어머니 사시는 그 나라에는』과 동일한 수정본이라는 사실을 들 수 있다. 선집에 실린 다른 세 편의 동시 「산딸기」[19], 「싸리비」[20], 「해바라기」[21] 또한 『삼베치마』보다는 『어머니 사시는 그 나라에는』의 작품들과 가깝다는 점은 또 다른 근거가 될 수 있다.

뿐만 아니라 앞서 인용했듯 1977년 이오덕에게 보낸 편지에서도 이미 권정생은 5, 60년대 창작한 동시를 만족스럽지 않게 평가하고 있다. 작품에 대한 이러한 태도는 작가로서 겸양의 태도 내지 표현 그 이상의 것으로 보인다. 이는 1974년부터 2년간 이어진 동시 논쟁[22]을 가까이에서 지켜 본 권정생이 당시 이오덕이 비판했던 1950, 60년대 동시와, 같은 시기 창작한 자신의 동시를 더욱 절연히 분리할 수밖에 없던 상황에서 비롯된 것으로 보는 게 더욱 타당하다.

권정생의 작품 인식과 개작 양상을 미루어 볼 때 권정생은 『삼베치마』의 동시들을 자신의 문학 세계와 정신에 합당하지 않은 작품들로 평가했음이 분명해 보인다. 그 까닭은, 1969년 동화 「강아지똥」으로

---

19 산딸기 따먹으며/칡잎에다 한 움큼/따로 쌉니다.//젤 잘 익은 것만/골라 쌉니다.//꼴망태 이고 지고/돌아갑니다.//걸으면서 분이는/동생 용복이가/냠냠 먹을 것을/생각합니다.//걸으면서 돌이는/할아버지가/호물호물 잡수실 걸/생각합니다. (「산딸기」 전문, 『꽃 속에 묻힌 집』, 창비, 1979.)
『삼베치마』에 실린 동일한 소재의 시 「딸기」를 참고 삼아 비교해 보면 다음과 같다.
고추 먹고 맴맴/해야 빨랑 가거라/그래도 칠월 해는/창창 멀게 떴다//누나가 감자 광우리 이고/논매기 중참 가면/논벌에 멍두딸기/먹고파 따라간다//손잡이 좋은 건 내가 따 먹고/높은 데 있는 건 누나 따 먹고//칡넝쿨 잎에다/한 오굼 싸쥐고는/누나는 바쁘다고/동동 쳐 가면//새끼손가락 꼭 쥐고/끌려갔다/십리길 여름/하나, 두 나절. (「딸기」 전문, 『삼베치마』, 문학동네, 2011.)

20 싸리비로 뜰을 쓿니다./말끔히 말끔히/뜰을 쓿니다.//한 묶음/다발로 묶인/포기 포기 싸리나무들은/모두 산에서 자랐습니다.//푸른 잎과 보랏빛/꽃을 피우며/싸리나무들은/별빛이 반짝이는 봉우리에서/꿈꾸며 자랐습니다. (「싸리비」 전문, 『꽃 속에 묻힌 집』, 창비, 1979.)

21 누런 황톳물이/우리 집을 갖고 가버렸다.//앞 냇가 벼논도/텃밭 고구마도……//그래서 우리는/떠나야 했다.//아버지는 할머니/등에 업으시고,/어머니는 아기 업고/동생 손잡고,/돌밭길을 말없이/걸어갔다.//이만치 오다가/가만히 한 번/돌아봤더니//언덕 위에 살아 남은/해바라기 두 포기/노랗게 살포시 꽃을 피우며//-돈 벌거든 돌아오너라./괭이 사갖고/삽 사갖고/돌아오너라. (「해바라기」 전문)

22 김유진, 『'본격동시' 담론 연구』 참조, 인하대 박사논문, 2015.

등단한 이후부터 줄곧 현실주의 아동문학을 대표하는 작품을 써 온 자신의 문학 정신과 실천을 잣대로 할 때 등단 이전 창작한 동시들이 그에 상응하지 못한다고 판단했기 때문으로 여겨진다. 즉 이미 70년대부터 이루어졌다고 여겨지는 '삼베치마'의 개작 과정은 현실주의 문학 정신을 동시 장르에서 확립하려는 권정생의 창작 의도와 지향의 산물로 보인다. 작품 내의 현실 인식이 수정, 강화된 점이나 당대 소위 리얼리즘 계열의 시, 동시의 형식과 유사하게 변화한 사실은 이를 방증한다.

이러한 이유로 권정생은 생전에 '삼베치마'의 작품 중 극히 일부만 발표했던 것으로 생각된다. 『삼베치마』의 98편 중에는 동심천사주의의 혐의가 있거나 습작 수준인 작품 등 발표할 만한 가치가 없다고 보이는 작품들도 꽤 있다. 뻔하고 흔한 자연 소재의 작품들이나 학교 생활과 관련된 작품들이 대부분 그러하다. 하지만 『어머니 사시는 그 나라에는』에 발표되지 않았던 대다수 작품 중에는 사장되기엔 아까운 작품도 역시 많다. 『삼베치마』를 편집해 출간한 『나만 알래』는 작품 선정과 구성이 잘 되었는데, 여기 실린 40여 편의 작품들은 충분히 발표할 가치가 있던 작품들로 보인다. 특히 「방물장수 할머니」, 「피고물 떡」, 「누나 사는 동네」 같은 작품들은 상당한 문학성으로 권정생 문학 특유의 해학적이고 여유로우며 낭만적인 정서를 재차 확인하게 한다.

작가의 창작 의도와 지향에 따르면 『삼베치마』와 『나만 알래』는 출간되지 않는 편이 더 옳았을 지도 모른다. 하지만 작가가 사장시켰던 초고라고 해서 『삼베치마』를 권정생 동시 연구의 텍스트로 삼지 않는 건 연구의 깊이와 다양성을 포기하는 일이기도 하다. 『삼베치마』의 초고와 『어머니 사시는 그 나라에는』의 완성본을 비교해 볼 때 완성본의 문학성이 더 뛰어나다고 볼 수 없기에 더욱 그렇다.

두 동시집에 공통으로 실린 작품들은 『어머니 사시는 그 나라에는』

의 완성본보다 『삼베치마』의 초고가 오히려 종종 더 낫다. 『삼베치마』의 「장길」이 더욱 생동감 넘치는 시적 정서를 환기하며 『삼베치마』의 「감자떡」이 더욱 소박하고 정겹다. 게다가 다채롭고 자유자재한 의성어와 의태어의 사용, 입말체의 활용, 경쾌한 리듬까지 감안한다면 권정생 동화의 여유와 해학, 리듬감 넘치는 문체와의 관련성도 더욱 보유하고 있다. 『삼베치마』에는 『어머니 사시는 그 나라에서』에 와서 소거되고, 오늘날 동시에서도 발견하기 힘든 권정생만의 개성적인 리듬과 정서가 살아있다.

7, 80년대를 지나며 현실주의 아동문학과 현실주의 동시가 지향했던 주제 의식과 형식을, 권정생은 동화뿐 아니라 동시에서도 완성하고자 한 것으로 생각된다. 당시 이오덕이 주창한 '시정신과 유희정신'의 대결이 동화가 아닌 동시 장르에서 비롯되었고, 이에 동심주의 동시가 비판받고 그 대타항으로 현실주의 동시가 제안됐던 문학상을 떠올려본다면 이는 더욱 당연하고 마땅한 과정이었다. 시대 현실을 고민하고, 그 현실 속에서 살아가는 어린이들과 문학이란 매개를 통해 소통하고자 했던 권정생의 문제의식은 『어머니 사시는 그 나라에서』라는, 현실주의 동시의 한 기틀을 일구어냈다.

그러나 그 선택의 과정에서 배제될 수밖에 없던 또 다른 결의 문학성이 무엇인지를 『삼베치마』는 보여준다. 소위 현실주의 동시의 전형들, 즉 종결어미 "-다"로 정형화된 서술문체, 단순한 문장과 전개 구조, 마무리를 향해 점진적으로 노출되는 주제 등이 권정생의 개작 과정에서도 선택됐으며, 이 과정에서 5, 60년대 그의 동시가 지닌 고유한 자질들이 배제됐다.

향후 연구에서는 현실주의 동시의 내용과 형식의 이러한 전형이 완성되어 온 과정과, 현재까지 상투적으로 잔존하고 있는 창작 현실에 대한 연구가 더욱 체계적으로 진행돼야 할 것으로 보인다. 권정생의 두 동시집 『삼베치마』와 『어머니 사시는 그 나라에는』 사이의 가깝지 않은 거리는 이 시대에 동시라는 장르 안에서 현실주의 문학 정신은 어떻게 새로운 미학적 자질과 형식들을 실험적으로 발견해 나갈 수 있는지를, 재차 질문하고 있다.

이원수와 박목월의 동시론 비교 연구

1. 머리말

아동문학의 운문 장르가 동요에서 동시로 점차 전환되는 1950, 60년대에 동시론을 정립하고 주도해온 대표적인 인물로는 단연 이원수와 박목월을 들 수 있다. 주로 1960년대에 왕성하게 비평 작업을 했던 이원수는 『이원수 아동문학전집』(웅진, 1984, 이하 전집)에서 확인되듯 동시론, 동요·동시 장르론, 동시작법 등의 이론 정립과 개별 작품 비평에 이르기까지 동시 분야에서도 뚜렷한 성과를 남겼다. 박목월은 이보다 앞서 해방직후 아동잡지 『소학생』에 「동요짓는 법—동요작법」, 「동요 맛보기」를 연재한 바 있으며 창작론에 대한 그의 관심은 『동시교실—지도와 감상』(아데네사, 1957), 『동시의 세계』(배영사. 1963) 집필로 이어진다.

이원수와 박목월의 동시론은 당대를 대표하는 동요, 동시인이었던 이들의 실제 창작 과정상의 깊이 있는 장르적 고민과 모색의 결과로 보인다. 아동문학 운문 장르를 대표하는 양식이 동요에서 동시로 넘어가는 시기에 창작 실천에 근거해 도출된 이들의 동시론은 지금까지도 그 흐름이 면면이 이어져 내려오고 있다.

그런데 이원수와 박목월은 이렇듯 동시론을 정립하는 데 주목할 만한 성과를 보였을 뿐 아니라 당시 문단에도 막대한 영향력을 지녔으므로 이들 동시론의 이론적인 면모와 현실적인 파급 양상이 보다 섬세하게 구분되고 종합적으로 고찰돼야 할 것으로 보인다. 지금까지는 소위 아동 문단의 현실주의와 동심주의의 이분법적 구도 아래 으레 현실주의와 동심주의를 표방하는 양대 이론가의 동시론으로 재단되는 경향이 있었던 것이 사실이다. 이들의 동시론은 이러한 상황에서 이론적인 면모가 철저하게 분석되지 못했으며 동시론이 위치해온 자리와 위상이 오히려 이를 방해한 면이 있다. 이들이 현실주의와 동심주의를 대표하는 작가이자 이론가이고 이들의 동시론 역시 그러한 자장 위에 놓인 것은 사실이지만 동시론이 우선 이론 그 자체로 연구되어야 할 필요가 있다고 보는 것이다.

따라서 이 글에서는 이들 동시론의 이론적인 면모를 현실주의와 동심주의를 대표하는 동시론이라는, 후대의 문단 관계로 인해 덧붙여지고 혹은 왜곡된 채 자리매겨진 구도에서 벗어나 전통적인 문학 연구 방식에 따라 분석해보고자 한다. 비평 분류학의 대표적인 인물인 M.H.에이브럼즈가 제시한 비평 분류 방식이자 문학을 정의하는 네 가지 좌표인 세계(모방론), 독자(효용론), 작가(표현론), 작품(화용론)의 입장에 근거해 이들 동시론을 고찰할 것이다.

분석 자료로는 이원수의 『이원수 아동문학전집』(웅진, 1984), 박목월의 『동시교실—지도와 감상』(아데네사, 1957), 『동시의 세계』(배영사. 1963)를 기본으로 한다. 『이원수 아동문학전집』에 실린 텍스트 대부분은 60년대에 발표됐으며 비슷한 내용을 계속 반복하다시피 할 정도로 여러 텍스트 간에 의견 차이가 없이 일관되므로 전집에 실린 텍스트들은 변별을 두지 않고 다루겠다. 박목월의 『동시교실』은 간략한 이론과 작품 감상을 중심으로 집필된 데 반해 『동시의 세계』에서는 이론이 보다 확고하고 정교해지나 전체적인 관점에서 보면 이 두 텍스트 역시 동일한 선상에서 보아도 무리가 없다. 두 텍스트는 기본적으로 어린이를 대상으로 집필되어 이론이 명료하게 드러나지 않는 부분도 있으므로 비슷한 시기에 발표한 다른 자료들을 보충하도록 한다. 대신 『소학생』에 실린 「동요짓는 법」과 「동요 맛보기」는 제외한다. 시기상으로 위의 텍스트들보다 이른 시기에 집필됐을 뿐 아니라 동시 대신 동요를 표방하고 있기 때문에 1960년대 이원수와 박목월의 동시론을 비교하는 이 글의 논의에 정합성을 지니기 어려운 점이 있기 때문이다.

동시대의 여느 시인보다 앞서서 동요에서 동시로 창작 양식의 변화를 선도하고 또 이를 이론화한 두 사람의 동시론을 분석하는 과정을 통해 동시가 운문 장르를 대표해 나가는 데 있어서의 이론적 배경을 밝히고 아울러 동요와 동시의 장르상의 관계를 고찰할 수 있을 것으로 기대된다. 본문에서는 이원수와 박목월의 동시에 대한 정의와 그 과정에서 필연적으로 발생하게 되는 동요와의 장르상 관계 정립, 그리고 동시를 실제로 창작하는 방법에 대한 설명을 차례대로 살펴보겠다.

2. 동시의 정의

이원수의 동시에 관한 정의는 그의 전집 중 HLKY 방송(현 기독교방송) 원고를 정리한 「동시 작법」[1](1960)과 「시작 노트」[2](1968)를 통해 살펴볼 수 있다. 이원수는 「동시작법」에서 동시를 다음과 같이 정의한다.

---

1 이원수, 『이원수 아동문학전집』 29권, 웅진, 1990, 32~97쪽.

2 『전집』 29권, 108~132쪽. 「동시 작법」과 「시작 노트」는 상당 부분 내용이 중첩된다.

동시란 무엇인가? 동시란 말은 아이들의 시란 뜻이다. 어린이들이 즐길 수 있는 시, 어린이들이 맘으로 느낄 수 있는 시가 동시다.

동시는 어린 사람의 마음에 감동을 주는 시라야 한다.

동시는 (…) 어린 마음이 스며 있는 것이며, 어린이들이 이해할 수 있는 말로 씌어진 것이어야 한다.[3]

동시가 '어린이'들이 즐기고, 느끼고, 이해하고, 감동받을 수 있는 시가 되어야 한다는 그의 견해는 일견 당연하고 소박해 보이지만 이러한 견해는 무엇보다 어린이 '독자'에 중심을 둔 관점이라는 사실을 알 수 있다. 이는 M.H.에이브럼즈가 문학을 정의하는 방법을 세계, 독자, 작가, 작품의 네 가지 좌표로 나누어 설명하는 시각으로 볼 때 문학을 독자와의 관계에서 파악하는 효용론(실용론)의 입장에 속한다. 이는 작품이 독자에게 미치는 교육적, 심리적인 효과를 중심에 두고 문학을 정의하는 입장이다.[4]

한편 「시작 노트」의 동시 정의도 위와 동일하게 시작한다. 동시란 "아동에게 느껴지는 시"[5]다. 그런데 여기서 주목해야 할 것은 어린이가 이해할 수 있어야 하고, 어린이에게 감동을 주어야 한다고 해서 동시가 반드시 어린이의 생활이나 감정만을 담아야 할 필요는 없다고 부연하는 점이다.

그는 동시를 오직 어린이의 생활 모습을 읊은 시라고 생각한 시인들이 어린이의 놀이나 장난 등을 동시의 주요 소재로 삼고 유아의 언어를 흉내 내고 유아적인 발상을 대단하게 여기는 경향을 보였음을 비판한다. 왜냐하면 어린이의 흉내를 낸 동시가 범람하면서 동시가 시와

---

3 위의 책, 33~34쪽.

4 박철희, 『문학개론』, 형설출판사, 1985, 11~18쪽 재인용.

5 『전집』 29권, 111쪽.

는 별개인 것처럼 인식됐고 이러한 '아동 전용의 동시', '동시의 특수지대', '일반시와는 다른 이물'이란 인식이 동시를 일반 시와 완전히 분리시켜 어린이들이 감흥할 수 있는 일반 시를 놓치는 결과를 초래했다고 보기 때문이다.[6]

그는 이러한 상황을 지적하고 이에 대응하며 동시의 정의를 한층 구체화시킨다.

> 동시라는 이름은 결국 아동들이 감상하기 이전의 하나의 안내적 역할을 하기 위한 것이요, 넓게 생각해서 아동에게 감상되기에 좋은 시를 가리켜 붙인 이름에 불과하다. 따라서 동시와 비동시의 구별은 쉬운 것도 있으나 어려운 경우도 얼마든지 있다. 구별이 확연해지기 어려운 시라 해서 조금도 시 자체의 가치에 영향이 가는 것도 아니다.[7]

이러한 견해에 따르면 성인을 대상으로 창작된 일반 시라 할지라도 어린이가 감상할 만한 주제와 표현을 갖추고 있다면 동시로 볼 수 있다. 하나의 작품을 두고 명확하게 시 또는 동시의 어느 한편으로 가를 수 있는 성질이 아닌 것이다. 이렇듯 어린이가 감상하기에 적합한 시를 모두 동시라 한다면 당연히 어린이의 생활로 굳이 소재를 한정할 필요도 없게 된다. 즉 이원수는 동시가 시와 구별되는 특수성을 문학 양식상의 특성이 아닌 어린이 독자의 수용 여부만으로 정의하고 있다.

어린이 독자의 수용 여부에 따라 동시를 범주화하는 이러한 정의는 어린이와 어린이문학에 대한 애정에서 비롯된 것임은 물론이거니와 당시의 창작 현실과 시대상에 대한 이원수의 비판 의식과도 연관된다.

6 위의 책, 111~112쪽.

7 위의 책, 130쪽.

4·19혁명과 관련된 일반 시를 예로 들며 "소년, 소녀들의 시가 되어야 할 작품"[8]이라고 말할 정도로 동시를 통해 어린이에게 현실 의식을 고취시켜야 한다고 생각했던 그에게 당시의 일반 시와는 유리된 유아적인 동시 창작 행태를 반박하며 동시에 대한 정의부터 이와 대별되는 방식으로 세우는 작업은 매우 중요한 일이었을 것이다.

이렇듯 이원수는 작품이 독자에게 현실적으로 주는 효과에 역점을 두는 효용론(실용론)의 측면에서 동시를 독자인 어린이를 중심으로, 어린이의 수용 여부에 따라 가늠할 수 있는 것으로 정의했다. 사회 현실에 대한 비판의식 속에서 과연 어린이에게 어떤 시를 줄 것이냐, 어떤 시가 어린이에게 적합하냐는 고민으로부터 그의 동시 정의는 도출됐으며 이러한 관심이 그의 동시 정의를 관통하고 있다.

한편 박목월은 시와 동시의 장르적, 형식적인 차이를 구분함으로써 동시를 정의하고자 한다. 이는 『동시교실』의 첫 장 「동시란 무엇인가」에서 확인해 볼 수 있는데 여기서 그는 시를 먼저 정의한 뒤 시와 대별해 동시를 정의하고 있다.

> 시는 사실을 기록하기보다 더 깊은 마음의 느낌을 표현하는 것이다. 이 깊은 느낌을 감동이라 한다[9]

> 동시야말로 어린이의 맑고 아름다운 마음에 가장 깊은 느낌 - 감동이 낳는 것이며, 또한 감동이 크면 클수록, 깊으면 깊을수록 좋은 시가 되고 사랑이 크면 클수록, 깊으면 깊을수록 감동이 깊고, 크다는 것도 알았으리라.[10]

---

8 위의 책, 95쪽.
9 박목월, 『동시교실』, 아데네사, 1957, 13쪽.
10 위의 책, 21쪽.

박목월은 이렇듯 시의 연장선상에서 동시의 특성을 정의하려고 한다. 이에 기반해 『동시의 세계』에서 가장 명확하게 동시를 정의하는 구절은 동시가 곧 "어린이가 쓴 시"[11]라는 것이다. 그런데 앞서 말했듯 『동시의 세계』는 기본적으로 어린이 독자를 대상으로 서술된 책이므로 이 정의에 대해서는 좀 더 면밀히 고찰해 볼 필요가 있다. 여기서 박목월이 말하는 '어린이'란 연령으로 구별되는 실체적 아동을 지칭하지만은 않는다. 그가 말하는 '어린이'란 곧 '동심'이다. 이는 아동문학에 대해 그가 밝힌 바를 보면 명확해진다.

> 아동들의 생각, 아동들의 느낌이 솟아나게 되는 그 정신적, 정서적인 특수한 것을 〈동심〉이라 불러본 것이다. 또한 그들의 세계를 〈동심의 세계〉라 일단 불러본 것이다. (…) 〈성인문학〉과 대가 되는 〈아동문학〉이란 무엇인가. 그것은 〈동심의 문학〉이다. 또한 아동문학의 특수성도 〈아동과의 관계〉에 있기보다는 〈동심과의 관계〉에 있는 것이다. 〈동심〉이 비록 〈어린이 마음〉이요, 그것이 성인과는 구별할 수 있는 아동다운 것이기는 하지만 성인에게도 〈동심〉이 잠재해 있는 한, 〈아동과의 관계 있는 문학〉으로 국한하기보다는 〈동심과 관계 있는 문학〉으로 보는 것이 더욱 타당하며, 또한 〈아동〉이 곧 〈동심〉이 아니기 때문이다. (…) 그러므로 그것은 누구를 위하는 것이 아닌, 스스로의 예술적인 충동을 만족하려는, 순수한 동기에서 창작하게 된다. 그러므로 그것은 문학 일반의 광의적인 목적이나 사명을 떠나, 〈아동들의 생활을 향상한다든가〉하는 특수한 〈사명〉이나 〈목적〉이 반드시 요구되지는 않을 것이다.[12]

---

11 박목월, 『동시의 세계』, 배영사, 1963, 41쪽.
12 박목월, 「나의 의견」, 『아동문학』 1집, 1962, 19~20쪽.

이러한 견해에 비추어 볼 때 박목월이 정의하는 동시는 곧 '동심으로 쓴 시'라고 할 수 있다. 박목월은 '작가'를 중심에 두고 동시를 정의하며 '독자'로서의 어린이가 아닌 '작가'로서의 어린이(동심)를 강조한다. 이는 M.H.에이브럼즈의 방법론에 따르면 문학을 작가와 관련시켜 작가의 소산으로 보는 표현론의 입장이다. 작가의 사상과 감정을 밖으로 나타내는 것이 문학이라는 것이다.

이러한 표현론의 입장에서는 문학이란 작가가 공들이고 수정하고 연마하는 인공의 소산이다. 따라서 그는 동시가 우선 '시'가 되어야 한다는 사실을 강조하는 것이다. 문학 작품으로서의 문학적 완성도가 무엇보다 중요하기 때문이다. 그가 동시의 정의를 시와의 구분으로부터 시도했듯 그에게 있어 동시는 어디까지나 먼저 '시'여야 했다.

> '동시'가 물론 아동문학의 한 영역을 차지하는 것임에는 틀림없으나 그러나 동시의 순수한 동심은 어른이든 어린이든 누구에게나 감동을 줄 있는 〈시〉라야 한다.[13]

> 동시도 시가 되어야 한다는 것은 나의 지론이다. 그것은 **아기를 위한 것이기보다 작가 자신의 동심적인 표출로서**(필자 강조) 다만 어린이들이 이해할 수 있는 단순성이 표현에서나 내용에서 요구되는 것이다. 그것이 일반적인 시와 구별되는 것이다[14]

이렇듯 박목월은 어른 작가의 어린이다운 마음, 즉 동심이 어린이들이 이해할 수 있는 적정선상에서 시라는 장르로 표현되는 것을 동시

---

13 박목월, 『보랏빛 소묘』, 삼중당, 1974, 41쪽.
14 위의 책, 62쪽.

라고 보았으며 그러하기에 동시가 시로서 문학적 완성도를 갖추어야 한다고 거듭 강조한다.

이원수와 박목월의 동시 정의를 비교해 본바, 이들의 정의는 동시의 '독자'와 '작가' 중 어느 곳에 중점을 두고 어린이를 주목했는지에 따라 차이가 나타남을 알 수 있다. 이원수는 '어린이'들이 '읽는' 시라는 것에, 박목월은 '동심'으로 '쓰는' 시라는 것에 초점을 두었다. 이원수가 문학의 효용 측면에서 현실의 어린이들에게 수용될 것에 주목했던 것에 비해 박목월은 문학의 표현 측면에서 어른 작가의 동심이 시라는 장르로 표현되는 것에 주목했다. 문학이 어떠한 의미로서 예술인지를 정의하는 실용론과 표현론의 입장에 따라 이러한 정의들이 도출된 것이다.

이원수와 박목월 모두 동시가 일반 시와 동떨어진 것이 아니라 동시 역시 시라는 점을 강조했다는 점에서는 공통된다. 동시를 정의하는 데 있어서는 결국 동시가 일반 시와 비교해 어떠한 보편성과 특수성을 지니는지가 논의되는 것이 당연하기 때문으로 볼 수 있다. 하지만 동시 역시 시라는 점을 강조하는 의도에는 차이가 있다. 이원수의 경우 문학을 대하는 진중한 의식 없이 현실 세계가 거세된 '어린이용'으로 손쉽게 창작되는 행태를 비판하려는 일차적인 목표에서 그러했다면 박목월의 경우 동시 역시 작가가 생산하는 문학 작품이라는 생각에서 강조됐다고 볼 수 있다.

동시에 대한 정의는 일차적으로는 시와 대별해 논의됐지만 아동문학의 대표적인 운문장르로 동요가 건재해온 당시로서는 필연적으로 동요와 대별되는 동시의 특성을 논할 수밖에 없게 마련이었다. 그렇다면 이원수와 박목월은 동시와 동요의 장르론적 구분을 어떻게 정리하고 있는지 살펴본다.

3. 동시와 동요의 구분

이원수와 박목월의 동시론에 있어 동시와 동요의 구분은 아동문학 운문 장르의 개념과 명칭을 정리하는 것 이상의 의미가 있다. 이원수와 박목월은 각각 1920, 30년대에 소년 문사로 처음에는 동요를 창작하다가 차차 동시라는 새로운 장르를 개척해온 시인들이다. 따라서 그들에게는 동요와 동시의 구별과 상관 관계가 실제 창작에 있어 매우 중요한 과제였고 그렇기에 장르론이 이들 동시론의 출발을 이룬다고도 볼 수 있다. 물론 이론 작업은 1950, 60년대에 들어 본격적으로 시작되었으므로 그 이전 시기부터 작품 창작에서 동요에서 동시로의 장르적 변화를 꾀한 것과 시차가 있지만 창작 당시의 장르적 고민과 장르적 모색의 동인을 엿볼 수 있을 것이라 본다.[15]

먼저 이원수의 동시론을 살펴보면 그는 동요와 동시를 구분 짓고 장르상의 관계를 설정하는 작업을 「아동문학입문」, 「아동문학사」, 「동시작법」 등 이론 전반에서 매우 비중 있게 다룬다. 그는 동시와 동요의 개념과 관계를 밝히는 일이 "오늘의 동시 운동을 위해서 이상하게도 중요한 문제가 되어 있는 것"[16]이라고 그 이유를 설명한다. 「동시의 길을 바로잡자」라는 평론의 소제목이 '동요와 동시의 개념'인 것에서도

---

15 이는 오늘날의 동요 · 동시론에도 일단의 시사점을 제공할 수 있을 것이라 생각한다. 동요, 동시는 통시적, 공시적으로 이를 아우르며 구분할 만한 장르상의 명확한 개념이 정립되어 있지 않은 상태다. 동요는 작곡되어 노래로 부를 것을, 동시는 책으로 읽을 것을 전제로 창작한 것으로 통용되고 있다. 하지만 실제 동요, 동시는 형식상, 내용상 명확히 구분하기도 어려울 뿐더러 노래와 텍스트의 형태를 자유롭게 넘나든다. 게다가 최근에는 단순한 노래 가사가 아닌 문학성을 겸비한 동요가 창작되지 않는 실정이어서 오직 동시가 아동문학의 운문 장르의 전부인 것으로 생각되기도 한다. 그렇다면 과연 오늘날의 동시란 무엇인가, 동요의 명맥은 완전히 사라진 것인가, 동요와 동시의 장르상 특징과 차이는 무엇인가. 이원수와 박목월의 동요 · 동시론을 비교 고찰하며 이 문제에 대한 해답의 단초를 모색해보고자 하는 것이다.

16 『전집』 28권, 336쪽.

알 수 있듯이 그가 지향하는 동시론을 펼치는데 있어 동요와 동시의 형식에 대한 고찰은 중요한 과제였다.

이원수는 우선 동요와 동시의 장르상의 특징을 다음과 같이 구분한다.

> 동요는 소리내어 노래부를 수 있는 것, 노래부르고 싶은 내용의 것인데 비해서 동시는 (……) 마음 속에서 읊고 느끼고 싶은 것임을 볼 수 있다. (……) 동요보다 좀 더 깊은 내용, 절실한 느낌을 담는 시라는 것을 생각할 수 있게 된다.[17]

동요가 노래와 관련되고 동시는 그렇지 않다는 장르상의 구분은 일반적인 견해와 크게 다르지 않다. 그런데 여기서 주목할 것은 동요보다 동시가 "깊은 내용, 절실한 느낌"을 담을 수 있기에 현실 의식을 표현하는 형태로 더 적합하다고 여긴 점이다. 하지만 그렇다고 해서 동요를 버려야 할 양식으로 도외시하지는 않았다. 그는 동요 역시 문학성을 지녀야 할 것을 강조하며 다음과 같이 동요와 동시의 장르 개념을 명칭하고 구분한다.

> 동시에 있어서 자유시와 정형시의 분류는 또 하나의 다른 분류를 필요하게 한다. 즉 동요와 자유시와의 관계가 그것이다.
>
> 동요는 (…) 동시에 포함되어 있다. 즉, 정형시로서의 동시이다. (……)
>
> 동요를 동시의 내적인 한 장르로 치는 것이 당연하리라 생각한다.[18]

17 위의 책, 76~77쪽.
18 위의 책, 25쪽.

이렇듯 그는 아동문학 운문 장르 전체를 동시(상위 개념)라 일컫고 이 중 정형율인 것을 동요, 자유율인 것을 동시(하위 개념)라 구분한다. 동시는 자유시 혹은 소년시로도 지칭한다.[19] 그렇다면 그가 율격의 차이로 동요와 동시를 나누는 것에서 나아가 상위 개념으로서의 동시라는 명칭을 상정한 뒤 동요가 동시(상위 개념)에 속한다고 하는 까닭은 무엇일까.

그것은 바로 1950년대 당시 동요가 유행가 가사와도 같은 노래 가사로만 창작되던 경향 때문이었다. 그가 보기에 이러한 상황에서 "어린이의 재롱스런 모습을 노래한 소위 유년 동요들은 결국 어른들의 즐거움의 표현에 지나지 않는 것으로 되고, 어린이의 생활 동요라 할 것들이 대개 부유한 가정에서 자라는 걱정 없는 아동들의 생활 묘사에 그치는 등으로서는 아동 대중의 시가 될 수는 없는"[20] 것이었다. 즉 그는 동요가 동시, 즉 '문학'에 속한다고 주장함으로써 이러한 동요 창작의 행태를 비판하고자 했다. 유행 가사와도 같은 동요들이 범람하던 당시 상황에서 선택한 방법론이자 방책이었던 것이다.[21] 한편 창작 현실에 대한 이러한 비판 인식은 동요를 문학성의 유무에 따라 두 갈래로 구분하며 장르론을 보다 정치하게 한다.

> 동요에는 동시나 동시가 아닌 노래도 포함될 수 있으나, 동시에는 시로 된 동요는 포함되나 시가 되지 않은 노래-가사는 포함되지 못한다. 즉 다시 말하면 동시는 노래로 될 수 있지만 동요는 전부가 다 동시가 아닌 경우도 있게 된 것이다.[22]

---

19 위의 책, 65쪽.
20 위의 책, 64쪽.
21 김제곤은 논문 「해방 후 아동문학 '운문 장르' 명칭에 대한 사적 고찰」(『아동청소년문학연구』 5집, 2009)에서 이와 비슷한 견해를 피력한다.
22 위의 책, 326쪽.

인용문에서 '동시'는 모두 상위 개념으로서의 동시를 의미한다. 지금까지 살펴본바, 이원수는 현실의식을 유효하게 담아내는 데 동요보다 동시가 더 낫다고 여겼지만 동요를 도외시하지 않고 동요 역시 운문 장르의 한 영역으로 자리매김했다. 동요가 당시 어린이들의 고난한 현실과 관계없는 노래 가사로서만 창작되는 현실을 개탄하며 동요의 문학성을 특히 강조한 것이다. 아동문학 운문 장르를 동시(상위 개념)라고 명칭해 동요를 동시의 영역으로 편입시키며 문학성을 강조하고 문학성의 유무에 따라 동요의 하위 갈래를 분리시켜 문학성이 없는 동요를 아동문학의 바깥으로 몰아낸 것이다.

동시의 정의에서 살펴본 것과 마찬가지로 동시와 동요를 구분하는 장르론에 있어서도 그의 이론을 정립시키는 근본 동인은 독자인 어린이들이 처한 문학 현실에 대한 비판 의식에 있었다. 단순히 이론상의 논의였던 것이 아니라 동시와 동요를 향유하는 어린이 독자를 가장 우선하는 인식으로 인해 그의 장르론은 정립됐다.

한편 박목월은 작품을 창작한 작가의 정서와 작품의 내적 요소에 기인해 동요, 동시의 장르론을 이론화시킨다. 그는 동요와 동시의 형식상의 차이가 작품의 의미와 표현에 어떠한 차이를 불러일으키는지에 대해 매우 세밀하게 주목한다.

박목월은 동요와 동시를 구분하는데 있어 동요는 어린이가 부를 것을, 동시는 읽기 위한 것을 전제로 한다는 일반적인 분류법만으로 나누려고 하지 않고 두 형식 간에 더 주요한 차이가 있음을 강조한다.

> 읊기 위하거나 읽기 위한다는 그런 타율로 목적을 가지기보다는 작자의 내적 정서의 필연적인 표현의 결과로 그것은 읊기에 혹은 읽기에 적합한 작품이 빚어지게 된 것이다.[23]

이는 앞 장에서 살펴본 바와 같이 박목월이 동시를 정의할 때 작가를 중심에 둔 표현론의 입장이었다는 점을 상기해본다면 보다 명확하게 이해할 수 있다. 작가가 독자를 염두해 두고 동요는 독자들이 노래 부를 수 있는 형식으로, 동시는 독자들이 읽는 형식으로 창작 것이 아니라 작가의 정서에 따라 자연스레 그 형식이 나타나게 된다는 설명이다. 물론 이원수 역시 동요는 "노래 부르고 싶은 내용의 것"이고 동시는 "마음 속에서 읊고 느끼고 싶은 내용의 것"이라고 했다. 하지만 박목월은 작가를 중심으로 문학을 바라보는 입장에서 이 점을 매우 강조하고 있으며 바로 여기서부터 동요, 동시 장르론을 전개해 나간다.

박목월은 동요와 동시를 정형율, 내재율로 단순히 구분하지 않는다. 그리고 이는 동요가 아닌 동시도 정형율을 지닐 수 있다는 주장으로 확장된다. 그는 윤동주의 「산울림」을 예로 들며 "글자 수가 모두 석자씩 꼭 꼭 맞는다. 그러나, 이것은 노래하기 좋게 하려고, 글자를 맞춘 것이 아니다. 까악까악 우는 까치의 울음을 나타내려고 일부러 석 자씩 맞춘 것"[24]이라며 "글자수가 다 맞는 것은 동요고 그렇지 않은 것은 다 동시"라는 질문에 그것이 아니라고 답한다. 작품의 형식상으로는 글자수가 맞는 정형율이더라도 노래 부르기 위해 일부러 글자수를 맞춘 것이 아니면 동요가 아니라 동시라는 것이다. 작가가 노래 가사를 만드려는 의도가 있었던 것이 아니라 작가의 감정을 드러내기 위한 가장 유효한 형식이 정형율로 드러났을 따름이라는 설명이다.

그렇다면 정형율의 동시와 동요는 형식상으로 동일한데 이들의 장르 구분은 어떻게 되는 것일까. 그는 동요와 동시의 구분이 명확하지 못한 까닭이 "부르는 것을 전제로 한 것"과 "자유롭게 쓴 것"과의 혼

---

23 박목월, 「동요와 동시의 구분」, 『아동문학』 3집, 1962, 9~10쪽.
24 박목월, 『동시의 세계』, 배영사, 1963, 32~33쪽.

란에서 빚어지는 것이 아니라고 한다. "부르는 것을 전제로 하고 쓴 것" 안에서 빚어지는 것이라며 문학성이 전혀 없는 노래 가사가 아닌, 문학성을 지닌 동요의 경우가 문제가 된다고 말한다.

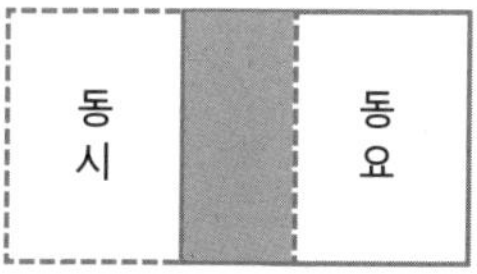

> 동요 중에서도 요적 가락이 시적 절실한 감정이나 정서로 말미암아 그 작품의 본질적인 세계와 밀접한 생명적인 관련을 맺었을 때, 그것은 동요라 해도 무방하고 동시라 해도 무방하다.
>
> 위에서 그림으로 나타낸 것 중에서 동시와 동요가 겹먹는(이중적) 부분은 ① 동시적 처지에서 어린이들의 순수한 정형적인 시의 세계며 ② 동요의 처지에서는 전혀 다른 것(음악)의 보조적인 것이 아닌, 언어의 순수한 노래 부르는 세계다.[25]

이러한 구분을 보면 박목월 역시 이원수와 마찬가지로 문학성을 띤 동요를 동시의 범주로 귀속시키며 문학성을 강조함을 알 수 있다. 앞에서 인용한 바 윤동주의 「산울림」을 예로 들며 글자수가 맞느냐에 따라 동요와 동시로 나누어지는 것이 아니고 작가의 창작의도가 노래 가사가 아니라면 정형율이라도 동시라고 한 것은 문학성을 지닌 동요를 동시의 범주 안에 마련해두기 위한 것으로 보인다. '시'가 문학이고 동'시'도 문학이기 때문에 문학성을 지닌 동요는 동시여야 했다. 문학 작품으로 정형율의 동시(동요)를 창작한 작가의 의도를 존중하며 그 작품에 문학성을 부여하고 싶었기에 이러한 장르론을 정립했음을

25 『아동문학』 3집, 14쪽.

미루어 짐작해 볼 수 있다. 작가의 표현상 자유라는 생각 아래 동시의 범주가 확장되어 동요가 동시의 범주 안으로 들어오게 된 것이다.

결과적으로 볼 때 이원수와 박목월의 동요, 동시 장르론은 이렇듯 상위 개념의 동시가 하위 개념의 자유율의 동시와 정형율의 동요를 함께 아우른다. 하지만 그 목적하는 바는 달랐다. 이원수는 어린이들에게 유해하다고 생각하는 노래 가사를 문학의 영역에서 축출하기 위한 의도가 우선했음에 반해 박목월은 정형율의 작품도 작가의 문학성이 보존되어 있다는 취지였다. 즉 동시의 정의에서도 그러했듯 장르론의 정립에 있어서도 이원수는 어린이 독자를, 박목월은 작가를 중요시하는 관점이 이러한 이론을 발생시킨 것으로 볼 수 있다. 이원수가 유행가와도 같은 노래 가사들을 혹독하게 비판한데 반해 박목월이 노래 가사인 동요들에 대한 별다른 언급이 없는 점에도 차이가 있다.

이원수와 박목월은 장르론에 있어서 동요를 도외시하거나 사장시키지 않고 동시의 영역 안에 편입시켜 독립된 공간을 마련해 주며 문학성을 강조했다. 이는 동요가 아동문학의 운문 장르를 대표해 왔던 당시 창작 현실 때문일 것이다. 하지만 동요가 동시라는 명칭 아래 편입되는 이러한 양상은 아동문학의 운문 장르를 대표하는 양식이 이제 동요에서 동시로 변화했음을 알리는 반증으로도 해석될 수 있다. 이원수와 박목월의 장르론에서 이 시기까지도 최소한 고유의 자리가 마련되었던 동요는 소위 '본격동시 운동'과 이오덕의 '어린이시 운동'의 영향, 변화하는 창작 환경 속에서 현재로서는 독자적인 영역을 찾기 힘들게 됐다.

4. 동시 창작론

이원수와 박목월은 이러한 동시의 개념을 근간으로 창작론을 이론화하고 이를 정착시키는데 힘썼다. 이들의 창작론은 단순한 이론을 넘어 동시의 창작 경향을 선도하는 한편 어린이시 쓰기 지도, 동시 교육과 감상 등 교육 전반에 걸친 실천적인 측면에서도 방대한 영향력을 지녔으며 이는 아직까지도 유효한 것으로 보인다.

그런데 이원수와 박목월의 창작론은 살펴보는 일은 주의를 요한다. 이들이 동시 창작론을 집필한 시기에는 동시와 어린이시[26]의 개념과 명칭이 완전히 성립되지 않았기 때문에 현재의 관점으로 본다면 누구를 대상으로 하는 창작론인지 자칫 혼란을 가져올 수 있기 때문이다. 이원수는 창작 주체를 어른인 경우과 어린이인 경우로 명확히 분리하면서도 이들의 작품을 통칭해 '동시'라 부른다. 한편 박목월은 『동시교실』의 머리말에서 이 책의 독자를 "초등학교 상급반 및 중학교 하급반과 이런 방면에 뜻을 둔, 아기들을 지도하는 분"으로 상정한다. 즉 어린이와 어린이시를 지도하는 교사를 대상으로 하고 있는 것이다.[27] 하지만 동시와 어린이시가 개념상 명칭상 분리되지 않은 현실에서 그의 동시 창작 이론을 '아동시 창작 이론'만으로 볼 수 있는 것은 아니다. 따라서 이 장에서는 창작론의 대상을 염두해 두면서 동시는 무엇을 어떻게 써야한다고 설명했는지를 소재론과 표현론을 중심으로 고찰해 보도록 하겠다.

---

26 현재 아동문학 분야에서는 창작 주체에 따라 어른 작가가 쓴 작품은 동시로, 어린이가 쓴 작품은 어린이시로 구분하는 것이 일반적이다.

27 한 회고록에 의하면 『동시교실』은 박목월이 강소천과 함께 교과서 편수국과 관련된 글짓기 연구회에서 활동하며 한 초등학교에서 3~4개월 동안 매주 글짓기 지도를 한 결과물이라고 한다. 원종찬, 「이원수와 70년대 아동문학의 전환」, 『한국 아동문학의 쟁점』에서 재인용.

이원수의 동시 창작론은 동시에 관한 방대한 이론을 정립한 것에 비하면 비중이 적은 편이다. 그는 꾸준히 어린이 잡지에 어린이들의 시를 싣고 작품평을 쓰고, 동시인들의 작품을 비평했지만 비평 작업이 중심이었지 창작론을 별도로 규모 있게 집필하지는 않았다. 이원수의 창작론의 가장 큰 특징은 앞서 말했듯 어린이를 대상으로 한 것과 어른을 대상으로 한 것으로 명확하게 구분된다는 점이다. 먼저 어린이 대상의 창작론에서 그는 동시의 소재를 생활에서 찾을 것을 강조한다.

> 우리들이 겪은 일, 즉 우리들의 생활에서 얻은 이야기를 그대로 시로 써 보는 것은 재미있고 또 용이한 일이다. (…) 시는, 아름다운 일, 착한 일, ―혹은 나쁜 일일지라도 그 나쁜 일을 후회하고 혹은 나쁜 것을 미워하는 생각이면 시를 쓸 수 있다.[28]

동시의 소재를 '생활'에서 찾으라고 말한 건 문학 창작의 소재를 구체적이고 생생한 삶에서 찾으라는 일반적인 의미 이상을 지닌다. 좋고 아름다운 일만이 아닌 부끄럽고 감추고 싶은 일까지도 있는 대로 쓰라는 사실을 강조하는 것인데 당시 어린이시의 창작 현실을 비추어 볼 때 특기할 만한 사항이다. 이는 어른들을 대상으로 하는 창작론에서도 동일하게 확인할 수 있다.

> 천진과 동심에서 이룩하는 동시는 어디까지나 아동의 현실을 미화하는 것만이 아니라는 점이다. 기쁨과 슬픔과, 미움과 사랑과, 빈궁과 안락 등을 가리지 않고 노래해야 하는 것이다.[29]

---

28 『전집』 29권, 59쪽.
29 위의 책, 344~345쪽.

아동은 현실에서 떠난 천국의 천사가 아니며 비상한 고통과 쓰라린 생활 속에 있는 것이다. 그들은 부모 형제와 함께 부정과 사회악에 희생되고 있는 것이다. 이러한 우리 나라의 현실에서 아동을 위한 문학이 되려면 현실 속의 아동을 작품 속에 그려야 하는 것이다.[30]

그는 현실에서 고통받고 희생되는 어린이들을 동시의 소재로 삼아야 한다고 주장했다. 어린이들의 현실을 외면하고 현실과 유리된 채 어린이를 그저 맑고 순수한 존재로 상정하는 동심주의에 명확히 반대하고 있는 것이다. 즉 동시 창작 주체가 어린이든 어른이든 간에 상관없이 고되고 핍박받는 현실을 있는 그대로 작품의 소재로 삼아야 한다고 본다.

한편 이원수는 어린이들이 시를 쓰는데 있어서 소재에 제한이 없어야 할 뿐 아니라 표현에 있어서도 형식과 율격에 구애됨이 없이 자유롭게 써야 한다고 주장한다. 어른 시인들에게는 동요가 유행 가사화되지 않도록 적극적으로 동요 작시에 나설 것을 당부했으면서도[31] 어린이들의 창작에 있어서는 동요 형식을 경계한다.

어린이들에게 작시상 어떠한 형식을 존중하지 말게 하자는 것은, 우선 동요를 흉내내는 것을 삼가게 하는 데도 필요하겠다. (…) 어린이들이 정형시를 쓰려고 노력하는 것을 보면 안타까운 기분이 든다. 글자 수를 맞춤으로써 그들의 시가 되는 것으로 그릇 인식하는 경우도 있다. 7 · 5조의 동요를 쓰려고 애쓰는 어린이는 '크로스워드'에 글자를 맞춰 넣으려고 생각하는 어린이와 같다. 어린이의 감정의 소박한 표현이 완벽을 기하려면, 그러한 기성 리듬

30 『전집』 28권, 156쪽.
31 위의 책, 64쪽.

에 얼러맞추는 일은 도저히 있을 수 없다. 천차만별, 온갖 형태가 새로이 생겨날망정 남의 형태에 자기의 생각을 구부리고 줄여서 맞춰 넣을 것은 아니다.[32]

이원수가 독보적인 동시론을 정립했으면서도 창작론에 큰 비중을 두지 않은 까닭은 이렇듯 어린이들이 자신의 진솔한 생활과 감정을 별다른 기교나 형식 없이 그저 자연스럽게 표현하면 된다고 보았기 때문인 듯싶다. 하지만 이러한 관점에서도 분명 창작론의 성립은 주요한 일이었으므로 이는 이후 이오덕의 『아동시론』에서 구체화된다.

이원수의 창작론이 소략한 데 반해 박목월의 동시론에서는 창작론이 핵심일 정도로 창작론에 많은 비중을 두고 있다. 『동시교실』과 『동시의 세계』 모두 그 핵심은 '동시 작법'에 관한 것이다.

박목월 역시 동시의 소재에 있어 이원수와 마찬가지로 '생활'에서 시의 소재를 찾으라고 하는 점에 있어서는 동일하다. 이 때 '생활'이란 친구를 사귀고 놀이하는 일뿐 아니라 자기 반성, 미래의 소원까지 포함하는 것이라고 한다.[33] 언뜻 박목월과 이원수의 소재론은 큰 차이가 나지 않는 것처럼 보이지만 그가 말하는 자기 반성이란 개인적이고 교훈적인 차원이고 이원수가 말하는 모순적인 현실에 대한 반성과 비판 의식과는 다른 성격을 지닌다.[34]

한편 『동시교실』에서는 「동요 동시의 세계」라는 제목 아래 여러 편의 동시를 소재에 따라 분류하고 해설하고 있는데 그 소제목은 "사랑의 세계, 꿈나라, 그리움의 세계, 놀음놀이의 세계, 꽃피는 세계, 구름

---

32 위의 책, 310쪽.

33 박목월, 『동시의 세계』, 배영사, 1963, 77~82쪽.

34 그가 이러한 예로 드는 '내 구두'라는 외국동시는 꿀을 훔치러갈 때 어린이의 구두에서 찌익찌익 소리가 난다는, 즉 구두가 나쁜 짓을 할 때 양심의 소리를 들려주니 나쁜 짓을 해서는 안되겠다는 내용이다. (『동시의 세계』, 78~79쪽.

의 세계, 꽃나라 새나라, 자장가" 등이다. 즉 낭만적인 사랑, 자연, 어린이들의 천진난만한 생활 등을 동시의 주요 소재로 보고 있다. 또 자작시를 해설하며 자신이 어떤 소재를 동시로 썼으며 어떤 소재가 동시의 소재가 될 수 있는지를 설명하는데 이는 회고적이고 회상적인 성격이 다분하다. 예로 드는 동시 대부분이 떠나온 고향과 고향에서의 추억을 그리워하는 내용을 담고 있다. 이 동시들을 설명하며 그는 "고향을 그리워하는 애절한 그리움이 시가 우러나는 근원"[35]이라고까지 한다. 이렇듯 박목월은 동시의 소재를 순수한 사랑, 자연, 생활 등으로 보았으며 특히 고향과 그리움의 정서를 매우 중요시했음을 알 수 있다.

한편 박목월은 동시를 어떻게 쓸 것인가, 즉 표현의 문제를 매우 중요하게 생각한다. 『동시교실』과 『동시의 세계』에서 가장 중점을 두고 설명하는 것이 바로 표현에 관한 것이다. 그는 무엇보다 언어 자체를 중요시하며 적절한 표현기법을 사용하는 것이 필요하다고 강조한다.

> 시는 우리의 느낌, 생각을 솔직히 기록한 것이다. 그러나 그 느낌, 생각을 묘하게 요령있게 표현할 수 있는 방법을 생각하는 것은 중요하다. 솔직히 기록하는 것이라 해서 무턱대고 생각나는대로 기록하는 것이 아니다. 잘 가다듬어 요령있게 기록해야 한다.[36]

이러한 입장에서 그가 설명하는 "표현의 가장 소중한 세 가지 문제"는 "생략, 비유, 가락을 다듬는 일"이다. 두 책에는 이것이 중요한 이유와 실례들이 자세하게 서술된다. 특히 비유에 대해 직유법과 은유법으로 나누고 그 둘의 문학적 기능을 설명하는 등 당시로서는 꽤 면밀

---

35 『동시의 세계』, 174쪽.
36 위의 책, 73쪽.

한 수준의 이론을 설명하고 있다.

박목월 또한 이원수와 마찬가지로 어린이들이 정형율의 동시를 창작하는 것에 반대한다. 지금껏 어린이들이 "웃줄거리며 노래하는 것"으로 생각해서 글자 수를 맞추고 "웃줄거리는 멋을 살리려고 애써왔겠지만"[37] 이것에서 벗어나야 한다는 것이다.

> 4 · 4조나 7 · 5조는 〈틀에 잡힌 가락〉이기 때문에 우리의 참된 느낌을 담기가 힘이 든다. (……) 남이 마련해 준 틀에 어떻게 우리의 참된 느낌을 담을 수 있을 것이가? 이것이야말로 〈멋지게 남의 흉내〉를 내는 일이다. 그러므로 여러분은 한시바삐 〈잡혀진 틀〉 속에 자기의 느낌을 다듬는 일을 버려야 한다. 바꿔 말하면 4 · 4조나 7 · 5조를 버리라는 뜻이다.[38]

이상에서 살펴본 바와 같이 박목월은 언어와 표현 기법을 중시하며 동시가 문학 작품으로 당연히 지녀야 할 문학성을 강조했다. 창작 이론의 기본 독자는 바로 작가라는 점에서 앞서 살펴보았듯 문학을 작가와의 관련을 가장 중심에 두고 생각했던 그로서는 이러한 결과가 매우 당연한 소산이었을 것으로 생각된다. 해방 직후 잡지 『소학생』에 「동요작법」을 연재한 것을 시작으로 꾸준히 창작론에 관심을 갖고 이 시기까지 거의 유일하다시피 한 동시 창작 이론서인 『동시교실』과 『동시의 세계』를 집필한 점은 이원수를 비롯한 그 누구와도 비견할 수 없는 독보적인 행보였다. 이런 이유로 그의 창작이론은 어린이뿐 아니라 많은 어른 작가들에게도 소용됐다.

그런데 그의 동시 창작론은 어린이시 교육과 창작에 소용되면서 야

37 위의 책, 148쪽.
38 위의 책, 207쪽.

기되는 문제점들로 비판받게 된다. 이오덕이 대표적인데[39] 그는 『아동시론』(세종문화사, 1973)의 도입부에서 1950년대 이후 어린이 운문 교육사에서 대표적인 위치를 차지하고 있는 박목월의 『동시교실』이 시인들의 시작법을 어린이들에게도 그대로 가르치고 있다고 강력하게 비판한다. 『동시교실』의 창작 이론들이 어린이들에게 기교로 시를 만들도록 가르치고 있으며 박목월이 인도하는 시의 세계가 "안이한 꿈과 놀이와 자장가의 환상적인 관념세계"라는 것이다.[40]

실상 박목월의 동시 창작 이론은 어린이시 지도에 그대로 적용하기에는 맞지 않는 부분이 있으며 특히 앞서 소재론에서도 살펴보았듯 동시의 근간이 되는 동심을 지극히 동심주의의 입장에서 설명하고 있는 것도 사실이다. 이오덕의 비판은 충분히 정당성을 지닌다.

박목월의 동시 창작론이 이원수나 그 이후의 이오덕처럼 그 대상을 어른 혹은 어린이로 명확하게 상정하지 않은 까닭은 그 때까지의 창작 상황 때문이었던 것으로 보인다. 동요와 동시는 1920년대부터 많은 '소년 문사'들에 의해 창작됐기에 작가도 독자도 모두 어린이였고 이러한 관념이 줄곧 통상적으로 이어져 내려왔다. 박목월 스스로 자신의 창작론의 대상에 대해 분명하게 구분하지 못했던 데다가 뚜렷한 창작 이론이 없는 상황에서 어린이시와 동시 양쪽에서 그의 창작론이 자리 잡게 되면서 발생한 일로 생각된다.

좀 더 고려의 대상이 되어야 할 지점은 박목월의 동시 창작론이 제도 교육 내에서 소용되는 과정에서 동시의 문학성을 강조한 그의 근본 의도는 탈색된 채 시작 기법만 남아 어린이시 교육의 매뉴얼처럼 여겨지게 되는 점이라고 본다. 아울러 어른 작가들의 동시 창작에 있

39 노여심은 「박목월과 이오덕의 동시관 비교 연구」(진주교대 석사논문, 2003)에서 어린이시 작법에 중점을 두고 이들의 동시론을 비교 고찰한다.
40 이오덕, 『아동시론』, 굴렁쇠, 2006, 21~24쪽.

어서도 그의 문학에 대한 작가 정신은 사려되지 않고 비슷한 유형의 졸시들이 양산되며 문단 내외에서 그것이 동시의 본 모습인 양 유통되는 상황 또한 문제점으로 제시되어야 할 것이다.

동시 창작론에 있어서도 이원수와 박목월이 동시의 소재와 표현 면에서 서로 다르게 설명한 점은 그들 동시론의 차이를 보다 선명하게 드러내준다. 그리고 이는 당시 동시 창작에 큰 영향을 미쳤다는 점에서 두 시각차가 가장 직접적이고 구체적으로 충돌한 지점이라고 할 수 있다.

5. 맺음말

지금까지 이원수와 박목월의 동시론을 비교 고찰하며 두 동시론의 차이가 아동문학에서 특수성을 지니는 현실주의와 동심주의의 입장 외에도 문학 전반에서 통용되는 효용론과 표현론의 문학관의 차이에서 비롯한 것임을 알아보았다. 동시의 정의, 동요와 동시의 구분, 동시 창작론에 이르기까지 이원수는 어린이 독자 중심의, 박목월의 작가 중심의 관점에서 이론을 정립했음을 확인할 수 있었다.

이원수와 박목월이 동시론에 있어 현실주의와 동심주의로 시각을 달리하는 인물이고 이들이 이론화한 양단의 흐름이 지금까지도 견고하게 이어져왔다는 것은 주지의 사실이다. 이 글에서는 아동문학을 바라보는 서로 다른 시각일 뿐 아니라 아동문학을 양분하는 두 시각의 근원이 좀 더 면밀하게 다루어져야 할 필요가 있다고 여기며 동시론에 있어 그 시작부터 다시 확인해보고자 했다. 아동문학의 대표적인 운문 장르가 동요에서 동시로 전환되는 1950, 60년대에 발표된 이원수와 박목월의 동시론은 현재의 동시 논의에 있어서도 여전히 유효한 영향력을 발휘하므로 더욱 중요한 시사점을 제공한다고 본다.

아동문학에서 현실주의와 동심주의로 불리는 현실주의와 순수주의의 시각 차이는 아리스토텔레스의 「시학」 이후 끊임없는 논의가 되어온 문학상의 오랜 논쟁인 바 분명 양단의 상이성을 도외시하거나 쉽게 조정할 수 없는 성질의 것임은 분명하다. 하지만 이것이 이분법적인 선입견이나 편견으로 작용해서 문학 연구와 논의의 엄정함과 세밀함을 해치는 일은 경계해야 할 것이다. 그런 점에서 볼 때 아동문학 연구에서 현실주의와 동심주의의 테제는 문단 관계에 의해 왜곡된 과정이 걷어지고 여러 이론과 작품이 보다 면밀하게 고찰될 필요가 있다고 여긴다. 이를 밝히는 일은 두 시각이 서로 생산적이고 창조적으로 소통하며 아동문학을 풍요롭게 하는 단초가 될 것으로 기대한다.

참고문헌

1. 1차 자료

이원수, 『이원수 아동문학전집』, 웅진, 1990.

박목월, 『동시교실』, 아데네사, 1957.

, 『동시의 세계』, 배영사, 1963.

, 『보랏빛 소묘』, 삼중당, 1974.

『아동문학』 1집, 3집, 1962.

2. 2차 자료

박철희, 『문학개론』, 형설출판사, 1985.

원종찬, 『동화와 어린이』, 창비, 2004.

______, 『한국아동문학의 쟁점』, 창비, 2010.

______, 「일제강점기의 동요 동시론 연구」, 『한국아동문학연구』 제20호, 2011.

이오덕, 『아동시론』, 굴렁쇠, 2006.

김제곤, 「해방 후 아동문학 '운문 장르' 명칭에 대한 사적 고찰」, 『아동청소년문학연구』 제5집, 2009.

노여심, 「박목월과 이오덕의 동시관 비교 연구」, 진주교대 석사논문, 2003.

찾아보기

ㅁ

ㅂ

ㅅ

ㅇ